SONJA LIEBSCH / NIVES MESTROVIC

Muttertier @n Rabenmutter

MUTTERGLÜCK IN RHEINKULTUR Maxi und Hanna aus Mönchengladbach – einst waren sie beste Freundinnen, drückten zusammen die Schulbank, wollten gemeinsam studieren. Dann trennten sich ihre Wege und ein *Tsunami in weiß* sorgte auf Maxis Hochzeit endgültig für Funkstille.

Nach zehn Jahren treffen sie sich ausgerechnet beim Surfen im Internet wieder und ein paar E-Mails später stellen Maxi und Hanna fest, dass sie inzwischen wieder einiges gemeinsam haben: Einen ganzen Stall voller Blagen, Dauerstress im Alltag und keine Aussicht auf ein geregeltes Einkommen. Endlich sind sich die beiden wieder einig: Für ihr Mutterglück brauchen sie ganz schnell einen Job!

Doch der Wiedereinstieg in den Beruf läuft alles andere als geplant. Ignorante Personalleiter, ein durchgeknallter Psychodoc, zickige Supermamas und nicht zuletzt drei süße, kleine Nervensägen machen den Müttern das Leben schwer. Wie gut, dass sich die rheinischen Frohnaturen davon nicht unterkriegen lassen …

»Maxi und Hanna bestätigen ein gängiges Klischee: Frauen reden länger. In diesem Fall schreiben sie einander ausgedehnte E-Mails. Der Leser bleibt nicht lange auf Distanz in diesem ausführlichen Wortgefecht zweier ziemlich gegensätzlicher Freundinnen, die sich einige Jahre aus den Augen verloren hatten. Witzig, zickig, humorig, liebevoll, einfühlsam, mitunter verblüffend direkt und gar nicht immer zartfühlend geht es in diesem zeitgemäß medial zelebrierten Briefroman zur Sache.«
Rheinische Post

Sonja Liebsch, geboren 1972 in Mönchengladbach, hat in Heilbronn Tourismusbetriebswirtschaft studiert. Heute lebt sie mit ihrer Familie in der Nähe des Bodensees. Sie hat bislang zwei Spiele veröffentlicht und gibt mit diesem Buch ihr Debüt als Romanautorin.

Nives Mestrovic, Jahrgang 1971, stammt ebenfalls aus Mönchengladbach. Sie hat in Münster BWL studiert und lebt heute mit ihrer Tochter wieder in ihrer Heimatstadt. Sie veröffentlicht Blog-Artikel auf ihrer Firmenwebsite www.JobsForMums.de.

SONJA LIEBSCH/
NIVES MESTROVIC

Muttertier @n Rabenmutter

Roman

GMEINER *Original*

Ausgewählt von
Claudia Senghaas

Besuchen Sie uns im Internet:
www.gmeiner-verlag.de

Im Ehnried 5, 88605 Meßkirch
Telefon 07575/2095-0
info@gmeiner-verlag.de

1. Auflage 2011

Lektorat: Claudia Senghaas, Kirchardt
Herstellung / Korrekturen: Julia Franze / René Stein
Umschlaggestaltung: U.O.R.G. Lutz Eberle, Stuttgart
unter Verwendung des Fotos »snygo:home« von Andreas Dittberner © /
aboutpixel.de und drniels © / sxc.hu
Druck: Fuldaer Verlagsanstalt, Fulda
Printed in Germany
ISBN 978-3-8392-1150-2

Personen und Handlung sind frei erfunden.
Ähnlichkeiten mit lebenden oder toten Personen sind rein zufällig und nicht beabsichtigt.

I

»Sag mal, ist Hanna wieder in Mönchengladbach?«

Meine Mutter verschwendet am Telefon keine Zeit mit höflichen Begrüßungsfloskeln. Ist ja im digitalen Telefonzeitalter auch nicht mehr nötig. Der Gesprächspartner sieht doch an der angezeigten Rufnummer, mit wem er spricht. Ich bin da altmodischer. Ich schätze es sehr, wenn ein Mann mir die Tür aufhält, mir in den Mantel hilft oder man mir Gesundheit wünscht, wenn ich niesen musste. Besonders freue ich mich, wenn ich am Telefon mit ›Ich wünsche dir einen wunderschönen guten Morgen!‹ begrüßt werde. Nun ja, meine Mutter ist da eben moderner. Und so überfiel sie mich auch an jenem Morgen gleich mit der Frage nach meiner ehemals besten Freundin.

»Ich wünsche dir einen wunderschönen guten Morgen. Und die Antwort ist: Ich habe keine Ahnung.«

Woher sollte ich das auch wissen? Ich hatte Hanna seit meiner Hochzeit vor zehn Jahren weder gesehen noch gesprochen. Abgesehen davon, dass sie sich auf meiner Hochzeit um mehr als sechs Stunden verspätet hatte, hatte es für die Funkstille keinen Grund gegeben. Hanna und ich hatten uns auf dem Gymnasium angefreundet. Auf den ersten Blick waren wir ein sehr ungleiches Paar. Ich war groß und blond, sie klein und dunkelhaarig. Es war mir sehr unangenehm, dass ich durch meine Größe überall wahrgenommen wurde. Deshalb versuchte ich mich möglichst unauffällig zu verhalten. In meinem Zeugnis der ersten Klasse stand der schöne

Satz ›Maxi ist ruhig und zurückhaltend‹. So ist es auch geblieben. Hanna war da ganz anders. Was ihr an Körpergröße fehlte, kompensierte sie durch Lautstärke. Wir waren wie die Pole eines Magneten, und wahrscheinlich war es gerade unsere Unterschiedlichkeit, die uns so fest verband. Wir taten uns gut. Hanna holte mich aus meinem Mauseloch, und ich bremste sie, wenn ihr südländisches Temperament mit ihr durchging. Bei aller Unterschiedlichkeit gab es eine Gemeinsamkeit, die uns fest zusammenschweißte: Unsere Eltern spielten nicht in der Lacoste-Liga unserer Schule. Es tat gut, nicht die Einzige zu sein, auf deren Polo-Hemd kein grünes Krokodil dämlich grinste. Als alle mit Adidas-Rucksäcken zur Schule kamen, lag ich meiner Mutter in den Ohren, dass ich unmöglich länger mit einem herkömmlichen Tornister in die Schule gehen konnte. Schließlich bekam ich einen Rucksack – von ALDI. Da auch der ALDI-Rucksack mit Geld bezahlt worden war, musste ich ihn natürlich benutzen. Wie war ich froh, als Hanna an jenem Morgen mit genau dem gleichen Rucksack in die Schule kam. Für Hanna war dieser jedoch überhaupt kein Problem. Sie freute sich aufrichtig darüber, sagte immer wieder, wie praktisch er doch sei und noch dazu so günstig. Und überhaupt wäre es doch super, dass nur wir beide diesen formschönen und praktischen Rucksack hätten. Ihre Freude war nicht gespielt. Sie empfand es genau so, wie sie es ausgedrückt hatte. Hanna war ebenso echt, wie es unsere Freundschaft war. Es ging nicht darum, Mitglied in einer bestimmten Clique zu sein oder sich den anderen in irgendeiner Form zunutze zu machen. Wir verbrachten unsere ganze Freizeit miteinander, telefonierten abends stundenlang und schmiedeten Zukunftspläne. Gemeinsam wollten wir in unserer Heimatstadt

Mönchengladbach studieren und eine WG gründen. Mönchengladbach ist nicht das, was man eine schöne Stadt nennt. Es gibt keinen historischen Ortskern, keine Fachwerkhäuser und keine Schindeldächer. Aber es ist meine Heimatstadt, und ich hatte meine Lieblingsplätze, wo ich aus den unterschiedlichsten Gründen so glücklich war, dass ich nirgendwo anders auf der Welt sein wollte. Als Kind war es der große, aus Erwachsenensicht eher kleine Bär aus Stein im Bunten Garten. Jeden Sonntag, wenn wir mit der Familie dort spazieren gingen, rannte ich allen voraus zu meinem Bären. Ich setzte mich auf seinen Rücken und versank in einer Fantasiewelt, in der der Bär echt war. Natürlich war er mein Freund, und gemeinsam erlebten wir spannende Abenteuer. Der Bunte Garten blieb einer meiner Lieblingsorte. Als ich größer wurde, spielte ich hier mit Freunden Minigolf, meinen ersten Freund küsste ich in der Hängematte auf dem Spielplatz und bis zum Abitur lief ich gern durch den Park von der Schule nach Hause. Ein anderer Lieblingsplatz war das Eiscafé Marco in Eicken. Hier trug ich zeitweise mein ganzes Taschengeld hin, was der freundliche Inhaber mir damit dankte, dass er mir hin und wieder eine Kugel Eis spendierte. Als Jugendliche liebten Hanna und ich die Hindenburgstraße. Stundenlang spazierten wir die Fußgängerzone rauf und runter, gingen in jedes Geschäft und sahen sofort, wenn in einem Schaufenster ein neues T-Shirt hing. Mit dem Studium trennten sich jedoch unsere Wege. Hanna studierte in Münster, ich in Heilbronn. Wenn wir nicht zufällig gleichzeitig unsere Eltern besuchten, sahen wir uns nicht. Briefe wurden immer seltener, Telefonieren war in den 90ern noch so teuer, dass Studenten sich keine langen Ferngespräche leisten konnten, und an Internet war noch gar nicht zu denken. Nach dem Studium blieb ich in Süddeutschland. Wir verloren langsam den Bezug zueinander. Keine wusste mehr etwas vom Leben der anderen, und allmählich ließ das gegenseitige Interesse nach. Es war ein schleichender Prozess, der seinen finalen Höhepunkt am Tag meiner Hochzeit fand. Irgendwann im letzten Studienjahr hatte ich das Gefühl, dass ich Hanna nicht mehr wichtig war. Sie meldete sich kaum noch und wenn, dann erzählte sie nur von ihrem aufregenden Leben in Münster, in dem ich nicht stattfand. Sie berichtete von Partys, auf denen ich nicht war, und von Menschen, die ich nicht kannte. Ich war eifersüchtig auf ihre neuen Freunde und wütend. Wütend darüber, dass ich keine Rolle mehr in ihrem Leben spielte. Aber wenn das so war, dann musste ich es eben akzeptieren. Wie so oft im Leben standen auch hier unausgesprochene Gefühle im Raum, die uns entzweiten. Ich zog mich zurück und sie ließ mich gehen. Als ich mit meinem zukünftigen Mann Alex die Einladungsliste für unsere Hochzeit zusammenstellte, war er es, der Hanna ins Spiel brachte. »Wieso soll ich sie einladen? Sie interessiert sich doch überhaupt nicht mehr für mich!«

»Aber sie war deine beste Freundin.«

»Ja, war.«

»Willst du sie nicht bei deiner Hochzeit dabei haben?«

»Nö. Doch. Ich weiß nicht, was ich will.«

»Also ich würde mich sehr freuen, sie zu sehen. Dann lade ich sie eben ein.«

Als sie anrief, um sich für die Einladung zu bedanken und zuzusagen, entluden sich alle aufgestauten Gefühle. Ich knallte ihr an den Kopf, dass ich sie gar nicht einladen wollte, weil sie sich eh seit einem ganzen Jahr nicht mehr gemeldet hatte – abgesehen von einer Postkarte, auf der stand: ›Ich sitze hier in einem Café und weiß nicht, was ich dir schreiben soll.‹ Ich war so wütend darüber, dass sie mich nicht einmal ansatzweise zu vermissen schien, dass ich sie kaum zu Wort kommen ließ, bis sie anfing zu weinen. Oh, da waren ja doch noch Gefühle für mich. Das war es doch, was ich wissen wollte. Sofort sagte ich ihr, dass auch sie mir immer noch sehr wichtig war und dass ich mich sehr freuen würde, sie bei meiner Hochzeit endlich wieder zu sehen. Schließlich weinten wir beide. Ich freute mich auf Hanna und hatte das Gefühl, dass nun alles wieder gut werden würde. Bis zur Hochzeit hörte ich nichts mehr von ihr. Ich wusste nicht, wann sie wie anreisen und wie lange sie bleiben wollte. Vorsorglich reservierte ich ein Zimmer. Die Trauung fand ohne sie statt. Auch der Sektempfang. Ebenso das Kaffeetrinken am Nachmittag. Erst, als wir uns gerade das Abendessen schmecken lassen wollten, schneite sie in den Saal, in einem schwarzen Abendkleid, freudestrahlend und lachend wie eh und je. Ich riss mich zusammen und begrüßte sie so freundlich, wie es eben ging. Ich wies auf das Buffet und begleitete sie zu ihrem Platz. Hanna jedoch zog es vor, an einen anderen Tisch umzuziehen. Sie nahm sich kurzerhand ihren Stuhl und setzte sich zu einer alten Schulfreundin. Was für eine bodenlose Unverschämtheit! Taucht hier einfach auf, wann es ihr passt und stört dann noch das Abendessen. Mein Abendessen an meiner Hochzeit! Ich spürte, wie sich ein stechender Schmerz in meinem Kopf ausbreitete. Meine Schläfen pulsierten. Das bemerkte wohl auch mein frisch angetrauter Ehemann. Als Hanna uns fröhlich zuwinkte, während ich sie mit meinem Blick erdolchen wollte, sagte er:

»Hanna, iss doch etwas.«

»Ach, ich hab gar keinen Hunger.« Jetzt reichte es mir!

»Dann setz dich auf deinen Platz und lass die anderen essen!« Pah! Zum ersten Mal in meinem Leben hatte ich so mit ihr gesprochen. Aber es funktionierte. Hanna setzte sich folgsam auf den ihr zugewiesenen Platz. Der Abend nahm seinen Lauf. Ich saß an diesem Abend mehrmals an Hannas Tisch, sprach aber nie direkt mit ihr. Wir tanzten miteinander, aber auch das ohne Worte. Es war eine seltsame Situation. Die vertraute Nähe von einst war verschwunden. Am nächsten Tag reiste sie ab. Das war das letzte Mal, dass ich sie gesehen habe. Lange Zeit grübelte ich, ob es wahre Freundschaft überhaupt gibt, oder ob wir nur Zweckgemeinschaften bilden, die sich auflösen, wenn der Gemeinschaftszweck erreicht oder nicht mehr gegeben ist. Ein guter Freund hat einmal unseren Freundeskreis mit einer Lavalampe verglichen. Die Gruppe ist ständig im Wandel. Es bilden sich neue Formationen, andere Teile spalten sich ab. Ein schönes und wie ich finde passendes Bild.

»Hier ist nämlich ein Artikel in der Rheinischen Post. Da geht es um einen Kindergarten und da steht: ›... sagt Hanna Duplancic, die ihre fünfjährige Tochter zum Kindergarten bringt‹«, unterbrach meine Mutter meine Gedanken.

»Dann wird sie es wohl sein«, antwortete ich knapp.

Ich wollte nicht über Hanna sprechen. An sie erinnert zu werden, bereitete mir Unbehagen. Gleichgültig war sie mir also nach all den Jahren immer noch nicht. Wie auch? Hanna ist ein Mensch, der wahrscheinlich niemandem gleichgültig ist. Man liebt sie oder man hasst sie. Vermutlich habe ich immer beides getan. Ich liebte sie und gleichzeitig ging sie mir unglaublich auf die Nerven. Solche emotionalen Dissonanzen hat neben Hanna bislang nur mein Ehemann in mir hervorrufen können.

Der Gedanke an Hanna ließ mich an diesem Tag nicht mehr los. War sie wirklich wieder in Mönchengladbach und hatte eine fünfjährige Tochter? Wie sah die Tochter aus, und würde sie sich mit meinen Söhnen, die sechs und zweieinhalb waren, verstehen? Nachmittags besuchte ich Andrea, eine Freundin, die ich beim Geburtsvorbereitungskurs vor sechs Jahren kennengelernt hatte. Wenn man sich in so unvorteilhaften Posen gesehen hat, können einen die menschlichen Abgründe dahinter kaum noch schrecken, sodass diese Kurse eine wirklich gute Basis für langjährige Freundschaften bilden.

»Meine Mutter hat mich heute gefragt, ob meine Schulfreundin Hanna wieder in Mönchengladbach ist. Sie war meine beste Freundin, aber seit meiner Hochzeit habe ich nichts mehr von ihr gehört. Und heute stand ihr Name in der Zeitung«, erzählte ich Andrea, während ich mich darauf konzentrierte, den Zucker so in den randvollen Latte macchiato einzurühren, dass er nicht überschwappte.

»Was hat eure Freundschaft mit deiner Hochzeit zu tun? Ist sie nicht gekommen?«

»Doch«, antwortete ich, den Blick nachdenklich auf mein Glas gerichtet. »Sie ist gekommen. Abends um acht, als ich ehrlich gesagt nicht mehr mit ihr gerechnet hatte. Weißt du, in unserer Freundschaft war es so, dass Hanna immer die laute Spontane und ich die leise Besonnene war. Wo immer wir hinkamen, Hanna hatte ihren Auftritt. Sie ist einfach sehr präsent und es ist unmöglich, sie zu ignorieren. Das war ok so. Ich habe darunter nicht gelitten und auch nicht in ihrem Schatten gestanden. Ich wollte nie der Mittelpunkt sein. Aber meine Hochzeit sollte doch *mein* Tag sein. Da wollte ich sehr wohl die Hauptperson sein. Und da hat sie es doch tatsächlich geschafft, sogar an diesem Tag ihren Solo-Auftritt zu haben, indem sie genau dann auftauchte, als alle ruhig beim Essen saßen und sie sich der gesamten Aufmerksamkeit sicher sein konnte.«

»Und warum ist sie so spät gekommen?«

»Das weiß ich nicht und das hat mich damals auch nicht interessiert … Jan, das ist Pauls Bobby-Car. Lass ihn los!«

Ich versuchte, die beiden Kinder, die sich auf einem grünen Polizei-Bobby-Car ineinander verkeilt hatten, ohne Verletzungen voneinander zu trennen. Paul quiekte, Jan brüllte. Schließlich konnte ich beide mit einem Stück Schokoladenkuchen bestechen und verschaffte uns so für weitere fünf Minuten ungestörte Redezeit.

»Aber es beschäftigt dich heute noch«, hinterfragte Andrea noch einmal das Verhältnis zu meiner ehemals besten Freundin.

»Ja, schon.«

»Dann googel sie doch mal. Vielleicht findest du sie ja.«

»Hab ich schon. Ich habe sie bei XING gefunden«, gab ich nur ungern zu.

»Ja, dann schreib ihr doch.«

Ich wusste, dass ich Andrea meine innere Zerrissenheit nur schwer erklären konnte. Ich bin ein kompliziertes Wesen und obwohl ich stets versuche, alle Eventualitäten abzuwägen, neige ich nach all meinen Überlegungen doch zu spontanen Übersprungshandlungen, die rational nicht nachvollziehbar sind. So bin ich als Jugendliche einmal mit Hanna zu einer Karnevalsfeier gegangen. Auf dem Weg dorthin kamen mir plötzlich Zweifel, ob ich überhaupt zu der Veranstaltung gehen sollte. Ich hätte dort außer Hanna niemand gekannt. Für die extrovertierte Hanna war es ja kein Problem, Menschen kennenzulernen. Aber ich? Während wir weiter in Richtung Festhalle gingen, sah ich mich vor meinem geistigen Auge allein mit Clownskostüm und alkoholfreiem Cocktail in einer Ecke sitzen. Ich wollte dort nicht mehr hingehen, wollte Hanna aber auch nicht hängen lassen. Hanna ahnte zu dem Zeitpunkt nichts von meinen Zweifeln. Als wir die Straße überquerten, drehte ich mich wortlos um und ging zurück. Hanna war selbstverständlich außer sich. Sie fragte mich, wo ich hin wollte. Ich antwortete lediglich: ›Nach Hause.‹ Ohne ein weiteres Wort ließ ich sie stehen. So war ich und so bin ich heute noch.

»Jan, ich habe dir gesagt, das ist Pauls Bobby-Car! Dein Bobby-Car ist zu Hause. Spiel doch mit der Schubkarre.«

»Ich will aber Bobby-Car fahren. Immer die blöde Schubkarre!«

Ein erneuter Wutanfall meines Sohns beendete unser Gespräch. Ich beschloss, meine Gedanken nicht mehr länger an jemand zu verschwenden, der nicht mehr Teil meines Lebens war, sondern mich auf mein heutiges Leben und meine Familie zu konzentrieren.

Von: XING
Gesendet: Dienstag, 3. März 2009, 19:21
An: Hanna Duplancic
Betreff: XING: Maxi Anders möchte Sie als Kontakt hinzufügen

XING – Powering Relationships

Sehr geehrte Frau Duplancic,

Maxi Anders möchte Sie auf XING als Kontakt hinzufügen.

Maxi.Anders@ich.net

Ihr XING-Team
http://www.xing.com/go/help

I

Das Erste, was ich morgens mache, ist den PC zu starten. Dann rufe ich meine E-Mails ab und hole mir einen Kaffee. Schwarz wie meine Seele, sage ich immer, wenn mich jemand fragt, wie ich ihn trinke. Meine Seele ist gar nicht schwarz, aber ich liebe es, Fragen aufzuwerfen. Die meisten Menschen, die ich in meinem Leben kennengelernt habe, kommen mit meinem Wesen nicht so recht klar, und je älter ich werde, desto weniger Menschen sind flexibel genug, auf meine Art Humor einzusteigen. In der Schule konnte ich meinem Reli-Lehrer noch ungestraft Bekleidungstipps vor versammelter Klasse geben, mit Lachern auf meiner Seite versteht sich.

»Das Hemd passt nicht zur Krawatte. Eines von beiden müssen Sie dann wohl ausziehen!« Der Politiklehrer musste ebenfalls dran glauben. Als er von uns wissen wollte, warum denn Politiker immer in Anzügen rumlaufen, hatte ich sofort die passende Antwort für ihn parat: »Anzüge drücken Seriosität und Vertrauen aus. Logisch, dass wir den Politikern glauben, was sie so von sich geben. Schauen Sie sich doch an. Mit Ihren Ökoklamotten und dieser Röhrenjeans würden Sie in der Politik nicht gerade Karriere machen.« Ich kam wirklich ungestraft davon, obwohl ich mich stets an der Grenze zur »Sechs, setzen!« bewegte. Meine Lehrer sahen keine Bösartigkeit dahinter. Heutzutage wird mir das leider hin und wieder unterstellt. Zum Beispiel von den Supermüttern aus dem Kindergarten meiner Tochter. Die finden es gar nicht witzig, wenn man ihre grölenden Lieblinge als ›kleine Sackgesichter‹ bezeichnet. Zugegeben, meine Wortwahl ist nicht immer ladylike, aber Mund halten und Leisetreten haben noch nie zu meinen Stärken gehört. Inzwischen weiß ich, dass es genau diese Eigenschaften sind, die mir helfen, mich im Arbeitsleben durchzusetzen. An der Universität war ich Mitglied der Fachschaft. Dort gehörte es zum Tagesgeschäft, das Maul aufzumachen. Am Tag der feierlichen Diplomverleihung gab mir der Dekan dann auch einen ganz persönlichen Rat mit auf den Weg: »Liebe Frau Duplancic, bleiben Sie, wie Sie sind. Seien Sie laut und verrückt! Und, suchen Sie sich Verbündete, immer und überall!«

Genau das tue ich nun seit einigen Wochen. Es ist schier unglaublich, wie einfach es ist, in Zeiten des Internets Kontakte zu knüpfen. Man muss sich nur in den richtigen Netzwerken, Foren und Newsgroups tummeln, am besten täglich ein paar nette E-Mails schreiben und kurze Zeit später zählt man eine Menge neuer Fans, Followers und Freunde zu seinem Bekanntenkreis.

An diesem speziellen Morgen im März, nachdem ich mich nach monatelanger, nervenzehrender Stellensuche dazu entschieden hatte, mir selbst einen Job zu geben und mein eigener Chef zu werden, war wieder mal eine Einladung aus dem Business-Netzwerk XING in meinem Postfach gelandet. Doch dieses Mal bestätigte ich nicht wie sonst sofort die E-Mail-Anfrage, um der langen Liste meiner hoffentlich einmal nützlichen Geschäftskontakte einen weiteren hinzuzufügen. Diesmal lehnte ich mich in meinem Chefsessel aus Kunstleder zurück – den aus echtem Leder kaufe ich mir irgendwann! –, kaute an meinem Kugelschreiber und dachte ›Ach, nee, die Maxi!‹

Maxi ist meine Freundin aus Kindertagen. Wir hatten seit der fünften Klasse bis hin zum Abitur so einiges zusammen und auch miteinander durchgemacht. Ich musste lächeln.

Maxi und ich waren wirklich unterschiedlich, äußerlich, charakterlich, und dennoch verstanden wir uns immer ohne Worte und wussten, was die andere dachte. Meistens blieb es aber nicht beim Denken, sondern wir taten das, was beste Freundinnen eigentlich ständig tun: Reden ohne Ende. Wenn man uns denn ließ! Heute kaum aus unserem Leben wegzudenken, aber damals in den 80ern war es total normal, kein Handy, kein Internet und keine Flatrate zu haben. Unser Festnetztelefon war auch nicht mobil. Es hing an einem vier Meter langen Kabel, es war dunkelgrün und hatte diese geniale Wählscheibe. Meine fünfjährige Tochter Franziska würde sich kaputtlachen, wenn sie heute so einen Apparat in die Finger bekäme. Und was haben wir telefoniert! Und vor allem, wie lange! Stundenlang! Und es war uns scheißegal, dass mein Vater genau über diese Nummer, die auch mit unserem Geschäft verbunden war, Bestellungen erwartete oder selbst telefonieren wollte. Und wenn er dann die Nase richtig voll hatte, stapfte er völlig entnervt aus seinem Büro in der Einliegerwohnung hoch in unser Wohnzimmer und befahl mir, das Gespräch sofort zu beenden. Okay, ich legte tatsächlich jedes Mal auf, aber das hielt Maxi nicht davon ab, kurze Zeit später zurückzurufen. Wenn dann wieder mal, leider regelmäßig, die Telefonrechnung ins Haus flatterte, rastete mein lieber Vater aus. Klar, es gab keine Flatrate, und damals waren 250 Deutsche Mark so viel wie heute 250 Euro. »Was zum Teufel quatscht ihr da so lange? Ihr seht euch in der Schule, ihr verbringt den ganzen Nachmittag miteinander! Und was, verdammt noch mal, gibt es dann noch zu erzählen?« Er war laut, aber er schrie nie. Das lag ihm nicht. Das Schreien überließ er meiner Mutter! Und ich hatte keine Antworten auf seine Fragen. Heute muss ich darüber lachen, denn wir hatten uns immer wieder über die gleichen Dinge unterhalten – Jungs, Klamotten und Musik. Wir konnten ein und dasselbe Thema so lange durchkauen, dass jemand, der uns zugehört hätte, uns sicherlich auf die manisch-depressive Schiene abgeschoben hätte. Das Ergebnis war ein Schloss auf der Wählscheibe! Telefone konnte man nicht, wie heute, umstecken; die Kabel waren damals fix in der Wand. Da ging gar nichts.

Ich brauchte Maxi. Ich hatte immer die große Klappe und Maxi war die Diplomatin. Sie konnte sich immer so gewählt ausdrücken, so anders als ich. Wenn sie etwas nicht gut fand, konnte sie es wunderbar sozialverträglich formulieren. Bei mir hieß es dann ›Ich finde, das ist Kacke!‹ Ja, ich wurde von ihr auch irgendwie erzogen.

Und was war ich eifersüchtig, als sie ihren ersten Freund hatte! Nein, ich war nicht eifersüchtig auf sie, sondern auf ihn, dass er nun mit *meiner* Maxi Zeit verbrachte, die mir zustand. Aber Maxi war Gott sei Dank schon immer einfühlsam. Natürlich hatte sie auch gespürt, was mit mir los war. Ich war richtig erleichtert, als sie mir von sich aus mitteilte, dass dieser Junge nichts an unserer Freundschaft ändern würde.

Und die Sommerferien. Ich verbrachte sie regelmäßig auf einer kleinen Insel in Kroatien. Maxi blieb in Mönchengladbach, und wir schrieben uns Briefe, ohne Ende superlange Briefe. Auf der Insel dachten alle, ich hätte einen Freund in Deutschland, der nicht ohne mich sein konnte.

Plötzlich klingelte das Handy und riss mich aus meinen Erinnerungen. Da waren der Bildschirm und diese XING-Einladung von Maxi. Wie kam sie jetzt auf mich? Nach so langer Zeit. Wir hatten sicher zehn Jahre nichts mehr voneinander gehört. Noch vor einigen Tagen hatte ich beim Aufräumen das Hochzeitsfoto von ihr und ihrem Mann Alex gefunden. Ich hatte mich gefragt, was sie jetzt wohl macht, wie es ihr geht und irgendwie fand ich es schade, dass wir uns aus den Augen verloren haben. Ich wollte mich melden, aber ich habe es nicht getan. Maxi war schneller.

Ich schaute auf den Bildschirm und wollte ihr antworten, aber irgendwie hatte ich ein komisches Gefühl im Bauch. Es hatte mit ihrer Hochzeit zu tun. Die Hochzeit an sich habe ich nicht gerade in schlechter Erinnerung. Ich hatte richtig Spaß. Die Leute an meinem Tisch kannte ich vorher nicht, aber sie waren nett und mit Maxi hatte ich bis in die Puppen getanzt.

Ja, die Hochzeit war schon super, aber das Erlebnis davor sitzt mir bis heute in den Knochen. Als ich die Karte mit dem niedlichen Hochzeitsbärenpaar bekam, rief ich sie direkt an, war total happy. »Vielen Dank für die Einladung. Du, ich komme sehr gern.«

Maxis Antwort kam wie aus der Pistole geschossen: »Die Einladung ist von Alex. Wenn es nach mir gegangen wäre, hätte ich dich nicht eingeladen.«

Puh, Faust im Magen, Volltreffer, direkt in die Zwölf, k.o. Und das noch vor der ersten Runde. Ich war fix und fertig in dem Moment, und nicht nur, weil ich nah am Wasser gebaut bin, liefen mir langsam und unaufhaltsam Tränen die Wangen herunter. Ich musste mich zusammenreißen. Ich wollte nicht, dass es irgendjemand mitkriegt, schon gar nicht Maxi. Ihr plötzlicher Redeschwall, von wegen »Was für eine Freundin bist du? Ich bin seit über einem halben Jahr auf Jobsuche! Weißt du eigentlich, wie es mir ergangen ist …«, hatte mir die Chance gegeben, mich zu sammeln. Und ich weiß es noch wie gestern, ungewohnt kleinlaut sagte ich »Gut, wenn du nicht möchtest, dass ich komme, dann komme ich nicht.« Und sie, ganz Zwilling, ein Tsunami, erst riesige Wellen machen und dann »Ach Hanna, klar freue ich mich, wenn du kommst.« Also hatte sie wohl gemerkt, dass ich diesen riesigen Kloß schluckte, während sie mich zur Schnecke machte. Aber wir haben danach nie darüber geredet.

Ihren Ausbruch kann ich heute nachvollziehen. Sie hatte ihr Studium mit einem Einser-Diplom abgeschlossen und war auf der Suche nach der ersten Stelle. Weil ich damals selbst tief im Examen steckte, bekam ich nicht so richtig mit, dass sie viele Bewerbungen schrieb, während der gewünschte Erfolg auf sich warten ließ. Natürlich hätte sie mich in dieser Zeit gebraucht, doch die Studienjahre hatten uns nicht nur gebietsmäßig auseinanderdriften lassen. Während ich in Norddeutschland studierte, hatte sie es in den Süden verschlagen. Dabei hatten wir nach dem Abitur unbedingt zusammenbleiben wollen, aber die Zentrale Vergabestelle für Studienplätze war halt kein Wunschkonzert. War es gut, sich von der besten Freundin abzunabeln? Heute weiß ich das nicht mehr so genau, denn Menschen, die einen so gut kennen, trifft man später nie wieder. Diese Erfahrung habe ich zumindest gemacht, und oft stimmt mich das sehr traurig.

Ich bereitete mich auf die Hochzeit vor. Ich packte mein einziges feierliches Outfit ein, holte die restlichen Kröten von der Bank und machte mich auf den Weg. Damals gab es dieses Wochenendticket für 15 Mark, mit dem jedermann von Samstag bis Sonntag durch ganz Deutschland fahren konnte, in allen Zügen, außer leider in den schnellen ICs und ICEs. Egal, ich hatte schließlich mehr Zeit als Geld und wollte Maxi und ihrem Mann Alex ein nicht allzu mickriges Geschenk machen. Alles rechnen half nichts, ich musste wohl diese mehrstündige Reise auf mich nehmen.

Zu ihrer Hochzeit kam ich sechseinhalb Stunden zu spät. Das Ja-Wort hatte ich verpasst, ebenso die Kaffeetafel und das hochzeitliche Fotoshooting im Kurpark. Pünktlich zur Eröffnung des Buffets stand ich im Saal. Ich hätte es wissen müssen. Da kam er schon wieder, der Tsunami, dieses Mal ganz in weiß, auf mich zugeschossen. Und es gab kein Entweichen! Ich versuchte, auch nicht zu widersprechen. Ich fügte mich einfach der Anweisung, mich zu setzen und zu essen. Ehrlich gesagt weiß ich bis heute nicht, warum sie damals so ausgerastet ist.

Aus purer Angst vor dem Tsunami habe ich mich wohl in all den Jahren auch nicht mehr bei ihr gemeldet. Was Maxi jetzt machte? Ob sie auch Kinder hatte? Sie wollte immer eine ganze Fußballmannschaft. In einem großen Haus mit Garten. Und einen hübschen Mann als Trainer. Die perfekte Familienidylle eben.

Was sollte ich ihr von mir schreiben? Sollte ich ihr von meiner genialen Wohnung in einer der Jugendstilvillen in der Staufenstraße erzählen? Von den großen Fenstern und diesen wunderbar alten Holzdielen, die bei jedem Schritt knarren? Sollte ich ihr von meiner 72 Jahre jungen Vermieterin Lieschen schreiben, der ›eschten‹ Gladbacherin, deren breites Gladbacher Platt mich regelmäßig vor neue Verständnisprobleme stellte? Was sollte ich ihr überhaupt schreiben? Es gab so viel zu erzählen, aber ich war mir unsicher. Eigentlich kannte ich Maxi doch gar nicht mehr richtig, nach zehn Jahren.

Auch wenn es mir nicht leicht fallen würde, ich beschloss, es langsam anzugehen. Kontrollierte Offensive, vornehme Zurückhaltung. Bloß keinen neuen Wellenritt riskieren!

Ich bestätigte Maxis Einladung zum Netzwerk, schrieb ihr eine kurze E-Mail und ließ es auf mich zukommen.

Von:	Hanna
Gesendet:	Mittwoch, 4. März 2009, 11:21
An:	Maxi
Betreff:	Grüße aus MG ;-))

Hallo Maxi,

wie geht es euch? Lad mal dein aktuelles Foto hoch!
Wann bist du denn mal in MG?
Meld dich mal.

Bis bald und liebe Grüße
Hanna

Von:	Maxi
Gesendet:	Mittwoch, 4. März 2009, 11:48
An:	Hanna
Betreff:	AW: Grüße aus MG ;-))
Anlage:	Familienfoto.jpg

Hallo Hanna,

tut mir leid, war so kurz in XING, weil nicht mehr Zeichen erlaubt waren. Also bist du tatsächlich wieder in MG? Wie kommt's?

Uns geht es gut. Letztes Jahr war meine Mama im Krankenhaus, da war ich öfter in Gladbach. Dieses Jahr haben wir noch keine konkreten Pläne.

Das Bild ist von 2007. Till ist vor zwei Wochen sechs geworden und Jan ist zweieinhalb. Beide sehen aus wie ihr Papa.

Ich genieße noch bis Juni meine Elternzeit und werde

dann wieder bei meiner alten Firma anfangen. Habe mich vor drei Jahren für die Familie entschieden und es keinen Tag bereut. Ich bin so froh über alles, was ich mit den Kindern gemeinsam erleben darf. Ich möchte diese Zeit in meinem Leben nicht missen. Jetzt freue ich mich aber auch wieder auf die Arbeit.

So viel für heute. Ich würde mich auch über ein Foto von deinen Lieben freuen.

Viele liebe Grüße
Maxi

Von:	Hanna
Gesendet:	Mittwoch, 4. März 2009, 11:59
An:	Maxi
Betreff:	AW: Grüße aus MG ;-))
Anlage:	Foto.jpg

Hallo,

das ist nun das aktuellste Foto von uns. Das Mädchen ist Franziska (bald fünf!), mich kennst du ja.

Auf deine Frage, warum ich wieder in MG bin, kann ich jetzt nicht antworten, das ist eine laaaaaange Geschichte. Wie geht es deiner Mutter jetzt? Und deinem Vater? Und deinen Geschwistern?

Werdet ihr um Ostern herum hier sein?

Bis bald,
liebe Grüße,
Hanna

Von: Maxi
Gesendet: Mittwoch, 4. März 2009, 12:20
An: Hanna
Betreff: AW: Grüße aus MG ;-))

Meiner Familie geht es ganz gut. Meine Geschwister sind einfach alle älter geworden, aber immer noch die alten. Mein Patenkind Kevin ist im Herbst 18 geworden. Unglaublich! Ich war 18, als er geboren wurde. Jetzt hat er den Führerschein und düst los, so wie wir damals.

Ostern sind wir, so wie es momentan aussieht, bei Monika. Wir werden Ende Mai wieder an die Nordsee fahren und auf dem Hin- und Rückweg in MG übernachten. Auf dem Rückweg bleiben wir zwei Nächte. Da schaffen wir es sicher, uns zu sehen, wenn es bei dir auch geht. Ich würde mich sehr freuen und ich fände es wirklich lustig, wenn sich auch unsere Kinder kennenlernen. Bist du während dieser Zeit da?

Von: Hanna
Gesendet: Mittwoch, 4. März 2009, 13:58
An: Maxi
Betreff: AW: Grüße aus MG ;-))

Apropos mit dem Auto losdüsen. Habe letztens im Real deinen Ex-Freund gesehen. Der hat mich aber nicht erkannt. Habe mich auch unauffällig verhalten ... hihihi.

Wir sind immer mal wieder in Kroatien. Bisher haben wir nichts fest gebucht für Ende Mai. Falls wir da sind, wäre es super, wenn ihr kommen würdet.

Liebe Grüße
Hanna

Von: Maxi
Gesendet: Mittwoch, 4. März 2009, 14:20
An: Hanna
Betreff: AW: Grüße aus MG ;-))

Stell dir vor, ich hab ihn da im letzten Jahr auch gesehen. Wie immer in der Gemüseabteilung, als wäre die Zeit stehen geblieben. Mich hat er noch erkannt, aber wir haben uns nur flüchtig gegrüßt, keine Fachgespräche über Obst aus Übersee geführt.

Wo wohnst du denn jetzt eigentlich? Sind deine Eltern noch in MG oder sind sie in Kroatien?

Wir müssen mal telefonieren und uns die letzten zehn Jahre (unglaublich, aber es sind wirklich zehn Jahre!) in Ruhe erzählen. Hast du eigentlich auch Festnetz?

Liebe Grüße
Maxi

Von: Hanna
Gesendet: Mittwoch, 4. März 2009, 16:31
An: Maxi
Betreff: AW: Grüße aus MG ;-))

Meine Eltern sind mal hier, mal dort, Rentner eben ...

Ich wohne nun hinter dem Krankenhaus Maria Hilf.

Mir kommt das nicht lange vor, habe mich nicht großartig verändert. Wissen angehäuft ja, aber irgendwie bleibt man immer gleich ...

Einen Festnetzanschluss habe ich nicht.

Wann schlafen denn deine Kinder? Franziska liegt nicht vor 21 Uhr im Bett, und am Wochenende will sie am liebsten gar nicht ins Bett gehen. Typisch Südländerin ...

Ich kann eher in Ruhe E-Mails schreiben als ungestört telefonieren.

Liebe Grüße,
Hanna

Von:	Maxi
Gesendet:	Mittwoch, 4. März 2009, 18:37
An:	Hanna
Betreff:	AW: Grüße aus MG ;-))

Das ist ja witzig. Meine Mutter lag letztes Jahr im Maria Hilf und wir sind quasi aneinander vorbeigelaufen.

Statt Wissen habe ich in den letzten Jahren jede Menge Erfahrungen angehäuft. Aber auch die haben mich nicht verändert, nur meinen Horizont erweitert, wie es so schön heißt.

Als Till kleiner war, ist er auch so spät schlafen gegangen. Mit einem Kind war das kein Problem. Alex war froh, auch noch was von seinem Sohn zu haben. Aber als Jan dann dazu kam, hatten wir das Gefühl, überhaupt nichts mehr voneinander zu haben. Ich war abends doch deutlich früher müde und bin sozusagen mit den Kindern weggedöst. Deshalb gehen unsere Kinder jetzt um 20 Uhr schlafen.

In Ruhe kann ich eigentlich weder mailen noch telefonieren. Wenn ich eine längere Mail schreibe, muss ich hinterher das Büro aufräumen. Wenn ich telefoniere, zieht die Karawane hinter mir durchs ganze Haus. Zum Schluss flüchte ich immer ins Bad; das kann ich abschließen. Aber ich habe mich an das Chaos gewöhnt. Ich wollte immer

Leben im Haus. Jetzt ist es so und ich genieße es – meistens. Zeitweise fühle ich mich auch eher wie Lynette von den Desperate Housewives, aber dann nehme ich mir einen Austag. Eine ›Toffifee Mama‹ bin ich schließlich nicht.

Jetzt sehe ich mir oben in den Kinderzimmern das Ausmaß der Katastrophe an und werde mit der Rasselbande noch schnell zu Abend essen, bevor ich dann zum Elternabend in die Schule gehe. Mein Kind kommt in die Schule – ich bin total aufgeregt!

Übrigens hat meine Mutter gestern von dir gesprochen, weil sie deinen Namen in irgendeinem Kindergartenartikel in der Rheinischen Post gelesen hatte.

Ich wünsche dir einen schönen Abend, freue mich, wieder mehr von dir zu hören,

Maxi

2

Jetzt hatte ich es tatsächlich geschafft. Ich war über meinen Schatten gesprungen und hatte den ersten Schritt gemacht. Und es tat gar nicht weh. Im Gegenteil. Ich war froh darüber, dass wir wieder Kontakt hatten, und ich hoffte, dass von unserer Freundschaft mehr übrig geblieben war als ein paar belanglose E-Mails mit Fragen wie: ›Wie geht es dir? Mir geht es gut.‹ In den vergangenen zehn Jahren hatte ich immer mal wieder mit einem dumpfen Gefühl im Bauch an Hanna gedacht, und gelegentlich geisterte sie auch durch meine Träume. Meine beste Freundin fehlte mir sehr, aber das Bewusstsein, dass ich ihr nicht mehr wichtig war, stimmte mich so traurig, dass ich in all den Jahren keinen Versuch unternommen hatte, den Kontakt wieder herzustellen. Der Zeitungsartikel war für mich ein Zeichen gewesen, auf das ich intuitiv reagiert hatte. Nach ihrer spontanen Antwort hatte ich das Gefühl, endlich einen Teil von mir wiedergefunden zu haben, auch wenn sie auf meine offene Freude sehr zurückhaltend reagierte. Das war ja nachvollziehbar. Immerhin hatten wir zehn Jahre nichts voneinander gehört. Da muss man sich langsam rantasten. Oder stand doch noch die Hochzeit zwischen uns? Sollte ich sie darauf ansprechen? Ja, das sollte ich, aber nicht gleich. Das Band zwischen uns war noch so dünn, es glich eher einem Bindfaden. Ich wollte nicht, dass sie sich gleich wieder zurück zog. Ich hatte das starke Bedürfnis, mit ihr zu reden, stundenlang zu telefonieren so wie damals. Aber das wollte sie offensichtlich noch nicht. Diese Art

Zurückhaltung kannte ich gar nicht an ihr. Hanna war der impulsivste Mensch auf dieser Welt. Jedes Gefühl drängte normalerweise sofort und heftig an die Oberfläche. Ihre bewusst neutral gehaltenen Mails verunsicherten mich, aber Nähe lässt sich nun mal nicht auf Knopfdruck herstellen.

»Rate mal, mit wem ich heute gemailt habe«, begrüßte ich meinen Mann am Abend, während ich in der Küche das Abendbrot vorbereitete. Ich hatte Alex während meiner Studienzeit in Heilbronn kennengelernt. Nachdem ich mich im ersten Semester erst einmal umgeschaut und ausgetobt hatte, baute ich im Verlaufe des zweiten Semesters zu Alex eine freundschaftliche Beziehung auf. Ich empfand es als äußerst angenehm, dass dieser Junge wohl keinerlei Hintergedanken hatte, wenn er mich nachts um ein Uhr zum Schwimmen ins Freibad am Wertwiesenpark abholte. Es war ein unglaublich heißer Sommer. Das Thermometer an der Kreissparkasse in der Nähe der Allee zeigte selbst in der Nacht kaum weniger als 30°C an. Ich hatte das Gefühl, dass die Stadt die Hitze festhalten und niemals mehr loslassen würde. An schlafen war nicht zu denken. So war ich von Alex' Vorschlag, uns im Freibad ein wenig Abkühlung zu verschaffen, gleich begeistert. Gemeinsam kletterten wir über die Mauer, zogen uns hinter den Büschen um und schwammen ein paar Runden. Danach ging jeder in seine Wohnung, und ich freute mich darüber, so einen netten Kumpel gefunden zu haben. In diesem Sommer unternahmen wir viel miteinander. Wir gingen Eis essen, spazierten am Neckar entlang und lernten gemeinsam für die Prüfungen. Alex war sehr ehrgeizig. Mein einziger Ehrgeiz bestand darin, mir lustige Freizeitaktivitäten auszudenken, um ihn von den Vorlesungen wegzulocken. Er nannte mich oft ›Susi

Sorglos‹. Alex konnte nicht nachvollziehen, wie jemand mit solch einem Gottvertrauen durchs Leben tanzen und dabei noch so viel Glück haben konnte. Ich glaube, auch hier waren es die Unterschiede, die uns gegenseitig angezogen haben. Bald wurde aus Freundschaft Liebe, die nicht nur während des Studiums anhielt, sondern auch darüber hinaus. Als mir eine Arbeitsstelle in der Nähe des Bodensees angeboten wurde, stand sofort fest, dass Alex mitkommen würde. Bald darauf fand auch er im nahe gelegenen Konstanz Arbeit. Ein Jahr später heirateten wir.

»Mit Hanna«, war die spontane Antwort.

»Hä? Wie kommst du jetzt auf Hanna? Ich kenn doch noch nicht einmal ihre E-Mail-Adresse.«

»Also nicht Hanna?«

»Doch.« Ich war sauer, weil er mir die Überraschung verdorben hatte. »Woher wusstest du das?«

»Ach Häschen«, er wusste genau, dass ich es hasste, wenn er mich Häschen nannte, »es musste doch jemand sein, mit dem du sonst nicht mailst. Sonst hättest du doch nicht so geheimnisvoll getan. Was schreibt sie denn? Wie geht es ihr?«

»Also, ehrlich gesagt weiß ich das nicht so genau. Sie hat sich sehr bedeckt gehalten. Ich weiß nur, dass sie wieder in Mönchengladbach ist und eine fünfjährige Tochter hat. Sie wohnt hinter dem Krankenhaus, in dem meine Mutter im vorigen Jahr lag«, fasste ich die Informationen, die ich heute erhalten hatte, zusammen.

»Ich freue mich, dass ihr wieder Kontakt habt. Grüß sie beim nächsten Mal von mir. Ist diese Woche nicht dein Termin mit Herrn Hoffmann?«

Herr Hoffmann war der Personalleiter der Firma, bei der ich nun seit über zehn Jahren beschäftigt war. Ich hatte nach dem Studium bei einem großen Medizintechnikunternehmen im Marketing angefangen und mich zur Produktmanagerin hochgearbeitet. Nach Tills Geburt engagierten wir eine Tagesmutter, aber als ich mit Jan schwanger wurde, beschlossen wir, dass ich mich für einige Zeit persönlich um die beiden Jungs kümmern würde. Ich beantragte drei Jahre Elternzeit, die in drei Monaten enden sollte. So sehr ich die Zeit mit den Kindern genossen hatte, freute ich mich auch darauf, endlich wieder eigenes Geld zu verdienen. Um die Einzelheiten meines Wiedereinstiegs zu besprechen, hatte ich mich rechtzeitig um ein Gespräch mit Herrn Hoffmann bemüht.

»Morgen früh um 9.30 Uhr«, antwortete ich auf Alex' Frage. »Wenn Till im Kindergarten ist, bringe ich Jan zu Andrea. Dann kann ich Herrn Hoffmann zeigen, dass ich alles bestens organisiert habe und mich auf die Arbeit freue.«

»Wo sind denn eigentlich die zwei Rabauken? Es ist so ruhig hier.« Alex wirkte nervös. Ruhe ist bei zwei Kindern im Haus ein ganz schlechtes Zeichen. Allen kleinen und großen Katastrophen, die wir mit unseren Kindern erlebt hatten, war die gleiche trügerische Stille vorausgegangen, während der wir uns in Sicherheit wähnten und unser Familienglück genossen. So war es, als Till die giftigen Beeren gegessen hatte, so war es, als Jan mit einem Ammoniten aus der Juraschicht Kreise auf die Motorhaube unseres Autos gemalt hatte. Und so war es auch, als sich die zwei mit einem schwarzen Edding Ganzkörpertattoos verpasst hatten.

»Entspann dich!«, sagte ich lachend. »Die zwei waren vorhin so laut, da habe ich eine CD eingelegt und ihnen gesagt, sie sollen sich auf den Boden legen und Mikado spielen. Wer sich zuerst rührt, hat verloren. Der Gewinner bekommt einen Schokoladenpudding. Du darfst sie jetzt gern erlösen und beide zum Sieger küren. Aber den Pudding gibt's erst nach dem Abendbrot. Den könnt ihr drei euch teilen, wenn ich beim Elternabend bin.«

Am nächsten Morgen betrat ich mit gemischten Gefühlen das Büro des Personalleiters. Ich war gespannt, in welchem Bereich der Firma ich zukünftig arbeiten sollte. Sorgen, dass sie mich eventuell gar nicht mehr haben wollten, machte ich mir nicht. Ich habe ja einen Vertrag, dachte ich. Aber schon meine Oma hatte mir erklärt, dass man das Denken den Pferden überlassen soll, weil die doch diese riesigen Köpfe haben, die sich dazu bestimmt besser eignen. Und da hatte die Oma wohl recht. Denn Herr Hoffmann war zwar aufrichtig erfreut, mich zu sehen und machte Smalltalk über den bevorstehenden Sommer, musste mir dann aber leider mitteilen, dass das mit der Weiterbeschäftigung aufgrund der furchtbar unschönen Wirtschaftskrise nicht so einfach wäre. Zumindest nicht ohne finanzielle Einbußen. Ich könnte natürlich sicher sein, dass er sich anstrengen würde, um etwas Schönes für mich zu finden. Wäre ja klar, dass so eine Hausfrau auch mal raus möchte, dafür hätte er ja Verständnis. Aber ich müsste das eben auch haben.

Nein! Das verstand ich nicht. Ich hatte von Anfang an gesagt, dass ich nach der Elternzeit zurückkommen würde. Das sollte jetzt also wirklich keine Überraschung sein. Ich habe schon immer zu meinem Wort gestanden. Und was sollte das heißen: zumindest nicht ohne finanzielle Einbußen? Ich hatte mein Gehirn nicht im Kreißsaal abgegeben. Ich war nach wie vor hervorragend qualifiziert. Ich war mehrere Jahre erfolgreich für dieses

Unternehmen tätig. Ich hatte eine kurze Pause gemacht, die Kindererziehung zur Chefsache erklärt, nicht zuletzt, um sicherzustellen, dass einigermaßen sozialverträgliche Menschen in die Welt entlassen werden. Die nächsten 30 Jahre wollte ich dem Arbeitsmarkt wieder zur Verfügung stehen, und nun behandelte mich mein Arbeitgeber, als stünde ich kurz vor der Rente. Als würde ich ein Hobby suchen, das mir die Firma finanzieren sollte.

»Mach dir keine Sorgen«, beschwichtigte mich Alex, als ich ihn vom Handy aus anrief. Ich saß völlig aufgelöst in meinem VW Polo, der noch auf dem Firmengelände parkte. »Da ist das letzte Wort noch nicht gesprochen. Und Herr Hoffmann hat doch gesagt, dass er sich bemüht, dass es zurzeit nur nicht so einfach ist.«

»Das ist doch nur eine Ausrede. Von wegen Wirtschaftskrise! Der Medizintechnik geht es gut und unserem Unternehmen auch. Die wollen mich nicht mehr. Wahrscheinlich stellen zwei Kinder ein Hochsicherheitsrisiko dar. Die denken sicher, man kann sich auf mich nicht mehr verlassen. Ich hole jetzt Till ab. Wir reden heute Abend.«

Ohne eine Verabschiedung beendete ich das Gespräch. Die Gedanken, die ich gerade laut ausgesprochen hatte, stimmten mich so traurig, dass ich meinen Tränen freien Lauf lassen wollte. Auf diese Reaktion meines Arbeitgebers war ich nicht vorbereitet gewesen. Nicht im Traum hätte ich daran gedacht, dass man mich gar nicht wieder haben möchte. Ich bin doch eine fähige Kraft, dachte ich. Richtig wütend machte mich, dass ich seine Beleidigungen so widerspruchslos hingenommen hatte. Hanna hätte sich niemals so abkanzeln lassen. »Wissen Sie was«, hätte sie ihm gesagt, »kinderlosen Männern wie Ihnen, die keinerlei soziales Verantwortungsgefühl besitzen, haben wir diese Wirtschaftskrise zu verdanken!« Dann hätte sie sich umgedreht und wäre gegangen. Diplomatie zählte ganz klar nicht zu Hannas Stärken. Das war mein Metier. Und wo hatte mich meine bescheidene Zurückhaltung hingeführt? Ich ließ mich von einem Mittvierziger-Juppi-Zwerg in die Hausfrauen-Ecke stellen und dankte ihm auch noch für die Mühe, die er sich dabei machte, mich aus der Firma zu drängen. Ich blöde Kuh! Dieser dämliche Idiot! Wie sollte es denn jetzt weitergehen?

Von: Hanna
Gesendet: Donnerstag, 5. März 2009, 10:40
An: Maxi
Betreff: AW: Grüße aus MG ;-))

Guten Morgen, Maxi,

super, Einschulung! Das ist ein ganz besonderer Tag! Und Schulranzen schon gekauft? Und Tütendesign ausgesucht?

Warum bist du aufgeregt? Typisch Maxi. Mach deinen Sohn nicht verrückt.

Wir haben noch ein Jahr!

Das mit dem Kindergarten ist eine unschöne Geschichte. Ich habe mir dort keine Freunde gemacht, aber es ging um die Sicherheit unserer Kinder.

Bis bald,
liebe Grüße, Hanna

Von: Maxi
Gesendet: Donnerstag, 5. März 2009, 13:21
An: Hanna
Betreff: AW: Grüße aus MG ;-))

Hallo Hanna,

ich hab doch gesagt, ich hab mich nicht verändert. Ich habe zwar durch unschöne Erfahrungen gelernt, dass sich das Leben weder planen noch kontrollieren lässt, aber so ganz kann doch niemand aus seiner Haut. Till hat viele gute Eigenschaften von seinem Vater, aber leider auch die, zu provozieren, wenn er jemand nicht mag.

Wir hatten im Kindergarten im vergangenen Jahr eine Hexe als Erzieherin. Was macht Till? Er verhält sich nicht ruhig und unauffällig, wie ich das gemacht hätte. Nein, er provoziert zusammen mit seiner Freundin und denkt sich ulkige Namen für sie aus. Wenn er das in der Schule macht, wird's schwierig. Deshalb bete ich einfach, dass er die richtige Lehrerin bekommt. Der Elternabend gestern hat nicht zu meiner Vertrauensbildung beigetragen. Aber das ist der Preis für unser Leben auf dem Land. Wir haben keine Auswahl.

Davon abgesehen fühlen wir uns hier sehr wohl. Wir wohnen tatsächlich so ländlich, dass ich morgens aus dem Küchenfenster heraus die Kühe grüßen kann. Und soll ich dir was sagen? Ich find's toll. Als wir damals von Heilbronn hierher gezogen sind, war ich ein absoluter Stadtmensch und musste regelmäßig nach Stuttgart, Freiburg oder Ulm fahren, um Großstadtluft zu schnuppern. Aber mit der Zeit sind die Ausflüge immer seltener geworden, und jetzt fühle ich mich so wohl hier. Wir haben die Natur vor der Tür, und die Nachbarn grüßen nicht nur freundlich, sondern helfen sich auch gegenseitig. Und das ist für uns besonders toll, weil wir ja keine Familie hier haben und es manchmal mit den Kindern nicht so einfach ist, wenn einer krank im Bett liegt, der andere aber zum Schwimmkurs muss.

In der Stadt sieht das schon anders aus, und ich verstehe deine Sorgen bezüglich der Sicherheit. Schön ist aber, dass wir durch diese Sache wieder Kontakt haben. Hättest du das am Dienstag gedacht?

Mit der Mütter-Mafia habe ich auch schon Bekanntschaft gemacht. Man kann ja über nichts so schnell in Streit geraten wie über die lieben Kleinen. Ich habe mir angewöhnt, mich niemals über andere Kinder zu äußern. Auch und gerade dann nicht, wenn ich es nur gut meine. Das hat keinen Sinn.

Jetzt muss ich Till zur Musikschule bringen.

Bis bald,
liebe Grüße
Maxi

Von: Hanna
Gesendet: Freitag, 6. März 2009, 11:45
An: Maxi
Betreff: AW: Grüße aus MG ;-))

Hallo Maxi,

sag nicht, dass man auf dem Land keine Auswahl hat. Hier in Mönchengladbach nutzt die Auswahl auch nix. Wenn ich jetzt richtig viel Geld hätte, würde ich Franziska in einer Privatschule anmelden. Der Beitrag ist happig, aber ich kann dann davon ausgehen, dass sie tatsächlich gefördert wird. Mal sehen, habe noch ein Jahr Zeit!

Ich bin immer noch ein Stadtmensch. Die Auszeit und das Dorfleben genieße ich ja regelmäßig in Kroatien.

Mütter sind schlimm! Und die Kinder sind wie ihre Mütter. Das ist eben so.

Am besten, man sagt nur »Hallo«, da bereits »Guten Tag« eine gewisse Bewertung darstellt und man Feedback wie »Es regnet« oder »Ich bin krank« zu hören bekommt. Und dann denke ich mir: ›Mann ist mir scheißegal, wie es dir geht, kenne dich doch gar nicht, leck mich!‹ und lache, weil ich mir vorstelle, wie blöd die schauen würde, wenn sie wüsste, was ich gerade gedacht habe. Hahaha ...

Ich kann Gott sei Dank keine Nachbarn von meinem Garten aus sehen, da alle Mauern über zwei Meter hoch sind. Hihihi …

Hätten wir nicht unseren Gärtner Fritz, dann wären die Mauern auch sehr sinnvoll. Ich hätte bestimmt ohne Ende Moos, oder es wäre ein Sumpfgebiet. Immer abhängig vom Wetter wäre es ein wechselndes Biotop, oder besser gesagt, ein BioTOT.

Franziska geht zum Ballett, und rate mal wohin? In deine alte Ballettschule in der Kaiserstraße hinterm Schillerplatz. Jeschke ist zwar nicht mehr da, sondern Frau Gößling-Belinski. Und heute heißt die Schule HAPPY DANCE.

Sag mal, hast du jetzt eigentlich das Kinderbuch mit der Maus geschrieben?

Liebe Grüße aus MG,
bis bald,
Hanna

Von: Maxi
Gesendet: Freitag, 6. März 2009, 19:09
An: Hanna
Betreff: AW: Grüße aus MG ;-))

Meine liebe Hanna,

du hast dich wirklich kein bisschen verändert. Vielleicht möchten diese armen Mütter auch nur ein freundliches Gespräch anfangen oder sie suchen Anschluss …

Hattest du das mit dem Kinderbuch noch mitbekommen? Ich hatte es zwar noch fertig geschrieben, aber ehrlich gesagt fand ich es selbst so schlecht, dass ich nicht ernsthaft versucht habe, einen Verlag zu finden. Dafür bin ich seit zwei Jahren Lesepatin im Kindergarten. Ich lese dort regelmäßig den Kindern vor. Das macht mir Spaß. Außerdem gibt es mir das Gefühl, etwas Wichtiges zu tun. Es gibt so viele Kinder, die keine Bücher besitzen und denen nie vorgelesen wird. Dabei sind Bücher meiner Meinung nach der Schlüssel zur Sprache, die Grundvoraussetzung für Erfolg im Leben ist, beruflich wie privat.

Ballett finde ich super. Da bringt man die Kinder hin und holt sie wieder ab. Man muss keine Kuchen backen, die man seinen eigenen Kindern dann wieder für viel Geld verkaufen muss, um die Vereinskasse aufzubessern und niemals auf kalten Sportplätzen stehen. Und wenn das Kind nicht sonderlich begabt ist (so wie ich damals!), muss man nicht mal zu irgendwelchen Aufführungen fahren. Optimal. Ich wollte Till auch schon bei den Ballettmäusen anmelden.

Was hat Franziska denn sonst für Hobbys? Ist sie ein Barbie- oder ein Wilde-Hühner-Mädchen? Liebt sie Pferde, rosa und alles was glitzert? Oder steht sie auf Regenwürmer, Käfer und Schlammcatchen?

Eben ist mein Mann nach Hause gekommen und mosert, dass unser Sohn eine frische Windel braucht und ich meinen Ausweis noch nicht eingescannt habe, auf den doch der Autoverkäufer wartet, und und ... Eigentlich ist er wahrscheinlich nur sauer, dass der Tisch noch nicht gedeckt ist und er unsere E-Mails nicht lesen darf. Um ihn zu besänftigen, werde ich jetzt den Ausweis einscannen und hoffen, dass er bis dahin den Tisch gedeckt hat.

Viele liebe Grüße,
Maxi

Von:	Hanna
Gesendet:	Mittwoch, 11. März 2009, 17:55
An:	Maxi
Betreff:	AW: Grüße aus MG ;-))

Liebe Maxi,

nein, diese Frauen wollen keinen Anschluss. Glaub mir, die Stadtmenschen sind echt komisch. Hahaha ...

Franziska liebt Schreiben und Rechnen und Malen! Seit Kurzem auch Schwimmen. Mit musikalischer Früherziehung fangen wir jetzt erst an, da sie vorher gar kein Interesse daran hatte. Obwohl sie eine echte Partysau ist und auf jeder Feier bis 3 Uhr morgens durchtanzt. Das hat sie von mir. Letzten Sommer konnte man sie auf der Hochzeit meiner Cousine nicht von der Tanzfläche ziehen. Und musikalisch ist sie. Singt alle kroatischen Lieder, die du dir vorstellen kannst. Pferde liebt sie eher aus der Ferne. Wir waren mal reiten, aber das Geschrei hat dem Pony nicht gutgetan ;-))

Natürlich liebt sie pink und rot und mittlerweile auch schwarz!

Und sie sagt in letzter Zeit: »Wenn ich groß bin, dann werde ich Ärzterin!« Genau so!

»Und was macht eine Ärztin?« Die gute Mutter wiederholt immer alles richtig!

Franziska: »Operationen! Nase und so!«

»Hey, super«, sage ich, »mit plastischer Chirurgie kannst du noch was werden. Operiert wird immer!«

Viele liebe Grüße auch an Alex und den Rest der Sippe,
Hanna

Ach ja, hat jemand deiner Geschwister Töchter?

Von: Maxi
Gesendet: Samstag, 14. März 2009, 16:48
An: Hanna
Betreff: AW: Grüße aus MG ;-))

Liebe Hanna,

fangen wir hinten an.

Thorsten hat zwei Töchter. Die sind aber schon 13 und 15. Weißt du, was mein erster Gedanke war, als wir im Ultraschall gesehen haben, dass Till keine Leonie wird? Super, dann muss Alex mit ihm unterwegs immer zur Toilette gehen. Sehr praktisch! Ohne Witz. Das war mein erster Gedanke.

Das ist aber auch heute noch das Einzige, was mir zum Geschlecht unserer Kinder einfällt. Wir haben so viel mitgemacht, um unsere kleinen Hopser zu bekommen – das Geschlecht war wirklich das Letzte, das mich interessiert hat. Und ich krieg auch jedes Mal 'nen Hals, wenn ich irgendwo eine Schwangere sagen höre: »Ach, ich wünsche mir ja so ein Mädchen.« Oder: »Mein Egon wünscht sich einen Stammhalter.« Dann frage ich mich immer, ob die sich wirklich ein Kind wünschen oder jemand, in den sie ihre eigenen Träume projizieren können mit der Hoffnung, dass derjenige sie dann wenigstens realisiert. Und dann hoffe ich für dieses arme Kind, dass es wirklich das Wunschgeschlecht hat, sonst hätte es ja schon gleich am Anfang versagt.

Was machst du denn jetzt eigentlich in MG? In XING steht, du bist selbstständig?

Hey, weißt du, wer gerade bei uns zu Besuch ist? Meine Mama. Habe sie gestern Mittag vom Bahnhof abgeholt. Ich hoffe, Alex und ich können in den nächsten Tagen mal ausgehen. Zeit zu zweit fehlt uns mittlerweile sehr. Wenigstens habe ich morgen Zeit für mich und gehe zur Kosmetikerin. Meinen Termin wahrnehmen, den ich vor eineinhalb Jahren absagen musste, weil die Kinder krank geworden waren. Ich habe es echt nicht geschafft, ihn vorher nachzuholen. Das ist traurig. Dafür lohnt sich die Totalerneuerung wenigstens.

Ärztin ist wirklich ein krisensicherer Job. Aber wenn man die Armen so jammern hört, kann man glatt Mitleid kriegen.

Till hat sich beruflich noch nicht festgelegt. Sagen wir mal, er ist vielseitig interessiert. Zurzeit sind es Planeten und Raumfahrt und er schwankt in seinem Berufswunsch stark zwischen Lokführer und Astronaut. Aber wenn man darüber nachdenkt, sind die Berufe so weit doch gar nicht voneinander entfernt. Man sitzt in einer Art Cockpit, drückt Knöpfe und hat beschissene Arbeitszeiten. Neulich kam er hoch entrüstet vom Kindergarten und meinte: »Gell Mama (ja, er ist ein Schwabenjunge), die ISS gibt es wirklich.«

»Natürlich Liebling. Wir haben doch schon so viel über die ISS gelesen.«

»Justin und Marcel sagen aber, die gibt es gar nicht.«

Und da konnte ich nicht mehr stoppen, was mir auf der Zunge lag und sagte: »Weißt du, bei Sponge Bob erfährt man halt nix über die ISS.«

Gott, jetzt hab ich aber viel geschrieben. Hab ja auch lange dafür gebraucht. Bin irgendwie immer wieder unterbrochen worden.

Viele liebe Grüße,
Maxi

Von:	Hanna
Gesendet:	Montag, 16. März 2009, 12:14
An:	Maxi
Betreff:	AW: Grüße aus MG ;-))

Hallo,

ja, mit dem Geschlecht ist das so eine Sache. Du weißt ja, dass man sich alles wünschen kann. Auf Bestellung geht nun mal nix, dennoch ist eines immer gewiss: 50:50 Chance, Junge oder Mädchen ... Dass es in Deutschland um die Stammhalterfrage geht, kenne ich von Leuten aus dem Kindergarten, jetzt haben die mittlerweile fünf Töchter!! Na denn, viel Spaß.

Du hast so recht, was das Thema Gesundheit angeht! Es ist nicht selbstverständlich:

a) schwanger zu werden,

b) ein gesundes Kind zu erwarten und

c) das Kind auf natürliche Weise zu bekommen. Wir setzen immer voraus, dass alles so glatt läuft, wie wenn man mal eben ein neues Auto kauft und dann macht Mama Natur einfach einen Strich durch die Rechnung ...

Wie auch immer, gut, dass es geklappt hat ... Das ist doch das Wichtigste!

Ich hätte gern noch Kinder, aber die schwere Schwangerschaft, frühzeitiger Blasensprung (sieben Wochen vor Termin), Notkaiserschnitt und der ganze Intensivstationspunk haben einen schrecklichen Eindruck bei mir hinterlassen. Ich kriege jedes Mal Panik, wenn ich daran zurückdenke.

Ich mache gerade mein eigenes Online-Projekt. Sehr arbeitsintensiv!

Oh, oh! Wenn du wegen der Sponge-Bob-Sache mal nicht Ärger mit den Mamas kriegst!

Ich wünsche dir eine schöne Woche,
liebe Grüße aus deiner Heimatstadt,
Hanna

Von: Maxi
Gesendet: Mittwoch, 18. März 2009, 10:02
An: Hanna
Betreff: AW: Grüße aus MG ;-))

Guten Morgen, liebe Hanna,

Notkaiserschnitt sieben Wochen zu früh. Das ist ja total traumatisch! Das müssen schlimme Erfahrungen gewesen sein und das prägt einfach. Was man da durchmacht, kann man sich, glaube ich, nicht vorstellen. Du bist jetzt bestimmt auch, was manche als etwas überbehütend bezeichnen. Das bin ich auch, obwohl die Tochter meiner Freundin immer sagt, dass sie auch mal so eine coole Mama werden will wie ich. Dann denke ich immer: Mädchen, wenn du wüsstest, wie es in mir aussieht. Wir wollten immer drei Kinder, mindestens. Deshalb haben wir auch so ein großes Haus gekauft, damit wir in jedem Fall genug Kinderzimmer haben. Leider lief bei uns nicht alles wie geplant, und die letzte Schwangerschaft mit Jan war bis zum Ende so aufreibend, dass wir uns gesagt haben: Wir sind froh und dankbar über zwei gesunde Kinder, wir fordern unser Glück nicht noch einmal heraus!

Und mittlerweile muss ich ehrlich sagen, dass ich auch kein drittes Kind mehr will. Ich finde es anstrengend genug, den Alltag mit den beiden so zu gestalten, dass alle zufrieden und einigermaßen fröhlich sind. Ich bin total glücklich mit den Rabauken, aber es reicht. Also ich verstehe dich voll und ganz. Aber durch diese Erfahrungen weiß ich auch, dass ein gesundes Kind keine Selbstverständlichkeit ist, und wenn meine zwei Jungs mich zur Weißglut treiben, dann denke ich daran, was für ein großes Glück wir haben, dass sie bei uns sind. Dir wird es ähnlich gehen.

Ich bin heute so müde, ich könnte im Stehen einschlafen. Till ist um ein Uhr nachts aufgewacht, weil er mal wieder Angst vor Dieben hatte. Mein Problem, wenn ich nachts geweckt werde, ist, dass ich dann nicht wieder einschlafen kann. Bis drei Uhr habe ich mir noch gesagt, dass ich morgen lieb zu ihm bin. Vielleicht braucht er Aufmerksamkeit, ich werde mit ihm LEGO spielen. Ab drei Uhr hatte ich das mit dem LEGO spielen wieder geknickt und ab fünf Uhr dachte ich, es wäre für ihn besser, mir heute gar nicht zu begegnen. Tagsüber der Superheld, der seinem kleinen Bruder von Dieben und Gespenstern erzählt, und nachts die Mama wecken. Nee!

Ich freu mich, dich im Mai in Mönchengladbach zu sehen und deine Tochter kennenzulernen. Leider sind wir nur so kurz da, dass wir wahrscheinlich in doppelter Schallgeschwindigkeit reden müssen, um das Wichtigste auszutauschen. Außerdem dürfen wir die Familie nicht vernachlässigen.

Vielleicht kannst du ja aber auch mal eines dieser günstigen Bahntickets schnappen und mit Franziska für ein paar Tage hierher kommen. Platz ist ja nun genug für alle da. Meine Mutter ist für 59 Euro hin- und zurückgefahren und hätte noch bis zu drei Kinder kostenlos mitnehmen können.

Mittlerweile sitzt ein kleiner Bär auf meinem Schoß und will unbedingt und sofort bei YouTube ›Cowboy und

Indianer‹ hören. Der steht voll auf diese ganzen Malle-Hits! Keine Ahnung, von wem er das hat …

Ich sag tschüss bis bald,
liebe Grüße in die Heimat,
Maxi

2

›Lieschen ist die wichtigste Person für mich gewesen in den letzten zweieinhalb Jahren. Ohne sie gäbe es uns heute sicherlich nicht mehr. Ohne sie hätte ich nach dem Tod von Marc nicht mehr die Kurve gekriegt. Ich wollte damals nicht mehr leben …‹, begann ich meine E-Mail an Maxi, als es klingelte.

Lieschen stand vor der Tür und fragte sofort »Hach, Hanna, Kint, is et hüt widder so ne Daach?«

»Ja«, sagte ich kurz mit glasigen Augen. Immer noch, wenn ich an Marc denke oder über ihn spreche, tut es so entsetzlich weh, als ob es gestern gewesen wäre.

Es gibt keinen Trost, wenn dein Mann stirbt. Marc war der Mensch, den ich immer gesucht hatte, und jetzt gab es ihn nicht mehr. Lieschen versuchte dennoch, mich zu trösten. Ihre Lebenserfahrung macht jede ihrer Aussagen zum Gesetz. Sie sagt oft:

›Hüt dät es mehr wieh als morje, un morje wenijer als üvermorje. Die Zit heilt dinne Wunden niemals. Un wenn du disch so von Woch zu Woch durchschleppst, dann würd jeder neue Monat un jedes Jahr ene jroße Schritt für disch! Et würd schlechte Daach jeve, schwarze Daach, vor allem Jeburtsdaach, Feierdaach un sinne Todesdaach werden disch ene Prüfung sin. Du denks, dat et nie besser würd, äver et würd!‹

Franziska ist anders als ich. Kinder sind so lebensbejahend. Sie nehmen alles, wie es kommt. Sie ziehen aus jeder Situation, egal wie aussichtslos sie erscheint, das Beste für sich heraus und sind mit dem glücklich, was sie haben.

Lieschen ist mir all die Jahre treu geblieben, anders als viele unserer Freunde. Alle kümmern sich um dich, sogar bis eine Woche nach der Beerdigung. Und dann gehen sie wieder zur Tagesordnung über, wie ein Mal die Woche Müll rausstellen. Weg und fertig. Aber wir haben niemanden loswerden wollen.

›Seine Zeit ist eben abgelaufen‹, sagen die einen, ›das ist Schicksal‹, die anderen. ›Du bist jung, du findest bestimmt einen neuen liebevollen Partner‹ meinen die total Gefühlsamputierten. Wieso ist denn, bitteschön, seine Zeit abgelaufen? Marc war keine Eieruhr. Was für ein Schicksal? Einmal antwortete ich einer Mutter im Kindergarten, die mir mit dem Schicksalsspruch kam: ›Ich kacke auf das Schicksal, dass so dumme Menschen wie euch leben lässt und Marc sterben!‹

»Wann wird dieses Gefühl endlich vorbei sein? Ich glaube niemals!«, sagte ich mit kraftloser Stimme. Ich musste entsetzlich traurig ausgesehen haben, denn Lieschen nahm mich tröstend in die Arme. Sie kennt mich so gut, sie kennt jeden kleinen Winkel meiner Seele und leidet noch heute mit mir. Sie kann sich so gut in mich hineinfühlen. Das schaffen nicht einmal meine Eltern. Ich fühlte mich wieder unendlich hilflos. »Hätte ich doch bloß nicht versucht, Maxi diese E-Mail zu schreiben. Am liebsten würde ich jetzt schreien«, schluchzte ich, »ich halte das nicht mehr aus.«

Und Lieschen hielt mich fest. Dann schaute sie mich an und sagte ernst: »Mensch, dann brüll doch«, während sie mich in den Garten zog. »Dat is minne Hus, he würd sich niemand beschwere.«

»Nein, das kann ich nicht.«

»Jenau, dat is et, min Kint. Solang du disch säst, dat du et net kanns, wirste net dröver komme.«

»Aber …«, begann ich mich zu rechtfertigen.

»Äver, wat?« Lieschens Stimme hatte jetzt diesen Ton, den ich nur in Extremsituationen von ihr kannte. Sie packte mich so fest an den Schultern, dass es mir weh tat. Woher nahm diese kleine, zierliche Person, keine 160 Zentimeter groß, ein Leichtgewicht, nur diese Kraft? »Hanna, du muss loslasse. Et is zweieinhalb Jahr her, dat Marc jestorben is. Et is entsetzlich, ja. Un et würd immer schmerzen. Minne Helmut fehlt mir auch sehr, äver wir leben! Du häst Franziska, ich hann minne Kinder un minne Enkel. Un dat Läwe is schön.«

»Schön?«, fauchte ich sie an. »Schön? Was ist schön an meinem Leben? Ich fühle mich wie durchgeschnitten. Marc war ein Teil von mir, mit ihm war ich komplett«, schrie ich weiter und rannte zurück ins Wohnzimmer. Ich drückte seine Urne fest an mich, während mir die Tränen in Strömen die Wangen herunterliefen. Ich hatte ihn noch nicht einmal vernünftig beerdigen können. Das hatten mir alle außer Lieschen vorgeworfen. Ich konnte ihn nicht einfach in eine Holzkiste stecken, ihn in einer Gruft oder der blanken Erde begraben. Ich wollte ihn nicht loslassen. Die Urne hatte er mal erwähnt, und er wollte, dass ich seine Asche am Meer verteile. Aber das konnte ich auch nicht. Zweimal war ich an der kroatischen Küste, um meine Familie zu besuchen und seinen Wunsch zu erfüllen, aber ich packte es nicht. Marc reiste mit mir, überall hin. Ich habe mich daran gewöhnt, mit der Urne zu reden. Franziska redet nicht mit der Urne, sie spricht mit der Luft. Sie sagt, dass sie ihn sieht und sich mit ihm unterhält. Kinder kommen im Leben mit allem klar. Warum schaffe ich es nicht?

»Hanna, Hanna«, riss mich Lieschen aus meinen Gedanken, »Jedes Mal, wenn et dir so schlecht ging, jab et doch ene Jrund dafür! Wat is denn hüt passiert?« Ja, das stimmte, jedes Mal gab es einen Grund für meine tiefe Trauer. Im Kindergarten waren es die jährlichen Vater-bastelt-mit-Kind-Laterne-Tage oder letztens noch die Anmeldung in der Musikschule. »Bitte geben Sie die Daten auch für den Vater des Kindes an!« »Franziska hat keinen Vater mehr«, hatte ich der Schulleiterin gesagt. Sie hatte mich mitfühlend angeschaut und gemeint, dass es wirklich traurig sei, dass heutzutage die Kinder nach der Trennung ihrer Eltern auf ein Elternteil verzichten müssen. Ich musste sofort weinen. Franziska tröstete mich und erklärte der Frau altklug, dass ihr Papa vor fast drei Jahren gestorben ist. Meine Tochter war so stark, stark für uns, für mich! Dabei wäre das eigentlich meine Rolle gewesen. Es war immer meine Rolle, stark zu sein. Ich hatte die Courage und die große Klappe. Auch in unserer Beziehung war ich wie ein Stier, zu jedem Kampf bereit, aber seit es Marc nicht mehr gibt, habe ich Schwächen an mir entdeckt, die ich vorher nicht kannte. Und das macht mir Angst.

»Ja, Lieschen, heute ist meine E-Mail an Maxi der Auslöser«, sagte ich.

»Dinne alde Schulfreundin?«, fragte sie nach.

»Ja, genau, meine beste Freundin. Ich habe darüber nachgedacht, wie es gewesen wäre, wenn sie damals hier gewesen wäre. Maxi hätte bestimmt mitgeheult. Ich konnte sie mit meinen Emotionen immer so gut anstecken.« Ich musste lachen. Es war kein hysterisches Lachen, eher ein freudvolles. Es war schön, an Maxi zu denken. »Ich wollte ihr schreiben, was in den letzten Jahren passiert ist, und dann hatte ich plötzlich wieder dieses leere Gefühl. Sie wissen schon ...«

Erneut erinnerte ich mich an die letzten Stunden mit Marc. Es war ein Tag wie jeder andere. Franziska war drei Jahre alt, Marc brachte sie morgens immer in den

Kindergarten. Es ging hektisch zu, wir waren meistens spät dran. Frühstücken im Stehen gehörte zu unserem Leben. Während Franziska in der Küche auf der Arbeitsplatte saß und ihren Kakao schlürfte, betonte sie, dass andere Kinder an einem richtigen Tisch essen würden. Marc und ich sahen das lockerer. Unsere Küche war funktional, ich fand sie auch schön. Etwas Edelstahl, viel weiß, schlicht. Für uns war nie eine Einbauküche infrage gekommen. Wir hatten den offenen Stil gewählt, der auch gern mal die Töpfe und Teller einstauben ließ. Natürlich nur so lange, bis wieder eine meiner Jungfrau-Putzorgien anstand. Unser Kühlschrank war ein Erbstück aus den 60ern. Ein Bosch! Die gibt es heutzutage wieder bei Media Markt und Co. als Retro-Modell. Marc hatte uns lieber einen günstigen Kühlschrank im Supermarkt gekauft und dann die alte Bosch-Hülle drumherum gebaut. So etwas konnte er richtig gut. Er war einfach praktisch veranlagt, und das liebte ich so sehr an ihm. Viel Wertvolles gab es in unserer Küche nicht, außer der ECM Espressomaschine. Siebträger, wohl gemerkt. Ein Vollautomat wäre nichts für uns gewesen. Wir liebten Espresso. Morgens, mittags, abends, nachts. Zu jeder Tageszeit.

An jenem Morgen verabschiedeten wir uns an der Tür. Ein Küsschen für Franziska, eins für Marc. Ich war wunschlos glücklich! Heute spielt sich dieser letzte Moment, an dem ich ihn lebendig sah, in meiner Erinnerung immer wieder in Zeitlupe ab. Als gegen elf Uhr das Telefon klingelte, war mein erster Gedanke, dass Franziska im Kindergarten von der Schaukel gefallen war und ich sie holen sollte. Es war Sandra Heinkes, Marcs Kollegin.

»Hanna, Marc hatte einen Schwächeanfall! Der Notarztwagen hat ihn zum Maria Hilf Krankenhaus gefahren.«

»Wie geht es ihm, was ist denn passiert?«, fragte ich, aber sie konnte mir auch nicht mehr sagen. Nein, ich hatte keine dunkle Vorahnung, kein merkwürdiges Gefühl, dass dieser Tag mein Leben verändern würde. Ich zog mir die Schuhe an, schnappte meine Schlüssel und lief rüber zum Krankenhaus, das sich direkt gegenüber von unserer Wohnung befand. Die Dame an der Information war sehr nett und erklärte mir, wie ich zur Notaufnahme gelangen konnte, da Marcs Daten noch nicht im PC erfasst waren. Warum bleibt in solchen Momenten die Zeit stehen? Die Beine bewegen sich von selbst und das Herz fängt an wie verrückt zu schlagen. Ich war in großer Sorge, aber Angst hatte ich nicht. Ich ging nicht vom Schlimmsten aus. Ich konnte mir nicht erklären, warum Marc einen Schwächeanfall hatte. Ich hoffte, dass wir heute noch zusammen nach Hause gehen konnten.

»Guten Tag«, begrüßte ich die erste Krankenschwester, die mir entgegen kam, »können Sie mir sagen, in welchem Zimmer Marc Peters liegt?«

»Ja, setzen Sie sich doch bitte, Herr Doktor ist gleich da.« Ich wartete ungefähr 15 Minuten, bis endlich der Arzt kam. Er sprach mit ruhiger, fast beschwörender Stimme zu mir.

»Frau Peters, Ihr Mann hatte einen Herzinfarkt.« Dann war das ja viel schlimmer als ein Schwächeanfall! Und wieso nannte er mich Peters?

»Duplancic ist mein Name, wir sind nicht verheiratet.«

»Bitte verzeihen Sie. Frau Duplancic, das passiert auch sehr jungen Menschen wie Ihrem Mann.«

»Ja«, sagte ich kurz und stand auf, »ich will jetzt zu

Marc, in welchem Zimmer ist er denn?« Der Arzt hielt mich fest, manövrierte mich auf den Stuhl zurück und schaute mich ernst an.

»Frau Duplancic, Ihr Mann ist tot!« T O T. Ich hörte die einzelnen Buchstaben, aber sie wollten sich in meinem Gehirn nicht zu einem Wort verbinden. Tot. Was meinte er bloß mit tot? Ich sprang auf.

»Ich will jetzt zu ihm!« Anscheinend erfüllte ich in dem Moment nicht die Erwartungen des Arztes, ich brach nicht zusammen. Er führte mich zu einem Zimmer am Ende des Flurs. Immer noch hatte ich nicht realisiert, was los war. Und da lag Marc, in diesem weißen Krankenhausbett, und meiner Ansicht nach schlief er. Er musste sich schließlich ausruhen. Ich streichelte seine Locken und sein süßes Gesicht.

»Was machst du für Sachen? Mach deine Augen auf und lass uns nach Hause gehen.« Ich setzte mich zu ihm ans Bett, küsste ihn, atmete seinen vertrauten Geruch ein. T O T. Die Buchstaben, das weiße Bett, seine geschlossenen Augen. Ganz langsam begriff ich es. Ich weinte. Tränen waren überall. Ich sagte nichts, ich weinte nur.

Wie ich nach Hause gekommen war, weiß ich bis heute nicht. Lieschen hatte Franziska vom Kindergarten abgeholt und kümmerte sich um mich, um uns und um alles, was mit den Bestattungspapieren zu tun hatte. Bis zu diesem Tag war sie für uns nur unsere Vermieterin gewesen, die in der Wohnung über uns wohnte. Als ihr Mann gestorben war, hatte sie beschlossen, ihre nun viel zu große Wohnung zu vermieten und eine Etage höher zu ziehen. Wir suchten damals als unverheiratetes, schwangeres Paar eine passende Behausung. Mit Hund und ohne Kind hätten wir sicherlich bessere Chancen gehabt. Aber mit einem Baby? Als uns dann Lieschen die Tür zu ihrer wunderschönen, alten Jugendstilwohnung öffnete, wusste ich sofort, dass meine Sorgen unbegründet gewesen waren. Es gibt Menschen, die dir auf den ersten Blick gut tun. Du hast das Gefühl, sie zumindest in einem anderen Leben schon mal getroffen zu haben, und du fühlst dich wie zu Hause. Und so war es. Die Chemie stimmte. Ich hatte einen dicken, kugelrunden Bauch, den man nicht übersehen konnte, und ich kleidete mich extra bauchbetont.

»Et Osterhas steet vör de Dü'er!!«, begrüßte uns Lieschen, und wir mussten alle lachen. Ich war zwar am Niederrhein aufgewachsen, aber das Gladbacher Platt verstand ich nur in Fragmenten. Lieschen war eine echte rheinische Frohnatur und mochte uns von Anfang an. Wir bekamen diese 95 Quadratmeter riesige Zwei-Zimmer-Traumwohnung mit den herrlich knarrenden Bodendielen. Die hohen Decken gaben uns das Gefühl von Platz und Freiheit. Sie bat uns, ihr antikes G. Schwechten Klavier in der Wohnung stehen zu lassen. Man kann zwar nicht mehr darauf spielen, aber es ist ein wunderbares Möbelstück.

»Hanna«, sagte Lieschen wieder.

»Entschuldigung, ich war in Gedanken. Ach, wie spät ist es denn? Oh Gott, schon halb eins, ich muss Franziska abholen.« Ich griff nach meiner Jacke, gab Lieschen einen Kuss und eilte zum Kindergarten.

»… Mamaaaaaaa, Mamaaaaaaaa, aufwachen!«, dröhnte es an meinem Ohr. Im ersten Moment wusste ich gar nicht, wo ich war. Ich hatte von Marc geträumt. Es war ein wunderschöner Traum.

»Guten Morgen, Mama. Heute machen wir im Kindergarten einen Ausflug und Picknick. Du musst mir viele schöne Sachen einpacken. Ich werde bestimmt großen Hunger haben«, plapperte Franziska drauflos.

»Ja, mein Schatz, ich packe dir alles ein, was wir zu Hause haben«, antwortete ich lachend. Heute war wohl ein guter Tag für mich.

»Mama, in der Nacht war Papa bei mir und hat mir gesagt, dass du nicht immer so traurig sein sollst.«

»Echt? Ich habe auch von Papa geträumt.«

»Nein, ich habe nicht geträumt. Er saß bei mir auf dem Bett, und wir haben geredet und gelacht.«

Heute war ein guter Tag für mich. Und ich beschloss, weiter an meinem Projekt zu arbeiten. Maxi würde ich das mit Marc nicht schreiben. Ich würde es ihr erzählen.

Von: Hanna
Gesendet: Donnerstag, 19. März 2009, 11:54
An: Maxi
Betreff: ...

Haha, meine Liebe,

meine letzte Nacht war nicht besser. Franziska hat auch schlecht geträumt und bestimmt fünf Mal gerufen: »Maaaaamaaaaaaa ...«

Die machen uns fertig. Aber ich habe mich dran gewöhnt, da es bei uns seit der Geburt bzw. Entlassung aus dem Krankenhaus so ist, dass sie nieeeee durchschläft. Ich muss mich noch mindestens zwei bis drei Mal die Woche zu ihr legen. Puh ...

Weißt du, was lustig ist? Dass ich gestern Morgen auch gedacht habe, dass es bis Ende Mai ja sooo lange hin ist und dass wir doch früher zu euch kommen müssten. Eben mit der Bahn, Super Sparticket. Das wäre echt ein Ding.

Und dann spüle ich gern! Hihi ...

Oder ich mach euch frische Cevapcici mit Djuvecreis, Krautsalat und Ajvar!

Du fehlst mir! Weißt du was, ich muss jetzt kochen, aber gleich nach dem Mittagessen ruf ich dich mal an. Ich hoffe, du bist zu Hause.

Bis gleich,
Gruß und Kuss
Hanna

Von: Maxi
Gesendet: Donnerstag, 19. März 2009, 14:36
An: Hanna
Betreff: ...

Liebe Hanna,

ich habe mich total über deinen Anruf gefreut, auch wenn er mir echt unter die Haut gegangen ist. Ich kann es noch gar nicht fassen, was dir in den vergangenen Jahren zugestoßen ist. Ehrlich, mir fehlen die Worte. Es tut mir so leid, dass ich nicht da war.

Und du kannst jetzt wirklich Djuvecreis kochen? Das ist ja genial! Ich habe mich einmal daran versucht. Hatte das Rezept aus dem Internet: fragmutti.de; da eröffnet sich dir die ganze Welt der glücklichen Hausfrau. Aber es war nicht einmal ansatzweise ein Vergleich zum Reis deiner Mutter. Ich weiß noch, wie du ihn mir damals ins Krankenhaus gebracht hast. Sag mir bitte, dass das kein Witz war. Ich speichle nämlich schon ...

Also, wir sind besuchsbereit ab Donnerstag, 26.3. bis zum 16.5. (dann fahren wir ja zur Nordsee).

Spülen musst du nicht, das macht meine Lisa. Aber die Fenster hätten's echt nötig ... (findet auch meine Mutter!)

Ich würde mich so freuen. Dann hätten wir richtig Zeit zu reden, zumindest wenn die Kinder schlafen.

Viele liebe Grüße,
Maxi

Von: Hanna
Gesendet: Donnerstag, 19. März 2009, 16:15
An: Maxi
Betreff: ... und alles wegen Reis

Ach so, und wegen einer Portion Djuvecreis soll ich nun bis zum 31.03. kommen. Hahaha! War kein Witz. Ich werde genau das kochen.

Gut, dann nehmen wir uns die Fenster vor. Und Alex schicken wir mit den Kindern weg! Oder besser. Wir erklären Alex, wie das mit den Fenstern geht, legen ihm Lappen und Tiptop bereit und hauen mit den Kindern ab. Cool!

Anfang April hat Franziska ihren 5. Geburtstag (kein Aprilscherz!). Danach wäre was möglich. Ich gebe dir aber auf jeden Fall rechtzeitig Bescheid, versprochen.

Liebste Grüße,
Hanna

Von: Maxi
Gesendet: Donnerstag, 19. März 2009, 18:10
An: Hanna
Betreff: AW ... und alles wegen Reis

Dann freu ich mich auf den April. Das mit den Fenstern machen wir so.

Hey, da steht dir ja ein Kindergeburtstag bevor. Wie viele Gäste kommen denn – und gibt es ein Motto? Ich such immer nach passenden Spielen im Internet und ob du es glaubst oder nicht, ich schreibe einen Ablaufplan, mehrere

Heulattacken des Geburtstagskindes selbstredend mit einkalkuliert.

Liebe Grüße und für uns alle eine bessere Nacht,
Maxi

Von:	Hanna
Gesendet:	Freitag, 20. März 2009, 11:18
An:	Maxi
Betreff:	AW: ... und alles wegen Reis

Hallo, liebe Maxi,

die gesamte buckelige Verwandtschaft hat sich angesagt! Es wird ein Geburtstagsfamilienfest, die Erwachsenen bleiben auch die ganze Zeit! Mindestens 25 Erwachsene und 9 Kinder. Puh ... Franziska hat sich eine Hello-Kitty-Torte gewünscht, aber die Füllung ist nicht egal. Es muss auf jeden Fall ein Sandkuchen mit Schokostückchen sein, den ich durchschneiden und mit Schokocreme füllen soll. Oben drauf weiße Schokolade als Glasur und das ›Hello-Kitty-Gesicht‹ malen. Die Form ist auch ausgesucht (Durchmesser circa 40 Zentimeter).

Und das alles zum fünften Geburtstag. Was mache ich erst zum 18.? Dorint Hotel mieten?

Bevor die Ersten gehen, werden wir eine Pinata zerschlagen! Total cool, so spart man sich die Geschenktütchen!

Zu essen wird es geben – na, was wohl? Genau! Cevapcici!

Das Motto ist Märchenwald, Kostümparty. Franziska will das Kostüm von Karneval tragen. Alle sollen sich verkleiden. Teller und so sind von Tinkerbell. Hat Franziska selbst ausgesucht. Auf der einen Seite ist es ja anstrengend, dass die Kurzen wissen, was sie wollen. Andererseits ist es irgendwie schön, Kinder zu haben, die mitdenken und mitgestalten. Dann habe ich bisher wohl nicht alles falsch gemacht ;-))

Welche Spiele sind bei euch am besten angekommen?

Von:	Maxi
Gesendet:	Freitag, 20. März 2009, 16:38
An:	Hanna
Betreff:	... und alles wegen eines fünften Geburtstages

Sag mal ehrlich: Hättest du jemals gedacht, dass du wegen eines Kindergeburtstags einmal so einen Aufwand treiben würdest? Die kleinen Blutsauger haben uns wirklich im Griff. Es gibt so viel, was man sich nicht vorstellen kann, bevor man Kinder hat. Aber das ist jetzt nicht das Thema. Das Thema ist ernst: Der fünfte Geburtstag – Märchenwald.

Jan schläft, Till ist passenderweise gerade selbst auf einem Kindergeburtstag, meine Mutter näht, ich habe einen Kaffee und Zeit, mich diesem wichtigen Thema zu widmen.

Also Märchenwald finde ich super. Ich hoffe nur, dass sich keiner als Baum verkleidet, der dann mit seinen Ästen ständig alle haut.

Viel schwieriger sehe ich aber die Sache mit den Erwachsenen. Ich kann mir nicht vorstellen, mit so vielen Menschen im Haus auch noch Spiele zu machen. Wahrscheinlich ist es da wirklich das Beste, Partymusik einzuwerfen und die Kids durchs Haus toben zu lassen. Es sei denn, Franziska wünscht sich Spiele. Dieses Begehren lodert ja meist nach den ersten Einladungen zu anderen Geburtstagen auf.

Wenn Kindergeburtstag und Verwandtschaft sich bei euch also zeitlich nicht trennen lassen, schlage ich die ganz einfachen Spiele vor:

- Flaschendrehen als Eingangsspiel
- natürlich der Klassiker Topfschlagen
- Ketten basteln mit Fruit Loops
- Schatzsuche durch den Märchenwald
- Montagsmaler
- Scharade

Tills fünfter Geburtstag war ein Piratengeburtstag. Wir haben die Kinder zu Piraten ausgebildet und ihnen hinterher, nachdem sie den Schatz geborgen hatten, das Piratendiplom überreicht. Da mussten sie sich Augenklappen, Fernglas etc. basteln.

Dieses Jahr hatten wir einen Fußballgeburtstag und ich habe versagt. Ich hätte es besser wissen müssen. Ich kenne mein Kind und habe nicht drüber nachgedacht. Also es waren zehn Kinder und ich dachte, das ist für Spiele schon ganz schön viel. Was macht man beim Fußball? Man bildet Mannschaften. Fünf in jeder Mannschaft ist schon nicht mehr so viel. Drama 1: Mannschaften bilden (ich bin bei Till, ich bin bei Till ...). Blaue und orange T-Shirts verteilt und die Kinder selbst Trikots gestalten lassen mit Textilstiften. So weit so gut. Danach nahm das Schicksal seinen Lauf: Du musst wissen, dass Till absolut kein Wettkampftyp ist. Er liebt Sport, aber bitte kein Wettrennen. Verlieren können wir nämlich gar nicht. Aber bei zwei Mannschaften verliert nun mal bei jedem Spiel jemand. Und das war ausgerechnet an seinem Geburtstag zu viel für ihn. Bei jedem Punkt für die andere Mannschaft ist er zusammengebrochen. Wie konnte mir so ein Fehler passieren? Alle anderen hatten aber viel Spaß. Ein Spiel, das ich hier aus diesem Grund niemals anbieten werde, ist die Reise nach Jerusalem.

Ich düse jetzt schnell und hole Till von seiner Feier ab. Ein Power-Ranger-Geburtstag. Ich bin gespannt, ob er mit neu erlernten asiatischen Kampftechniken nach Hause kommt.

Viele liebe Grüße
Maxi

3

Die Wochen vergingen und ich hörte nichts von meinem Arbeitgeber. Viel Zeit zum Nachdenken blieb nicht, denn die Tage waren von früh bis spät mit Terminen der Kinder ausgefüllt. Vormittags pendelte ich mit Jan zwischen Krabbelgruppe, Musikgarten, Krankengymnastik und Kochen hin und her. Nachmittags fuhr ich Till zu seinen Freizeitaktivitäten. Freizeitstress für Kinder? Ich empfinde es eher als Stress für die Mutter. Die Kinder lassen sich gemütlich von einem Event zum nächsten chauffieren, während die liebe Mama sich fast zerreißt, um allen Verpflichtungen pünktlich nachzukommen. Und dass diese ganzen Verpflichtungen unerlässlich für eine erfolgreiche Zukunft der Kinder sind, wird uns von allen Seiten suggeriert. Der Kinderarzt erläutert, dass eine Mitgliedschaft im Turnverein über Hauptschule oder Gymnasium entscheidet, ebenso sieht das die Musiklehrerin in Bezug auf ein Instrument. Natürlich achten wir darauf, dass unser Kind die Zahnspange regelmäßig trägt, denn wir wollen ja nicht, dass es später unter Migräne leidet, und sich mit 30 schon nicht mehr richtig bücken kann.

»Sie müssen danach schauen, dass Till die Übungen täglich macht. Wir wollen doch nicht, dass er später in der Schule Nachteile hat«, ermahnte mich Ruth, Tills Physiotherapeutin, an einem Donnerstag Ende März. Der Donnerstag war generell mein Horrortag. Wenn ich Till früh zum Kindergarten gebracht hatte, ging ich mit Jan in die Krabbelgruppe. Danach hatte er Krankengymnastik. Meine Söhne haben beide meine Beine geerbt. Ich habe starke X-Beine, Senk-, Platt-, Spreiz- und Knickfüße. Als Kind musste ich Einlagen tragen. Meine Mutter ging zweimal im Jahr mit mir zum Orthopäden und ich weinte bei der Auswahl der Sommerschuhe, weil offene Sandalen mit Einlagen einfach nicht gingen. Das war alles. Heute weiß man, dass man im Kindesalter sehr viel mit geeigneten Übungen ausgleichen kann. Nach der Krankengymnastik musste ich mich sehr beeilen, das Mittagessen zu kochen, um Till noch rechtzeitig vom Kindergarten abholen zu können. Danach fuhr ich auch ihn zur Krankengymnastik und anschließend zur Musikschule. Am Donnerstagabend fühlte ich mich regelmäßig wie mehrfach durch den Fleischwolf gedreht. Ich schlief in der Regel auf dem Sofa ein, sobald die Kinder im Bett waren, und hörte Alex noch brummen: »Immer schläfst du gleich ein und ich sitze hier ganz allein.« Ich hasste die Donnerstage.

»Ja. Wir bemühen uns, dass er die Übungen täglich macht«, beteuerte ich und beschloss, beim Ausfüllen des Hausaufgabenhefts in Zukunft ein wenig zu mogeln. Bis dahin hatten wir in das Heft ganz genau eingetragen, wann Till seine Übungen gemacht hatte. Und jede Woche wurden wir darüber informiert, dass das tägliche Training entscheidend für seinen schulischen Werdegang sei. »Jetzt müssen wir uns aber beeilen. Sonst kommen wir zu spät zur Musikschule. Tschüss, Ruth, bis nächste Woche. Wir werden jeden Tag üben. Till, du solltest doch schon deine Schuhe anziehen. Wir kommen zu spät. Jan, komm von dem Traktor runter. Wir müssen los. Also, tschüss, Ruth. Kinder, kommt! Wir sind schon zu spät!« Ruth schob mich wahrscheinlich in die Schublade ›Überdrehtes Muttertier‹, das sich in Nebensächlichkeiten verzettelt und den Blick für das Wesentliche, nämlich die Physiotherapie der Kinder, verloren hat.

Leider dachte das auch Annemarie, Tills Musiklehrerin, als ich Till genau dreieinhalb Minuten zu spät bei ihr abgeben wollte.

»Du Maxi, das geht so nicht weiter. Ich möchte dich bitten, in Zukunft früher zu kommen. Eine Musikstunde ist ein Musikstück für sich. Das ist eine musikalische Einheit, die nicht gestört werden darf. Ich kann den Till in Zukunft nicht mehr mitmachen lassen, wenn die Stunde schon angefangen hat.«

›Halt mal den Ball flach. Das hier sind nicht die Berliner Philharmoniker, das ist musikalische Früherziehung‹, hätte ich am liebsten gesagt. Aber ich bin eben Maxi und nicht Hanna und deshalb sagte ich:

»Tut mir sehr leid, Annemarie. Das versteh ich. Ich bemüh mich.« Vor meinem geistigen Auge stellte ich mir vor, dass die noch kinderlose Annemarie drei Kinder bekommen und von den Mühlen der Verpflichtungen zermahlen würde. Ich sah gerade noch Kopf und Arme herausragen und wild gestikulieren, da wurde ich aus meinem Traum gerissen.

»Hey Maxi, gehen wir einen Kaffee trinken?« Andrea, deren sechsjähriger Sohn Hagen den gleichen Kurs besuchte, schlug vor, die Wartezeit im Café zu verbringen.

»Ich bin fix und alle«, stöhnte ich, als Mario, der Inhaber meines italienischen Lieblingscafés, unsere Latte macchiato servierte. Jan und Andreas zweijähriger Sohn Paul spielten in der Kinderecke. Das Mario's gefiel mir, weil es ein Café für Erwachsene war, in dem Kinder aber trotzdem willkommen waren. Wie in Italien eben. Die Kinder gehörten hier dazu, was aber nicht hieß, dass man an geschmacklosen, aber leicht abwaschbaren Kunststofftischen auf Plastikstühlen saß, umringt von stillenden Mamas und weinenden Kleinkindern. Bei Mario traf man Vertreter aller sozialen Schichten und Altersgruppen. Unter anderem waren dafür vermutlich die unterschiedlichen Veranstaltungen verantwortlich, die hier regelmäßig stattfanden. Von italienischer Popmusik über Country Music bis hin zur erotischen Lesenacht hatte es bei Mario schon so ziemlich alles gegeben.

»Diese Donnerstage schaffen mich und Annemarie gibt mir noch den Rest.«

»Entspann dich«, sagte Andrea. »Diese Künstler leben in einer anderen Welt. Aber du siehst echt fertig aus.«

»Mir wächst alles über den Kopf. Ich hetze von einem Termin zum nächsten und frage mich, wie das werden soll, wenn ich erst wieder arbeite. Falls ich jemals wieder arbeiten darf. Von der Firma habe ich immer noch nichts gehört.«

»Dann ruf du doch mal an. Du hast doch nichts zu verlieren. Hast du dich eigentlich bei deiner Freundin gemeldet, von der du mir neulich erzählt hast?«

»Hanna? Ja, stell dir vor. Ich hab's getan. Wir haben uns ein paar E-Mails geschrieben. Sie wohnt tatsächlich wieder in Mönchengladbach und hat eine fünfjährige Tochter, Franziska. Neulich hat sie mich angerufen und wir haben eine Stunde telefoniert, wie früher. Sie hat mir erzählt, dass Franziskas Vater vor fast drei Jahren an einem Herzinfarkt gestorben ist. Kannst du dir das vorstellen? Weg. Von heute auf morgen ganz allein mit einem kleinen Kind. Sie tut mir so leid. Ich bin froh, dass wir endlich wieder Kontakt haben. Jetzt merke ich erst, wie sehr sie mir gefehlt hat. Vielleicht sehen wir sie ja, wenn wir meine Familie im Mai besuchen. Ich bin gespannt, ob ihre Tochter genauso verrückt ist wie sie. Es gab nicht einen Tag, an dem wir nicht gelacht haben. Besser gesagt, es gab nicht einen Tag, an dem Hanna nicht gelacht hat. Meistens hat sie nämlich über die Dinge gelacht, die mir passiert sind. Einmal sind wir durch die Fußgängerzone gelaufen, ich hatte meinen neuen Mantel und meine neuen Schuhe an. Eigentlich waren wir auf dem Weg zu mir nach Hause, aber Hanna musste unbedingt noch ins Vitus Center, das war Gladbachs erste Shopping Mall. Jedenfalls wollte es das werden. Wie immer habe ich nachgegeben und direkt vorm Vitus Center rutschte ich aus und setzte mich in eine Pfütze. Hanna lachte und lachte, ich rappelte mich auf und stapfte wütend davon. So war es meistens. Hanna hat mich ständig in Situationen gebracht, in die ich gar nicht wollte, dann ist mir natürlich irgendetwas passiert und sie hat sich in ein hysterisches Lachen hineingesteigert, bei dem meistens noch dicke Tränen aus ihren großen Augen gekullert sind. Ach du Schreck, wir müssen los. Sonst schimpft Annemarie wieder. Ich zahl und du sammelst die Kinder ein.«

Am nächsten Morgen fasste ich mir ein Herz und rief Herrn Hoffmann an.

»Guten Morgen, Herr Hoffmann, Maxi Anders hier. Ich wollte mal fragen, ob Sie mir schon etwas bezüglich meiner Weiterbeschäftigung sagen können.«

»Frau Anders. Hallo. Ja, also ich habe Ihnen ja schon gesagt, dass es zurzeit sehr schwierig ist. Aber ich habe Ihnen versprochen, dass ich mich bemühen werde, und das habe ich auch getan. Ich kann Ihnen heute sagen, es geht in jedem Fall für Sie am 10.6. weiter.«

»Oh, da bin ich aber froh, Herr Hoffmann. Vielen Dank, dass Sie sich so für mich eingesetzt haben.«

»Als Produktmanagerin können wir Sie in Teilzeit natürlich nicht mehr einsetzen«, fuhr Herr Hoffmann fort. »Momentan ist lediglich eine Stelle im Versand frei. Natürlich können wir Ihnen nicht Ihr altes Gehalt zahlen, aber in Ihrer Steuerklasse macht das netto kaum einen Unterschied. Und mit dem Kindergeld, das Sie jetzt mehr bekommen, gleicht sich das wieder aus. Ich denke, für Sie ist das so am besten. Sie haben nicht mehr so viel Verantwortung, und das kommt letztlich Ihrer Familie zugute.«

Wumm! Hatte er das gerade wirklich gesagt oder hatte ich mir das nur eingebildet? Seine letzten Worte drangen nur noch gedämpft an mein Ohr. Nicht weinen. Jetzt nicht weinen!

»Herr Hoffmann, das ist nicht ganz das, was ich mir vorgestellt habe.«

»Frau Anders, das ist im Augenblick alles, was ich Ihnen anbieten kann. Ich versichere Ihnen, dass ich alle möglichen Einsatzgebiete geprüft habe. Ich habe zurzeit nichts anderes für Sie. Aber so schlecht ist das doch auch nicht. Sie bleiben wenigstens mal drin und es kann sich doch noch ganz viel entwickeln, Frau Anders. Jetzt schlafen Sie ein, zwei Nächte darüber, reden mit Ihrem Mann und dann sagen Sie mir, wie Sie sich entschieden haben.«

»Das mache ich. Auf Wiederhören, Herr Hoffmann.«

»Bis bald, Frau Anders. Und grüßen Sie Ihren Mann.«

Jetzt weinen! Wie auf Kommando schossen die Tränen aus meinen Augen. Ich war fassungslos, erschüttert, deprimiert. Ich konnte kaum glauben, dass mir das tatsächlich passierte. Wo ich dem Unternehmen doch so viele Jahre treu gedient hatte, mich immer flexibel gezeigt und meine Arbeit anstandslos erledigt hatte. Mit einem Schlag wurde mir bewusst, wie blauäugig ich mich auf mein vermeintliches Recht auf Elternzeit und Weiterbeschäftigung verlassen hatte. Woher nahm dieser kinderlose Idiot eigentlich das Recht, mich so abzukanzeln? Und wieso zum Teufel wehrte ich mich nicht? Das war doch nicht ich! Natürlich war ich stets um höfliche Umgangsformen bemüht, aber es war mir im Geschäftsleben früher immer gelungen, meine Interessen zu vertreten. Was war nur los mit mir? Dieses Gespräch wäre vor ein paar Jahren vollkommen anders verlaufen, da war ich mir sicher. Wo war die alte Maxi geblieben? Hatte die Zeit als Hausfrau mich so verändert? Da saß ich nun. Ein überspanntes Muttertier, für das es weder im gesellschaftlichen noch im beruflichen Leben einen Platz gab. Ich saß in meiner Küche, wo ich hingehörte, schluchzte hemmungslos und versuchte zwischendurch halb hysterisch lachend meinem Sohn zu versichern, dass alles in Ordnung wäre.

»Komm Jan«, sagte ich schließlich, als ich einigermaßen die Fassung wiedergefunden hatte. »Wir kochen uns jetzt ein leckeres Mittagessen und holen dann deinen Bruder vom Kindergarten ab.« Ich versuchte, meinen Kummer zu verdrängen und bereitete zusammen mit Jan den Teig für die Pfannkuchen vor. Danach holten wir Till vom Kindergarten ab. Als wir wieder zu Hause waren, sagte ich zu den Jungs: »Ihr könnt oben noch spielen, bis die Pfannkuchen fertig sind. Ich rufe euch dann.« Während die Pfannkuchen in der Pfanne brutzelten, überlegte ich, was ich bezüglich der Arbeit unternehmen könnte. Zum Firmenchef zu gehen hatte vermutlich keinen Sinn. Meine

Stelle war anscheinend zufriedenstellend besetzt – mit einer 24-jährigen Studienabsolventin, so wie ich es damals gewesen war. Wenn sie eines Tages Familienzeit beantragt, würde auch sie durch eine 24-jährige Studienabsolventin ersetzt werden. Für die Firma ändert sich nie etwas. Der Chef würde sich also nicht für mich interessieren. Die Stelle im Versand annehmen? Vielleicht hatte Herr Hoffmann recht? Es hätte den Vorteil, dass ich immer pünktlich gehen könnte. Die Arbeit würde mich nicht belasten. Nein! Sicher nicht! Ich war noch nicht so klein, wie ich hier gemacht werden sollte. Das würde mein Ego sicher nicht verkraften. Ich musste am Abend in Ruhe mit Alex darüber sprechen. Und jetzt wollte ich mir die Laune nicht von diesem unleidigen Thema vermiesen lassen. Die Kinder hatten eine fröhliche Mama verdient. »Jungs, ihr könnt kommen! Pfannkuchen sind fertig!«

»Jaha! Wir fliegen!«

»Nein! Nicht fliegen. Keine Spiele auf der …« Ich konnte den Satz nicht mehr zu Ende sprechen. Lautes Poltern übertönte, was ich sagte. Sofort stürzte ich in den Flur. Jan war die Treppe heruntergefallen, lag nun auf der vorletzten Stufe und brüllte fürchterlich.

»Jan, Liebling. Wo tut es weh? Schatz, kannst du aufstehen?«

»Mein Arm! Mein Arm! Auaaaaaa!«

»Till. Schnell, zieh deine Schuhe an. Wir fahren zum Arzt.« Ich prüfte noch kurz, ob der Herd ausgeschaltet war – eine Katastrophe am Tag reichte völlig – und stürzte aus dem Haus, den brüllenden Jan im Arm.

Wir müssen ein merkwürdiges Bild abgegeben haben, wie wir da beim Arzt an der Anmeldung standen. Till hatte sich in der Eile die Schuhe falsch herum angezogen, ich hatte die Haare noch vom Kochen mit einem unmodischen Haargummi in neongrün, eines meiner letzten Überbleibsel aus den 80ern, nach hinten gebunden und hielt den mittlerweile etwas leiser schluchzenden Jan auf meinem Arm. Dank dieses erbärmlichen Anblicks blieb uns weiteres Warten erspart. Wir wurden sofort in ein freies Behandlungszimmer gewunken. Während Frau Dr. Herold Jan untersuchte, versuchte ich, das Klappern meiner Zähne zu unterdrücken, was mir jedoch nicht gelang, sodass es deutlich zu hören war.

»Ich denke, der junge Mann hat Glück gehabt. Meiner Meinung nach ist der Arm nur geprellt, nicht gebrochen. Sicherheitshalber überweise ich Sie noch zu einem Unfallarzt. Der soll den Arm röntgen. Aber die Mama sieht auch ganz und gar nicht gut aus.« Dieser eine Satz des Mitgefühls reichte, um mich zum Heulen zu bringen. Ich weinte und schluchzte hemmungslos. Mit dieser Reaktion hatte Frau Dr. Herold wahrscheinlich nicht gerechnet. Sie schickte die Kinder mit der Sprechstundenhilfe und mehreren Tütchen Gummibärchen ins Wartezimmer. »Ist das nur der Schreck oder bedrückt Sie noch etwas anderes? So kenne ich Sie ja gar nicht.«

»Ich ... weiß ... nicht ..., was ... mit ... mir ... los ... ist«, brachte ich unter Tränen hervor. Frau Dr. Herold äußerte zunächst gar nichts. Sie ließ mich erst einmal zur Ruhe kommen und hinterfragte dann meine momentane Gefühlslage. Schließlich sagte sie:

»Was halten Sie davon, sich einmal Rat bei einem Profi zu holen?«

»Rat vom Profi klingt gut«, antwortete ich, froh, dass jemand erkannte, dass es mir nicht gut ging.

»Gut. Dann stelle ich Ihnen noch eine Überweisung zu einem Psychotherapeuten aus. Wäre doch gelacht, wenn wir Ihnen nicht helfen könnten.« Mit gemischten Gefühlen nahm ich die Überweisung entgegen. An so eine Art Profi hatte ich nicht gedacht. Ich war doch nicht plemplem! Nur etwas abgespannt, was ich wohl in Anbetracht meiner Situation auch sein durfte. Ein Wellness-Wochenende im Schwarzwald hätte mir sicher mehr helfen können als so ein Psycho-Heini. Andererseits war ich in diesem Moment für jede Hilfe dankbar und beschloss, dass es einen Versuch wert war.

Einige Tage später saß ich im Wartezimmer von Herrn Dr. Masurka, bereit, mir bei der Wiederherstellung meines Seelenfriedens helfen zu lassen. Es war mein erster Besuch in einer psychotherapeutischen Praxis. Ich sah mich im Wartezimmer um. Auf einem Tisch lagen die üblichen Zeitschriften, die Wände zierten zwei riesige Leinwände. Die eine war fast vollständig weiß. Mit roter Farbe hatte jemand darauf geschrieben: Mach kaputt, was dich kaputt macht. Die andere Leinwand war komplett mit roter Acrylfarbe angemalt. Ich vermutete, dass das Wartezimmer auch für die Gruppentherapie genutzt wurde. Insgesamt machte die Praxis einen etwas chaotischen, ungeordneten Eindruck auf mich. Ich hatte das spontane Bedürfnis, die achtlos verstreuten Zeitschriften zu ordnen und die Stühle in eine Reihe zu schieben. Ich widerstand dem Drang jedoch, weil ich befürchtete, dass es sich um einen Test handeln könnte. Vermutlich wurde ich beobachtet und wenn ich jetzt wie eine Besessene die Zeitschriften alphabetisch ordnen würde, könnte ich mir gleich mein Ticket in die geschlossene Abteilung abholen. Ich musste über mich selbst lachen.

»Frau Anders bitte.« Herr Dr. Masurka war etwa Mitte 50, etwas kleiner als ich und von hagerer Statur. Mit neutralem Gesichtsausdruck bat er mich in sein Sprechzimmer. Wenn ich das Wartezimmer schon als unordentlich empfand, so übertraf das Sprechzimmer alles, was ich bis dahin gesehen hatte. Mich beschlich leichte Sorge, jemand hätte in der Nacht in die Praxis eingebrochen und nach einem bestimmten Dokument gesucht. Der Schreibtisch lag voll mit Papieren, jedoch nicht auf Stapeln, sondern wild durcheinander, als hätte jemand Aktenordner darüber ausgeschüttet. Die Farbe der Schreibtischplatte blieb verborgen, es war nicht ein Fleckchen davon zu sehen. Das Chaos setzte sich unter dem Schreibtisch fort. Dementsprechend saß der Therapeut auch nicht an seinem Schreibtisch, sondern daneben. Seinem Stuhl gegenüber standen zwei weitere Stühle, offensichtlich die Besucherstühle. Nachdem Dr. Masurka Platz genommen hatte, bedeutete er mir mit einer knappen Handbewegung, dies ebenfalls zu tun. Komischer Typ.

»So, Frau Anders. Erzählen Sie mal, warum Sie hier sind.«

»Ich weiß nicht recht, wie ich es erklären soll. Ich bin in letzter Zeit nicht mehr ich selbst. Ich fühle mich erschöpft und überfordert, gleichzeitig auch unfähig und unnütz«, fasste ich meinen Gemütszustand so gut es ging zusammen.

»Hm«, machte der Therapeut, »und wie ist das morgens?« Häh? Ich hatte keine Ahnung, worauf die Frage abzielte. Darauf bedacht, nichts Falsches zu sagen, antwortete ich wahrheitsgemäß: »Morgens bin ich müde.«

»Ist es so, dass Sie überhaupt nicht in die Gänge kommen?« Aha, dahin ging die Reise. Da ich eine Vorstellung davon bekam, welches Bild Herr Masurka von mir aufzubauen versuchte, steuerte ich gleich gegen: »Ich habe so viele Termine, dass ich überhaupt keine Zeit habe, nicht in die Gänge zu kommen.« Damit hätten wir das wohl geklärt.

»Und was sagt Ihr Mann dazu?« Wieder so eine komische Frage.

»Was soll er denn sagen?« Ich wusste wirklich nicht, was er hören wollte. Jetzt wurde der Arzt sichtlich ungeduldig.

»Das müssen Sie doch wissen. Ist doch Ihr Mann!« Dieser Mann kommunizierte auf einer völlig anderen Frequenz als ich. Ich spürte, dass sich die Unterhaltung schwierig gestalten würde.

»Es tut mir sehr leid, aber ich weiß gar nicht, worauf Sie hinaus wollen.«

Leicht genervt griff er mir unter die Arme. »Sagt er: ›Du hast dich aber verändert‹ oder ›Mensch, du hast aber wirklich viel um die Ohren‹?«

»Ja. Das sagt er. Ich habe ja auch viel um die Ohren.«

»Haben Sie Geschwister?« Die Frage war leicht zu beantworten.

»Ja.«

»Und was sagen die?« Er ließ einfach nicht locker. Was wollte er denn nur hören? Mein Schweigen dauerte Herrn Masurka wohl zu lange. Deshalb setzte er nun schon deutlich genervt hinzu: »Sagen die auch ›Mensch, du hast aber viel um die Ohren‹?«

»Also mit meinen Geschwistern rede ich darüber eigentlich nicht.« Was wird das hier, dachte ich. Wie komme ich hierher und wie komme ich hier wieder weg.

»Und Ihre Mutter?«, unterbrach Dr. Masurka meine Fluchtgedanken.

»Bitte?« Ich war nun mindestens ebenso ungeduldig

wie der Arzt. Würde er jetzt noch nach Tanten, Großeltern und Schwiegereltern fragen?

»War die auch antriebsschwach?« Wie bitte? Wie konnte mich dieser Mensch, der mich erst seit zwei Minuten kannte, in die Schublade ›Schlampige Hausfrau, die mittags noch im Bett liegt und ihre Kinder mit Chips und Cola vorm Fernseher parkt‹ stecken? Vor lauter Wut traten mir Tränen in die Augen, die ich gerade noch so zurückhalten konnte. Das war endlich ein eindeutiges Signal für den Therapeuten, mit dem er etwas anfangen konnte.

»Ich sehe, Sie sind sehr nah am Wasser gebaut. Wäre die Frage, ob wir Ihnen mal etwas geben, damit Sie etwas fröhlicher werden, zumindest zeitweise?« Das war doch nun wirklich der Gipfel! Sah so eine Anamnese aus: Bring den Patienten zum Weinen, damit du ihm ein paar Muntermacher verschreiben kannst?

»Nein«, antwortete ich bestimmt. Der kurze Anflug von Frohsinn verschwand sogleich aus seinem Gesicht. Ich wurde ihm wohl langsam zu anstrengend.

»Ich schlage vor, Sie füllen mir jetzt am Empfang einen kleinen Fragebogen aus und dann sehen wir uns nächste Woche wieder.«

Mir war alles recht, um aus dieser merkwürdigen Praxis zu entkommen. Er begleitete mich zum Empfang und sagte seiner Mitarbeiterin, sie möge mir den Fragebogen aushändigen. Sie reichte mir ein Klemmbrett. Erleichtert stellte ich fest, dass es sich nur um eine DIN-A4-Seite handelte. Das würde schnell gehen.

»So, das ist der Antwortbogen und das hier ist das Heft mit den Fragen. Sie können den Bogen im Wartezimmer ausfüllen.« Mit diesen Worten überreichte sie mir auch das Fragenheft. Erst jetzt realisierte ich, dass auf dem Blatt lediglich Nummern sowie die Antwortalternativen ›richtig‹ und ›falsch‹ abgedruckt waren. Die dazugehörigen 567 Fragen befanden sich im Heft. Ich sollte offensichtlich einen Persönlichkeitstest machen. Kurz überlegte ich, ob ich die Praxis verlassen sollte, aber wie immer im Leben, wenn ich mir nicht sicher war, was tun, machte ich erst einmal nach Plan weiter. Ich setzte mich ins Wartezimmer und überflog die Fragen. Das war doch wohl ein Witz? War hier irgendwo eine versteckte Kamera? Die Fragen waren als Aussagen formuliert und ich sollte auf dem Bogen angeben, ob sie auf mich zutrafen. These 247 zum Beispiel lautete: ›An einer oder mehreren Stellen ist meine Haut taub.‹ Richtig oder falsch? Ja klar ist meine Haut am Knie taub. Da war ich als Kind auf dem Schulhof hingefallen, und das Narbengewebe war nun mal taub. Und? Was sagte das über meine Persönlichkeit aus? These 361 hatte schon echten Unterhaltungswert: ›Jemand hat versucht, meine Gedanken zu beeinflussen.‹ In diesem Stil ging es munter weiter. Zwischen ›Ich hasse meine ganze Familie‹ und ›Es bereitet mir große Freude, Türschlösser zu reparieren‹ versteckte sich eine bunte Palette fantasievoller Aussagen. Während ich eine Frage nach der anderen beantwortete, überlegte ich fieberhaft weiter, was ich tun sollte. Einfach gehen oder dem Ganzen doch eine Chance geben? Nach 45 Minuten hatte ich alle 567 Fragen beantwortet und wusste immer noch nicht, wie es weitergehen sollte. Nachdem ich mir jedoch die Mühe gemacht hatte, den ganzen Bogen auszufüllen, wollte ich das Ergebnis nicht einfach in den Papierkorb werfen. Ich übergab alles der freundlichen Dame am Empfang mit der Bitte um einen neuen Termin.

»Gern. Jetzt weiß ich gar nicht, ob der Doktor etwas

gesagt hat, ob Sie auch gleich ein Rezept bekommen?« Waren hier eigentlich alle auf Drogen?

»Nein. Ich brauche nur einen Termin. Danke.« Im Auto musste ich schon wieder weinen. Ich verfluchte mich selbst, dass ich mich auf dieses deprimierende und herabwürdigende Experiment eingelassen hatte. Jede andere erschöpfte Mutter schickte man zur Kur. Mich verbannte man wahlweise in die Schlampen- oder Psychoecke.

Zu Hause googelte ich gleich diesen Persönlichkeitstest. Bei Wikipedia stand: ›Der Minnesota Multiphasic Personality Inventory (MMPI) ist einer der weltweit am häufigsten verwendeten Persönlichkeitstests in der Klinischen Psychologie und Psychiatrie. Er dient als Hilfsmittel bei der Untersuchung der Persönlichkeitsstruktur, insbesondere bei Psychischen Störungen. Das Testheft des MMPI-2 besteht aus 567 kurzen Feststellungen (Items genannt, ähnlich wie: ›Ich sammle gern Kunstkataloge‹, ›Ich kann die Zukunft vorhersagen‹, ›Mir ist immer angst und bange‹), die mit ›Trifft zu‹ oder ›Trifft nicht zu‹ beantwortet werden … Gesunde Probanden brauchen eine knappe Stunde, Patienten bis zu 90 Minuten zur Beantwortung aller Items …‹ Guck mal an, da war ich mit 45 Minuten ja ein echter Überflieger.

Von: Maxi
Gesendet: Dienstag, 7. April 2009, 08:26
An: Hanna
Betreff: ...

Hey,

ich hoffe, dass Franziska einen tollen fünften Geburtstag hatte und du den Tag gut überstanden hast. War alles so, wie sie es sich gewünscht hatte? Schick mal ein Foto.

Wir sind alle ein bisschen angeschlagen, aber auf dem Weg der Besserung. Bis Donnerstag muss der Husten auch noch weg sein, denn da muss ich mit Till mal wieder zu einem Kindergeburtstag. Diesmal mit mir, weil im Schwimmbad gefeiert wird. Wieso nicht im Kino? Da ist es warm und trocken!

Gestern dachte ich, ich müsste mal was im Garten machen und habe mich prompt an unsere Mails erinnert. Das ist einfach nicht mein Ding. Man weiß nie, von wo aus einen gleich ein wildes Tier (Kellerassel, Spinne, Ameise) anfällt. Ich hasse es, wenn du einen Stein anhebst oder Bodendecker großzügig stutzt und es dann nur so von Leben wimmelt. Das ist eklig!!!

Und dann die Katzenkacke! Wieso muss man auch den kleinsten Hund anleinen, während alle Katzen ungehindert in unseren Garten kacken dürfen? Die lachen sich doch schlapp über die dummen Hunde. Hab ich es schon erwähnt? Wir haben keine Haustiere. Natürlich wünscht Till sich wie alle Kinder ein Tier. Aber im Haus sind die bei uns nicht erlaubt. Vorletzten Sommer hat er sich tatsächlich wochenlang um zwei Weinbergschnecken gekümmert. Die hatte er in seiner Insektenbox einquartiert und ihnen jeden Tag Auslauf verschafft, die

Box gemistet und sie mit frischem Grünzeug und Wasser versorgt. Nach gut zwei Monaten hat er ihnen die Freiheit geschenkt.

Mittlerweile hat er mich so weit, dass ich mir ein kleines Aquarium vorstellen könnte, wenn er so alt ist, dass er die Fische selbst versorgt. Vielleicht, wenn er acht ist.

Was bringt denn der Osterhase bei euch?

Ich wünsch dir eine schöne Woche, viele Grüße,

Maxi

Von:	Hanna
Gesendet:	Mittwoch, 15. April 2009, 13:18
An:	Maxi
Betreff:	Huhuuuu, da bin ich wieder ... ;-))

Hallo,

ich hoffe, ihr hattet schöne Ostertage. Wir haben viel gefeiert und noch mehr gegessen.

Danke der Nachfrage bzgl. Franziskas Geburtstag. Ist super gelaufen, Kind war richtig glücklich, das Wetter war genial, also wurde im Garten getobt und die Kinder zogen es lieber vor, sich miteinander zu beschäftigen, als Spiele zu machen. Untergebracht haben wir aber das Flaschendrehen und eine Troll-Pinata.

Um 21 Uhr waren alle weg, weil platt. Allerdings nicht die Kinder, sondern ihre Eltern! Ich hatte mich auf einen längeren Abend eingerichtet, aber die konnten einfach nicht mehr! Witzig! Franziska ist erst gegen 23.30 Uhr ins Bett gegangen. Sie hat die ganze Nacht das Erlebte verarbeitet: geträumt, geweint, gelacht, hingesetzt, Delirium total, wie immer, wenn so viel los ist. Ein eigenartiges Kind ...

Seid ihr alle wieder gesund?

Ach je, die Kinderpartys ufern aus. Ich muss heute mit Franziska zum Jungle-Town!

Ich ziehe im Garten Gummihandschuhe an. Dann ist mir egal, was da kreucht und fleucht. Da bin ich schmerzfrei.

Apropos Tier, ein Jack Russel ist ein super Kinderhund.

Ostergeschenke, ein Graus!

Ich habe meinen Eltern extra gesagt, wenn, dann nur Süßkram, weil ich ihr ein Geschenk holen muss. Franziska wollte unbedingt noch die Sommer-Super-MyScene-Barbie Nia! Die hat nämlich einen Ring am Finger. Okay, der Osterhase bringt die nur, weil sie 10 Euro kostet und nicht mehr 20. Aber bedenke, es sind zehn Euro für einen Ring, denn eine ähnliche, aber blonde und ohne Ring, hatte sie bereits zum Geburtstag gekriegt (mit vielen Klamotten, aber auch ein Schnäppchen, zehn Euro statt 30).

Übrigens, ich liebe diese Schnäppchen. Und ich habe etwas von deiner Mutter gelernt: Geschenke auf Vorrat kaufen, wenn sie billig sind.

Gott sei Dank lässt der begrenzte Stauraum in meiner Wohnung kein Horten zu, sodass ich nicht viele habe. Die sind aber schon geistig verplant.

So, genug getextet. Bis bald, liebe Freundin, viele Küsse an euch alle,
Hanna

Von: Maxi
Gesendet: Donnerstag, 16. April 2009, 12:18
An: Hanna
Betreff: AW: huhuuuu, da bin ich wieder ... ;-))

Hallo Hanna,

freut mich, dass Franziska einen schönen Geburtstag hatte. Eigenartig scheint sie mir aber nicht zu sein, eher ganz normal. Kommt sie doch nicht ganz nach der Mutter ;-)).

Ostern war sehr schön. Jan war total happy mit seinem roten Roller. Den hatte er sich so gewünscht: »Der Osterhase bringt mir einen Roller. Aber ich hab Angst vor dem Osterhasen.« Wahrscheinlich dachte er, wenn der Osterhase einen Roller tragen kann, muss das ein gigantischer Mutant sein. Ein Mutant im rosa Bademantel!

Stauraum – herrje! Es gibt ja Leute, die denken, wir hätten viel Platz. Ich aber liebe es, mit leichtem Gepäck zu reisen. Unsere Kinder profitieren davon, wie ich damals, die Jüngsten in der Familie zu sein.

Für die beiden ist das toll, mir treibt der Anblick dieser ganzen Sachen den Schweiß auf die Oberlippe. Obwohl ich ja zweimal jährlich auf Börsen verkaufe, was wir nicht mehr brauchen. Aber da unsere Jungs 3½ Jahre auseinander liegen, haben wir eben Spielzeug für Kinder im Alter zwischen zwei und sechs im Spielzimmer und noch einen Haufen für Kinder über sechs im Keller. Aber es ist ja nur temporär. In 16 Jahren ist die Ordnung wieder hergestellt.

Du wirst es nicht glauben, aber die Schöner-Wohnen-Phase hatte ich vor den Kindern auch. Ich hatte sogar täglich eine Tagesdecke auf dem Bett und monatlich meine Küchenschränke innen und außen abgewaschen. Jahreszeitlich wechselnde Deko war ein Muss. Aus heutiger Sicht sage ich: Ich hatte wohl zu viel Zeit.

Das mit den Geschenken auf Vorrat habe ich auch ein wenig geerbt. Vor Weihnachten hat der Müller-Markt immer eine 20%-auf-alles-Aktion. Und da denke ich, ganz Kind meiner Mutter, nicht nur an Weihnachten, sondern auch an bevorstehende Geburtstage. Das Problem ist nur, dass ich die Mütter der anderen Kinder dann doch immer nach Geschenkwünschen frage und die natürlich nie das nennen, was ich für das Kind vorgesehen hatte.

Viele liebe Grüße,
bis bald,
Maxi

3

Ich hatte sie wieder! Meine Maxi. Gerade jetzt, in dieser wichtigen Phase meines Lebens, hatte sie zu mir gefunden. Es kam mir vor, als hätten wir uns erst gestern das letzte Mal getroffen. Es war fast wie früher. Mit dem kleinen Unterschied, dass wir nicht mehr stundenlang miteinander telefonierten, sondern uns nun seitenlange E-Mails schrieben.

So etwas nennt man wohl Schicksal. Und Glück! Dabei hatte es noch vor ein paar Monaten richtig mies für mich ausgesehen.

Nach Marcs Tod war ich nicht fähig gewesen zu denken, zu arbeiten schon mal gar nicht. Wir waren weder verheiratet, noch waren wir als Lebensgemeinschaft eingetragen. Ich stand da ohne Einkommen und ohne Anspruch auf Witwenrente. Nach einer fast sechsmonatigen Trauerphase hatte Lieschen versucht, mich ins wahre Leben zurückzuholen.

»Hanna, wie wör et, wenn du disch ens bewerbe dings?«, fragte sie, während sie mir nachgoss. Lieschen hatte uns zum Kaffee eingeladen. Sie backte göttlich und ich liebte ihre Kuchen. Wahrscheinlich schmeckten diese so fantastisch, weil sie Unmengen von Butter enthielten, was Lieschen mit Sprüchen wie »Mer sin ja he net wie bei arme Lütt!« oder »Mer sin ja nimmer im Kriesch!« zu kommentieren pflegte. Sprüche, die ich mittlerweile auch von Franziska zu hören bekam, wenn sie nach mehr verlangte. Bei Lieschen wurde nicht gespart. Als ihr Mann gestorben war, hatte sie einfach unter ihren Kindern und Enkeln das Erbe verteilt. »Man levt nur eenmal un du weest nie, wann et vorbei is, wozu noch spare? Ihr könnt damit machen, wat ihr wollt, äwer mier han isch net!« Mit diesen Worten hatte sie es geschafft, der versammelten Verwandtschaft Tränen in die Augen zu treiben. Ihre Tochter hatte so hemmungslos geweint, als ob Lieschen ihrem Mann bereits ins Grab gefolgt wäre. Zweifellos waren die Tränen echt, denn sie alle liebten sie ehrlich und konnten sich ein Leben ohne ihr Familienoberhaupt genauso wenig vorstellen, wie ich es heute kann. Trotzdem könnte ich mich jedes Mal kaputt lachen, wenn Lieschen diese Story zum Besten gibt.

»Aber wofür soll ich mich denn bewerben?« Ich hatte das Gefühl, alles, was ich konnte, vergessen zu haben. »Ich bin alleinerziehend, da draußen wartet niemand auf mich!«

»Mätsche, dat wird schon, schau mal he.« Sie hielt mir die Rheinische Post unter die Nase. Klar, da waren interessante Stellen, aber Vollzeit konnte ich nicht arbeiten. Wo sollte ich mit Franziska hin? Die Kita hatte nur bis 16.30 Uhr geöffnet, und es gab hier in Mönchengladbach und Umgebung keinen Vollzeitjob, der sich damit vereinbaren ließ. Und mit einer Teilzeitstelle hätte ich kaum die Wohnung bezahlen können.

»Dann meld disch doch bem Arbeitsamt!«, schlug Lieschen vor.

»Ich glaube nicht, dass die einen Job für mich haben. Es gibt so viele super qualifizierte Singles, die auch keine Arbeit finden. Ich habe gar keine Chance!«

Lieschen sagte nichts. Sie wusste, wie es in mir aussah.

Unser Gespräch ging mir nach. Und weil ich mich Lieschen verpflichtet fühlte, fing ich an, Bewerbungen zu schreiben. Ich entschied mich für die Online-Variante. Ich bewarb mich bei Unternehmen, die meine Unterlagen auch in digitaler Form akzeptierten, denn mittlerweile musste ich gut mit meinem Geld haushalten. Unser Auto hatte ich verkauft. Davon und vom Ersparten zehrte ich. Ich wollte mich nicht beim Amt melden. Das konnte ich mir beim besten Willen nicht vorstellen. Und Lieschen verzichtete auf die Miete. »Dat Hus is avjezahlt, isch han ene sehr jute Rente, de angere Mieter zahle brav, Kint, isch nimm dinn Jeld net«, bestimmte sie, als ich ihr gebeichtet hatte, dass ich den Wagen verkauft hatte. Lieschen war richtig sauer auf mich, dass ich nicht rechtzeitig Bescheid gegeben hatte. Ich konnte es kaum glauben. Wer tut so etwas für dich, in der heutigen Zeit? Wahnsinn! Lieschen rettete mich täglich, seelisch und finanziell. Sie war mein Engel.

Und den brauchte ich dringend. Denn was folgte, war ein hochgradig frustrierender Bewerbungsmarathon. Ebenso euphorisch wie naiv hatte ich anfangs alles wahrheitsgemäß aufgelistet: meine Ausbildung, meine Berufserfahrung, meinen Familienstand, meine Lebenssituation. Monate vergingen, doch die Ausbeute war niederschmetternd. Wenn ich überhaupt eine Antwort erhielt, war es eine Absage. Die Krönung war das Schreiben einer Mönchengladbacher Bank:

›Sehr geehrter Herr Duplancic, wir haben Ihre Bewerbung gelesen und müssen Ihnen mit Bedauern mitteilen, dass wir uns für einen anderen Kandidaten entschieden haben …‹

Eigentlich habe ich eine hohe Frustrationstoleranz, aber an diesem Tag rastete ich total aus. »Welcher Idiot hat meine Bewerbung gelesen, wenn er noch nicht einmal mein Bild im Lebenslauf auf der ersten Seite gesichtet hat?«, proletete ich ins Telefon. Der verstörte Personalleiter legte einfach auf. Wie professionell. Die Entscheider in der heutigen Zeit sind alles Pappnasen.

Ich verlor die Lust, mich weiter zu bewerben. Das hatte einfach keinen Sinn. Zudem schob ich mittlerweile so schlechte Laune, dass es sogar Franziska zu spüren bekam. Bei jeder Kleinigkeit keifte ich sie sofort an. Und das war es mir nicht wert.

»Scheiß auf den Job. Mir reicht's!«

Lieschen hatte eine bemerkenswerte Antenne für meine Stimmungslagen. Immer dann, wenn es mir besonders schlecht ging, lud sie mich zum Essen in ihre Wohnung ein. Sie hatte die Einstellung, dass man wichtige Entscheidungen an einem anderen Ort treffen sollte als an dem, wo man sich eigentlich wohlfühlte.

»Mit ene volle Buk sieht dat Leve schon besser ut ...«, sang sie vor sich hin, als sie mir dieses Gladbacher Möhrengemüse vorsetzte. »Muhrejubbel, probier mal, würd dir juttun!«

»Hab keinen Hunger«, sagte ich bockig wie ein kleines Kind. Franziska stopfte sich indes einen vollen Löffel in den Mund und schmatzte mir ins Ohr: »Hmmm, lecker. Probier doch mal, Mama!« Beim Wort Mama fiel ihr wieder die Hälfte aus dem Mund. Ich musste lachen. Wir alle lachten und ich aß.

»Die ganzen Bewerbungen bringen nichts. Ich habe mich wirklich auf alles beworben. Teilzeit. Vollzeit. Stellen, die meiner Qualifikation entsprechen. Stellen, die eigentlich nichts für mich sind. Sekretariat, Telefonakquise, Übersetzungsservice. Sogar bei McDonald's habe ich vorgesprochen. Es ist zum Verrücktwerden. Entweder wurde ein anderer Kandidat ausgewählt oder mir wurde erklärt, dass ich überqualifiziert sei«, beschwerte ich mich.

»Ach, överqualifiziert zum Jeld verdiene?«, fragte Lieschen. Ich musste wieder lachen, obwohl mir zum Heulen zumute war.

»Jut, Kint, dann brauchen wir ene andere Strategie! Du mäkst disch jönger, bis kindlos un mittelmäßisch qualifiziert – dat hat minne Tochter auch so jemacht! Wir beide checken jetz mal den Arbitsmarkt ab«, grinste sie verschwörerisch.

Die neue Strategie war allerdings auch nicht erfolgreicher. Es war wie verhext. Ich tauschte sogar mehrmals die Bewerbungsfotos aus. Ich peppte meinen Schreibstil auf und ich begab mich in die Offline-Welt. Ja, ich druckte tatsächlich meine frisierten Lebensläufe aus, klebte die geschönten Fotos drauf, heftete die Unterlagen liebevoll in Bewerbungsmappen und verschickte sie für teures Geld an die Personalabteilungen der Firmen. Das Resultat blieb unverändert: Erfolglosigkeit auf ganzer Linie.

»Ich werde verrückt, wenn das so weitergeht! Wozu habe ich eigentlich studiert, wozu spreche ich so viele Sprachen, wozu war ich im Ausland?«, jammerte ich. »Ich wünschte, ich wäre tot«, platzte es aus mir heraus.

»Jetz is äver Schluss. Wir reißen uns alle nun mal janz fein zusammen und überlegen, wat wir vielleisch nicht in Betracht jezogen hann«, erwiderte meine ältere Freundin mit einer Ruhe, die mich noch wilder machte.

»Was denn? Telefonsex oder Prostitution? Oder bin ich dafür auch überqualifiziert?«, schrie ich.

Mit großen Augen schaute mich Lieschen an und sagte gelassen: »Telefonsex, warum net?« Eine Sekunde waren wir beide still, und es war beinahe so, als ob wir gleichzeitig die Luft anhielten. Dann fingen wir an zu lachen. Hemmungslos und immer lauter. Bald tat mir mein Bauch weh, aber es war befreiend. Ich krümmte mich, warf mich auf den Boden, kriegte mich für bestimmt zehn Minuten nicht mehr ein. Lieschen war meine Quelle mit Glückshormonen. Sie wusste genau, wie sie meine Stimmung beeinflussen konnte, und sie nutzte dieses Wissen. Dafür war ich ihr unendlich dankbar.

Wir konnten uns lange nicht beruhigen und witzelten über den Telefonsex-Job. »Hallo, isch bin dat Schantall, wie kann isch disch jlücklich mache?«, hauchte Lieschen mit einem lasziven Lächeln, und ich lachte Tränen. »Ja, du bis am lache, äver isch han dat im Fernseh jesinn, da bei 666 33 666, rop misch aan«, klärte sie mich auf.

»Okay Lieschen, aber jetzt mal im Ernst, was soll ich denn noch machen? Mir fällt echt nichts mehr ein.«

»Jut, dann wirste wohl in de saure Apfel biete mösse und beim Arbeitsamt Hallo sagen.« Ich wollte ihr nicht widersprechen.

Ich machte mich auf und meldete mich arbeitsuchend.

»Wollen Sie Leistungen beantragen?«, war das Erste, was mich die Dame am Empfang fragte. »Natürlich, nicht«, empörte ich mich. Es war mir peinlich, dort zu sein. Zwischen vielen Menschen, die nicht so aussahen, als ob sie tatsächlich einen Job suchten. Sie hatten sich wohl mit ihrer Situation abgefunden und wollten nur noch Leistungen, sonst nichts. Manchen sah man es bereits an, dass sie längst mit der Arbeitswelt abgeschlossen hatten. Ungepflegt und mutlos warteten sie in dieser Reihe, in der auch ich jetzt stand. Leistungen hätte ich sicherlich gut gebrauchen können, aber mich in die Abhängigkeit des deutschen Sozialstaates begeben, wollte ich auf keinen Fall. Da hätte ich schon halb verhungert sein müssen! Ich schaute diese Menschen an und dachte nur: Was kann ich froh sein, dass ich bei Lieschen gerade gratis wohnen darf, sonst müsste ich hier auch noch Leistungen beantragen und würde mich beschissen fühlen.

Ich bekam einen Online-Zugang. Damit würde ich mein Profil selbst ins Internet einstellen und zukünftig bearbeiten können, erklärte mir der freundliche Arbeitsberater. Grandios, wie engagiert sich die Agentur um die Belange ihrer arbeitsuchenden Klientel kümmerte.

Auf dem Heimweg musste ich das Erlebte erst einmal verdauen.

Zu Hause wartete Lieschen schon ungeduldig auf mich: »Un?«

»Nichts, ich habe so einen Code gekriegt, mit dem ich mich im Internet registrieren lassen kann. Das mache ich jetzt und schaue nach, welche tollen Jobs dort ausgeschrieben sind«, entgegnete ich nicht gerade begeistert.

»Lust op ne Kaffee? Isch han leckere Kirsch-Botter-Strüsel jebacke!«

»Oh ja, Kaffee und Kuchen passen immer rein«, freute ich mich.

Ich erzählte ihr ausführlich von meinem Besuch bei der Arbeitsagentur und den Magenschmerzen, die ich seitdem hatte.

»Lieschen, das ist eine ganz andere Welt. So viele demotivierte Menschen auf einem Haufen. Aber ich kann sie irgendwie verstehen. Wenn die auch so schlechte

Erfahrungen gemacht haben wie ich, aber keinen haben, der ihnen hilft, dann ist es nur ein ganz kleiner Schritt bis zum Abgrund.«

»Ja, dat stimmt, man därf niemande dafür verurteile. Dat Schicksal schläscht zu un viele Mensche han kinne Unterstützung un von sisch ut vielleisch och net dä Kampfjeist. Minne Mutter hät uns im Kriesch janz allein durchjebracht. Sie hät jede Daach alles jetan, wat in ihrer Macht stand. Sie hat über dat Jestern nisch nachjedacht. Un so jeht et. Et jeht nur, wenn du nach vorne schaust. Du musst disch jede Daach zwingen, alles zu tun, wat du tun kanns. Dann wird et Erfolgserlebnisse jeben. Un dat jivt disch Auftrieb weiter zu machen.«

Ich schnappte mir noch ein zweites Stück Streusel und klopfte mir entschlossen auf den Oberschenkel.

»Lieschen, Sie haben vollkommen recht, das mache ich so! Vielleicht habe ich ja immer noch etwas Wichtiges übersehen. Ich werde mal im Internet schauen, ob ich Foren finde, wo sich alleinerziehende Frauen über ihre Erfahrungen auslassen.«

Tatsächlich entdeckte ich einige Diskussionsforen. Der Tenor war immer derselbe. Je höher qualifiziert, desto erfolgloser waren die Mütter bei der Jobsuche. Ich stolperte über Frauennetzwerke, die interessant erschienen, die mir aber nicht gefielen, weil sie kostenpflichtig waren. Ich fand auch ein Portal, das Termine von Infobörsen für Frauen auflistete. Diese Veranstaltungen, die deutschlandweit stattfanden, behandelten Themen wie den schnellen Wiedereinstieg nach der Elternzeit, neue Teilzeitmodelle, Stylings für die karrierebewusste Frau oder die optimale Bewerbungsmappe. Das hörte sich gut an, zumal es Gratisangebote waren. Leider wurden im Internet nur die Inhaltsverzeichnisse veröffentlicht. Man musste schon dorthin fahren, um zu erfahren, was genau geboten wurde.

Während meiner Surforgie landete ich auch auf Jobportalen, aber die dort ausgeschriebenen Stellen hatten leider auch nichts mit Karrierechancen für Mütter zu tun. Irgendwie sah es danach aus, als ob Frauen mit Beginn der Mutterschaft als für den Arbeitsmarkt nicht mehr tauglich eingestuft wurden. Nach dem Motto: Baby bekommen, Gehirn abgegeben. Quasi im Tausch. Und je intensiver ich recherchierte, desto schlechter fühlte ich mich. Jobs für Mütter gab es nicht. Mütter wollte keiner einstellen. Kinder waren der reinste Karrierekiller. Kinder braucht das Land, aber die Mütter braucht niemand.

Von der Arbeitsagentur kam keinerlei Feedback. Mein eingestelltes Profil schien niemanden zu interessieren. Keiner versuchte, mich zu vermitteln. Wozu auch? Ich erhielt ja keine Leistungen. Ich kostete den Staat nichts, also wozu sollte man sich für mich stark machen? Zwischenzeitlich hatte ich meine Unterlagen auch bei den großen Mönchengladbacher Personalvermittlungsfirmen abgegeben. Aber auch das hätte ich mir sparen können; ich erhielt nicht ein Angebot.

Es war aussichtslos und ich fast pleite. Mein Dispo nahezu ausgereizt. Seit mehr als anderthalb Jahren war ich nun bereits auf Jobsuche. Es musste schnell etwas passieren. Immer wieder spielte ich meine Alternativen durch und immer wieder kam ich zu derselben Schlussfolgerung.

»Wenn mich keiner einstellen will, dann stelle ich mich halt selbst ein«, verkündete ich eines Tages Lieschen das Ergebnis meiner Überlegungen.

»Ja, Kint, super, wat willsse denn make?«

»Ich will über Frauen schreiben, Frauen Tipps geben, sie informieren, ihnen Mut machen. Ich will eine Plattform aufbauen, wo qualifizierte Mütter auf Arbeitgeber treffen können, die genau solche Angestellte suchen. Ich mache eine Frauen-Jobbörse auf!«

»In dat Inder-net?«, fragte Lieschen.

»Ja, im Internet«, antwortete ich lachend. Lieschen sagte immer Inder-net, obwohl ich ihr schon x-mal erklärt hatte, dass es Internet hieß.

»För misch is et dat Inder-net. Mer han doch vor Jahren diese netten Inder aus Indien hierher nach Deutschland jeholt, damit sie unsere Computer auf Vordermann bringen … Un wie willse du dat nenne?«

»Jobs für Mütter«, schlug ich vor.

»Is dat im Inder-net nisch immer alles op Englisch?«

»Ja, klar, das ist es! JobsForMums.de! Genial«, rief ich, umarmte Lieschen und tanzte mit ihr durch die Wohnung. Ich war so happy. Nach langer Zeit empfand ich ein wahnsinniges Glücksgefühl. Ich würde als mein eigener Boss Geld verdienen können. Sicher nicht von Anfang an, aber langfristig. Davon war ich überzeugt. Der Internet-Job passte einfach zu mir. Ich würde alle meine Fähigkeiten und Kenntnisse einbringen können. Ich würde meine Arbeit mit Franziskas Kita-Zeiten vereinbaren können. Und, was das Beste war, ich würde die Plattform mit meinem Notebook von überall aus betreuen können, egal ob ich hier, im Urlaub oder sonst wo wäre. Vollkommen frei und unabhängig. Reichtümer wollte ich sowieso nie anhäufen, ich wollte immer nur selbst für meinen Lebensunterhalt sorgen. Und mit dieser Internet-Plattform würde ich es schaffen können.

Heutzutage war das auch alles bezahlbar. Ich würde meinen Bruder fragen. Er arbeitete als Internetberater. Leider war er weit weg, lebte mit seiner Freundin auf Mallorca – kinderlos glücklich, wie die beiden immer wieder gern betonten – und genoss das Leben in der Sonne. Eine außerordentlich kluge Entscheidung, aber wohl nur auf den ersten Blick.

Am nächsten Tag rief ich ihn an und erzählte ihm von meiner Idee. Meine Euphorie war offenbar widerspruchslos ansteckend. Er versprach mir, mich mit aller Kraft zu unterstützen.

Ich war glücklich. Und endlich wieder optimistisch. Wie mein Bauch, denn auch der sagte eindeutig ja zu meinem großen Vorhaben.

Das war nun schon einige Wochen her. Seitdem arbeitete ich gemeinsam mit meinem Bruder fieberhaft am Aufbau meiner eigenen Website. Ich freute mich, endlich wieder eine Aufgabe, eine Perspektive im Leben zu haben. Für meine Tochter und mich.

Von: Hanna
Gesendet: Freitag, 1. Mai 2009, 17:30
An: Maxi
Betreff: Beruf und Kinderbetreuung schließen sich aus. Eindeutig!

Liebe Maxi,

ich sage es immer. Familie und Beruf schließen sich nicht aus.

Aber Kinderbetreuung und Beruf schon.

Ich könnte kotzen!

Momentan hält mich Franziska so richtig auf Trab. »Nein, ich will nicht in der Kita Mittag essen. Ich mag das alles nicht. Mir ist schon schlecht, wenn ich es ansehen muss«, sagt sie mir immer wieder, wenn ich sie abhole.

Die Erzieherinnen beschweren sich auch: »Franziska würgt immer und fängt an zu weinen. Die anderen Kinder wollen dann auch nichts essen. Das hat keinen Sinn, Frau Duplancic.« Und heute fragt mich die Eine: »Was sind denn eigentlich Bonduletti?« »Wie bitte?« »Ihre Tochter sagte heute Mittag weinend: Ich mag gar keine Bonduletti!« »Ja, Erbsen eben von Bonduelle. Franziska mag keine Erbsen. Sie nennt sie Bonduletti«, erklärte ich, während ich mich wunderte, dass das abstrakte Denken bei so manch einem gar nicht vorhanden war. Toll, dachte ich mir in dem Moment. Und wie soll ich das jetzt mit meiner Arbeit vereinbaren? Theoretisch hat Frau von der Leyen ja recht, dass Ganztags-Kitaplätze wichtig sind und wir mehr davon brauchen. Super, aber was mache ich denn jetzt mit meinem tollen Kitaplatz bis 16.30 Uhr, wenn Franziska jeden Tag schon um 12.30 Uhr nach Hause will? Wie soll ich mein Arbeitspensum schaffen?

Mein Schädel brummt. Ich kriege die Krise.

Trotzdem wünsche ich euch einen schönen und erholsamen Abend.

Kuss, Hanna

Von:	Maxi
Gesendet:	Freitag, 1. Mai 2009, 18:00
An:	Hanna
Betreff:	AW: Beruf und Kinderbetreuung schließen sich aus. Eindeutig!

Hallo liebe Hanna,

ich verstehe das ganze Problem nicht. Kann Franziska nicht einfach ein Brot mitnehmen, das sie dann statt der Bonduletti in der Kita isst und ihr esst am Abend warm? Wir haben ja keine Ganztagsbetreuung, deshalb fehlt mir in dem Punkt die Erfahrung. Aber wäre das nicht das Einfachste?

Bin total im Glück, weil gerade mein kleiner Totalverweigerer von oben ruft: »Mama, ich hab Pipi gemacht.« Stehen die Chancen doch nicht so schlecht, dass er bis zur Einschulung trocken ist. Ich muss schnell hoch und ihn gebührend loben.

Bis bald,
halt die Ohren steif,
Maxi

Von: Hanna
Gesendet: Samstag, 2. Mai 2009, 10:13
An: Maxi
Betreff: MG, wie schön war es daaaamaaals

Liebe Maxi,

an das Brot mitgeben habe ich auch schon gedacht. Aber die Damen in der Kita haben sich dagegen ausgesprochen. »Dann wollen alle Kinder ihr Lieblingsessen mitnehmen. Das geht nicht«, haben sie mir gesagt. Ich nerve natürlich weiterhin. Das wäre eine Möglichkeit, zumindest an den Bonduletti-Tagen, an denen sie das Essen garantiert nicht mag. Ich bleibe dran.

Ich denke sehr viel an unser Mönchengladbach aus Kinder- und Jugendtagen. Weißt du noch, wie wir jeden Tag x-mal die Hindenburgstraße rauf und runter gelaufen sind, in der Hoffnung, einen unserer Verehrer zu treffen? Damals bestand unser größtes Problem darin, dass uns vielleicht ein dicker Pickel den Besuch der Disco vermiesen könnte.

Übrigens, unser McDonald's wird demnächst umgebaut und soll auch so ein schickes McCafé erhalten. Da freu ich mich drauf.

Wie kommt dir das hier eigentlich alles vor, wenn du zu Besuch bist? Wirkt die Stadt nicht irgendwie fremd auf dich? Das Hindenburger-Magazin nennt die Hindenburgstraße jetzt Handyburgstraße, weil alle paar Meter Mobilfunkgeschäfte eröffnet wurden.

Liebe Grüße,
Hanna

Von: Maxi
Gesendet: Samstag, 2. Mai 2009, 13:28
An: Hanna
Betreff: AW: MG, wie schön war es damals

Unser McDonald's, herrje! Ich hab noch den Geruch in der Nase.

Musste heute an dich denken. Du hast mal geschrieben, man sucht sich immer Freunde, die so sind wie man selbst. Ich hatte eine gute Freundin, bei der habe ich mich immer gewundert, dass sie so komische Freunde hat, die meiner Meinung nach nicht so waren wie sie. Heute weiß ich, dass ich mich da geirrt habe und dass ich mir in Zukunft die Freunde der Menschen, die ich kennenlerne, genauer anschaue.

Viele liebe Grüße,
Maxi

Von: Hanna
Gesendet: Montag, 4. Mai 2009, 11:47
An: Maxi
Betreff: Bonduletti-Problem erstmal gelöst

Liebe Maxi,

mein Bekanntenkreis ist seit Marcs Tod ziemlich geschrumpft. Wahre Gesichter wurden gezeigt. Wenn du Menschen wirklich brauchst, dann wird dir bewusst, wer deine Freunde sind. Anscheinend hatten wir so gut wie keine. Schade.

Hätte auch niemals gedacht, dass Lieschen der einzige Mensch werden würde, auf den ich mich verlassen kann. Sie ist immer für uns da. Sie hat die Lösung für das Bonduletti-Problem.

Lieschen hat sich bereit erklärt, Franziska mittags zu holen und nachmittags wieder zu bringen. Gott sei Dank ist unsere Kita um die Ecke.

Am liebsten wäre es mir allerdings, wenn Franziska durchgehend dort wäre. Dann könnte ich sicherlich mehr schaffen. Jedes Mal neu anzusetzen, kostet mich gut eine halbe Stunde. Am Stück eventuell je zwei mal vier Stunden zu arbeiten, wäre optimal. Momentan bin ich da aber noch weit von entfernt.

Und wie läuft es bei dir?

Bis bald, Kuss
Hanna

4

In den Wochen nach meinem Termin bei Dr. Masurka überlegte ich Tag und Nacht, wie ich meine Situation in den Griff bekommen konnte. Nach diesem skurrilen und unverschämten Psycho-Test hatte ich auf einen weiteren demütigenden Besuch in seiner Praxis verzichtet. Ich versuchte, meine Situation zu analysieren und die Hauptprobleme zu benennen. Man kann schließlich nur ein Problem lösen, das man kennt.

Problem 1: Ich fühlte mich mit den Terminen der Kinder zeitlich überfordert. Die schlimmsten Tage waren die, an denen ich wie eine überdrehte Aufziehpuppe von einem Termin zum nächsten hetzte. Ich hatte als Kind so ein niedliches Püppchen gehabt, das, wenn man den Knopf in seinem Rücken drehte, eine Musik abspielte und seinen Oberkörper langsam im Takt der Musik hin und her wiegte. Irgendwann hatte ich den Knopf zu weit gedreht und danach zuckte es nur noch nervös und unrhythmisch mit Kopf und Armen. Das Bild dieser Puppe schoss mir jedes Mal vor mein inneres Auge, wenn ich daran dachte, wie ich zwischen Musikschule, Krabbelgruppe und Physiotherapie pendelte.

Problem 2: Ich hatte keine Arbeit. Nachdem Alex mich darin bestärkt hatte, den Job im Versand nicht anzunehmen, hatte ich schweren Herzens kündigen müssen. Ich hatte lange mit mir gehadert, aber diese Stelle hätte ich als extreme Demütigung empfunden. Wie hätte ich vor früheren Geschäftspartnern dagestanden? Wenn ich in der eigenen Firma keine adäquate Stelle zugewiesen bekam, hieß das, dass ich meinen Job nicht gut gemacht hatte. Außerdem hätte ich mich dann von einer unterqualifizierten Stelle heraus für einen neuen Job bewerben müssen. Wie sollte ich einen solchen Werdegang in meinem Lebenslauf erklären? So war es wenigstens ein ehrlicher Schnitt. Die Firma konnte mir nach der Elternzeit keine qualifizierte Stelle anbieten, also haben wir uns getrennt. Leider konnten wir es uns finanziell auf keinen Fall leisten, noch längere Zeit auf ein zweites Einkommen zu verzichten. Am und im Haus standen mehrere Reparaturen an, mein Polo würde bald seinen Auspuff verlieren und die Kinder hatten solche Wachstumsschübe, dass ich gar nicht schnell genug nachkam, den Kühlschrank aufzufüllen und größere Kleidung zu kaufen. Die finanziellen Sorgen überschatteten unser ganzes Familienleben. Jegliche Sorglosigkeit und Fröhlichkeit war aus unserem Leben verschwunden. Bei jedem Klebstofffleck, den ich auf Tills Pullis entdeckte, hielt ich ihm einen längeren Vortrag darüber, dass auch sein jüngerer Bruder diesen Pulli noch tragen sollte und dass es, wenn ich einen weiteren Pullover kaufen musste, drei Wochen lang keine Süßigkeiten mehr geben würde. Oder, was noch viel schlimmer wäre, ich selbst auf die Anschaffung eines dringend benötigten neuen Oberteils verzichten müsste. Nicht selten nutzte ich diesen Aspekt als Überleitung zu meinem Lieblingsthema, nämlich, dass mich einige Familienmitglieder wohl nur als Putzfrau oder Zimmermädchen betrachten würden, dass unser Zuhause kein Hotel wäre und überhaupt alle mehr im Haushalt helfen könnten.

Problem 3: Ich war zu dick. In den vergangenen drei Jahren hatte ich 15 Kilogramm zugenommen und fühlte mich in meiner viel zu großen Haut überhaupt nicht mehr wohl.

Nachdem ich meine Probleme nun so schön herausgearbeitet hatte, fühlte ich mich noch ein wenig schlechter. Hatte ich mich vorher einfach nur irgendwie nicht gut gefühlt, wusste ich nun sicher, dass hinter diesen Gefühlen handfeste Gründe standen und dass es mir nur besser gehen würde, wenn ich die Probleme löste. Von allein würde sich jedenfalls keine der Sorgen verabschieden; so viel hatte ich verstanden. Ich erarbeitete die BMW-Kampagne (Bis Weihnachten Mehr Geld und Weniger Kilos) und war fest entschlossen, wieder zu meiner alten Stärke zurückzufinden. Ein Problem hatte sich durch meine Arbeitslosigkeit deutlich entschärft: Nachdem auch Jan ab sofort den Kindergarten besuchen würde, hätte ich vormittags etwas Zeit für mich, in der ich wieder Sport machen und nach einer neuen Einnahmequelle suchen wollte. Was Letzteres betraf, so würde ich zunächst zweigleisig fahren. Zwar wollte ich weiterhin nach einer geeigneten Teilzeitstelle in der Industrie suchen, aber in der Zwischenzeit nicht untätig herumsitzen, sondern auf selbstständiger Basis ein paar Euros verdienen. Ich wusste nur noch nicht, womit. Zwischen Tupperfrau und Telefonsex lag eine enorme Spannbreite von Möglichkeiten, die ich alle abwägte und schließlich aus den unterschiedlichsten Gründen verwarf.

»Heute ganz allein die Damen?« Es war Donnerstag und Andrea und ich tranken wie gewohnt unseren Latte macchiato bei Mario, während unsere Großen in der Musikschule waren.

»Ja, Mario, und sehen wir nicht gleich 15 kg leichter aus?« Ich war bester Laune, da ich zum ersten Mal seit ungefähr sechs Jahren ohne Kleinkind und dazugehörige Expeditionsausrüstung unterwegs war.

»Was habt ihr mit meinen beiden Hilfskellnern gemacht?«

»Die sind im Kindergarten und foltern ihre Erzieherinnen«, antwortete Andrea, die genau so glücklich wie ich darüber war, dass unsere zwei Kleinen den Eintritt in den Kindergarten so problemlos gemeistert hatten. Beide hatten ihre ersten zwei Wochen im Kindergarten hinter sich und fühlten sich so wohl, dass sie sich abends im Bett schon auf den nächsten Tag mit ihren neuen Freunden freuten. Da Andreas Mann Arthur beruflich häufig für mehrere Wochen im Ausland war und Andrea deshalb Haushalt, Kinder, Haus und Garten quasi allein stemmte, wollte sie sich mit dem Wiedereintritt ins Berufsleben noch etwas Zeit lassen. Sie wollte die neu gewonnenen Freiräume für verschiedene Projekte am Haus nutzen, die sie schon einige Zeit vor sich herschob.

»Gibt es Neuigkeiten vom Job?«, wollte Andrea von mir wissen, als Mario sich wieder den anderen Gästen widmete.

»Leider nein. Ich habe mich bei allen Medizintechnik-Unternehmen online beworben, aber Teilzeitstellen vormittags sind gerade aus.«

»Und wenn du dich doch selbstständig machst?«

»Darüber habe ich auch schon nachgedacht. Eigentlich war ich gern Angestellte. Ich mag es, wenn jeden Monat zur gleichen Zeit die gleiche Menge Geld verlässlich auf mein Konto überwiesen wird. Ich bin nicht so der Unternehmertyp. Aber etwas muss jetzt mal gehen. Deshalb habe ich mir überlegt, während meiner Jobsuche mit irgendeiner Dienstleistung ein paar Euro zu verdienen. Vielleicht lerne ich dabei ja auch jemand kennen, der eine qualifizierte Mitarbeiterin sucht. Wer weiß?«

»Gute Idee. Was willst du denn anbieten?«

»Das ist genau der Punkt. Ich habe keine Ahnung. Die Investitionskosten müssen praktisch bei Null liegen, deshalb dachte ich an eine Dienstleistung. Da muss ich im Großen und Ganzen ja nur meine Arbeitskraft investieren. Aber welche? Da ist mir einfach noch nichts Zündendes eingefallen.«

»Was hat dir bei deiner Arbeit denn am meisten Spaß gemacht?«

»Hm. Es war zwar nicht meine Hauptaufgabe, aber ich habe immer gern das Projektmanagement für die Firmenevents übernommen. Partys ausrichten hat mir schon immer gefallen.«

»Na super. Dann biete doch Eventorganisation an.« Andrea war sichtlich zufrieden mit dieser schnellen Lösung meines Problems.

»Klar. Es gibt ja auch nur ungefähr 20 professionelle Eventagenturen in der Region. Sicher haben alle darauf gewartet, dass endlich die 21. Agentur in den Markt drängt.« Mir war klar, dass mein Zynismus ungerecht war, aber ich hatte mir in den vergangenen Tagen das Hirn darüber zermartert, wie ich möglichst zeitnah Geld verdienen könnte. Deshalb reagierte ich etwas ungehalten, als Andrea so tat, als würde sie in zwei Minuten die Lösung meines Problems parat haben.

»Mensch, Maxi. Jetzt bist du aber wirklich ziemlich verpeilt. Du hast gesagt, du möchtest eine Dienstleistung anbieten. Außerdem hast du Spaß an Eventorganisation. Wenn es schon so viele Anbieter gibt, dann such dir doch eine Nische. Bist du der Betriebswirt oder ich?« Wow, so hatte Andrea noch nie mit mir gesprochen.

»Du hast gut reden. Du sitzt da in deinem riesigen Haus mit Putz- und Bügelfrau und musst dir keine Gedanken darüber machen, wie du die nächste Heizölrechnung bezahlst. Für dich ist das alles ein großes Spiel. Machen wir mal Events, und wenn es nichts wird, egal. Hauptsache, wir hatten Spaß.« Ich spürte die Welle kommen. Sie baute sich meterhoch auf, bereit, alles vernichtend unter sich zu begraben. Tsunami-Warnung am Bodensee.

»Ich verstehe, dass du zurzeit sehr emotional bist. Wenn du runtergekommen bist, wirst du sicher sehen, dass das gerade sehr ungerecht war«, fuhr Andrea mir in die Parade.

Völlig perplex verstummte ich. Andrea hatte recht. Ich war ungerecht, und sie hatte mich gerade noch rechtzeitig davon abgehalten, auch noch richtig gemein zu werden. Andrea hatte noch nie mit ihrem Geld geprotzt, im Gegenteil: Sie machte sich nichts aus Reichtümern. Dennoch konnte sie meine Situation einfach nicht nachempfinden. Existenzielle Sorgen waren ihr so fremd wie einem Neugeborenen der Satz des Pythagoras. Nur konnte ich ihr das nicht zum Vorwurf machen.

»Tut mir leid«, meinte ich kleinlaut. »Ich wollte dich nicht so anfahren. Lass uns von etwas anderem reden, bevor ich nicht nur ohne Arbeit, sondern auch noch ohne Freundin dastehe. Tsunami Teil 2. Oh Mann! Das hätte mir gerade noch gefehlt.«

»So schnell wirst du mich nicht los. Ich verstehe dich ja. Sag mal, ist Till eigentlich auch zu Thorbens Geburtstag eingeladen?« Andrea lenkte das Gespräch sensibel in eine unverfänglichere Richtung.

»Ja. Habt ihr schon ein Geschenk? Seine Mama hat gesagt, es wird ein Weltraum-Geburtstag. Die arme Mutter. Was macht man denn da für Spiele? Alle rennen im Kreis, bis ihnen schwindlig ist? Diese Themengeburtstage sind echt schwer im Trend. Das stellt uns Eltern schon vor einige Herausforderungen.« Ich lachte bei der Vorstellung, wie Thorbens Mutter es wohl schaffen würde, die Schwerelosigkeit zu simulieren.

»Da hast du recht. Das sind schon lange keine Kindergeburtstage mehr, das sind richtige Events. Da ... Mensch, Maxi!« Andrea konnte nicht weitersprechen. Sie hatte sich offensichtlich an ihrem Latte macchiato verschluckt. Prustend und wild gestikulierend umarmte sie mich, um gleich danach herzhaft in die Serviette zu husten. Einige Cafébesucher musterten diese Szene halb interessiert, halb angeekelt.

»Andrea, alles klar? Kriegst du Luft?« Ich machte mir Sorgen um meine Freundin, da sie neben der Husterei so komisch hin und her tanzte, mich umarmte und um den Tisch hüpfte. Schließlich hatte sie sich so weit beruhigt, dass sie sprechen konnte.

»Maxi! Überleg doch mal. Events! Klingelt's?« Mit weit aufgerissenen Augen sah Andrea mich erwartungsvoll an.

»Bei wem?« Der Groschen war noch nicht gefallen.

»Heute bist du aber wirklich langsam. Events. Kindergeburtstage. Das ist dein Auftrag. Du organisierst Kindergeburtstage. Du hast doch selbst gesagt, dass die Organisation einer solchen Veranstaltung die Eltern vor echte Herausforderungen stellt. Und du liebst Herausforderungen und Veranstaltungen. Außerdem schüttelst du die gängigen Themenwelten doch aus dem Ärmel. Die hast du mit Till doch alle schon durch.« Andrea überschlug sich förmlich vor Begeisterung.

»Alle, außer Weltraum«, kicherte ich. »Aber jetzt mal im Ernst. Wer sollte mich denn für das Ausrichten eines Kindergeburtstages bezahlen? Die Eltern, die selbst keine Spiele machen wollen, gehen zu McDonald's. Und bei dem Preis könnte ich nicht mithalten.« So sehr mich die Idee auch reizte, glaubte ich doch nicht an die Umsetzbarkeit.

»Und hier irrst du dich.« Andrea war sich ihrer Sache sehr sicher. »Bei den reichen Frauen in meiner Nachbarschaft sind McDonald's-Geburtstage total verpönt. So was machen nach deren Meinung nur Proleten. Ich weiß aber, dass die meisten überhaupt keine Lust auf diesen ganzen Zirkus haben und es nur machen, um sich vor den anderen Nachbarinnen keine Blöße zu geben. Glaub mir, die würden deine Dienste mit Kusshand annehmen. Und Geld spielt für die gar keine Rolle. Maxi, das wird super, glaub mir. Im Sommer hat Lennart Geburtstag. Du weißt schon, der Sohn von meiner etwas durchgeknallten Nachbarin Cindy. Den Auftrag verschaff ich dir.« Ganz im Glück umarmte Andrea mich und winkte mit ihrem Geldbeutel Mario zu, um ihm zu bedeuten, dass wir zahlen wollten.

Cindy Haustein war Andreas direkte Nachbarin. Die Aussage ›etwas durchgeknallt‹ war eine nette Umschreibung für diese überdrehte, aber nicht unfreundliche Person. Cindy war eine dieser Frauen, die sich vermutlich aufgrund eines Gendefekts nach der Pubertät nicht weiterentwickeln konnten. Sie fühlte sich mit 48 Jahren immer noch wie Teenage-Lolita, und so kleidete sie sich auch. Da sie eine makellose Figur vorweisen konnte, sah sie von hinten tatsächlich fast wie ein 17-jähriges Mädchen aus. Ihrem Gesicht war ihr Alter jedoch deutlich anzusehen, und so war es ein eher skurriles Bild, das die reife Frau in Teenager-Klamotten abgab. So zierlich Cindys Körper war, so trampelig war ihr Wesen. Sie war laut, rücksichtslos und überheblich. In jeglicher Hinsicht das genaue Gegenteil von Andrea. Lennart und Hagen besuchten denselben Kindergarten, und so kam es, dass auch die Mütter einen gelegentlichen Kontakt nicht vermeiden konnten. Ich hatte Cindy ein paar Mal bei Andrea getroffen. Bei diesen Gelegenheiten hatte sie abstruse Geschichten erzählt vom Skifahren in St. Moritz, wo sie von der Piste abgekommen war und schließlich in einem selbst gebauten Iglu übernachtet hatte; oder von Karibik-Kreuzfahrten, bei denen sie beinahe Opfer von Voodoo-Ritualen der Eingeborenen geworden war. Ich fragte mich, was in ihrer Kindheit vorgefallen war, dass sie ein solch übersteigertes Geltungsbedürfnis hatte. Eines stand jedoch fest: Die Frau hatte Fantasie. Ich müsste mich schon gehörig anstrengen, wenn ich den fünften Geburtstag ihres Sohnes ausrichten wollte.

Von:	Maxi
Gesendet:	Montag, 11. Mai 2009, 21:11
An:	Hanna
Betreff:	Du hast ein YouTube-Video erhalten!

Weißt du noch, wir zwei bei Brinkmann?

http://www.youtube.com/watch?v=779d1QefvoY.

Warum ich noch schreibe: Unser Urlaub rückt näher. Falls du am Pfingstwochenende irgendwie Zeit für uns hast, dann ruf mich an. Wir sind vom 30. Mai bis zum 1. Juni in MG, wobei wir am 1. nach dem Frühstück gleich losfahren. Wir würden uns sehr freuen!!!

Viele liebe Grüße,
Maxi

Von:	Hanna
Gesendet:	Dienstag, 12. Mai 2009, 10:27
An:	Maxi
Betreff:	AW: Du hast ein YouTube-Video erhalten!

Oh no!!!!!
Oje ...
Klar, weiß ich noch ...

Auch Johnny Logan, aber das lasse ich mal ... Da bist du ja so abergläubisch ...

Das waren noch Zeiten ... Tanzschule Brinkmann ... Oh du lieber Himmel ... Hast du eigentlich noch Fotos?

Ich muss mal im Keller meiner Eltern schauen. Sicherlich finde ich da noch was.

Oh, ja, stöbern in alten Kisten ... hoffentlich fange ich nicht an zu heulen.

Diese Art von Wehmut habe ich allerdings erst seit meiner Schwangerschaft mit Franziska. Ich kann immer heulen, auf Festen und so, da muss ich mich zusammenreißen oder besaufen. Hahaha (besaufen = zwei Gläser Sekt reichen bei mir immer noch aus!)

Irgendwie war es schon schön ...

Ich freue mich auf euch!

Lass uns einen Termin festmachen!

Am Sonntag, 31.05., Grillen in meinem sicherlich ›biototischen‹ Garten, wenn es Fritz nicht gäbe! Lust auf Cevapcici und Djuvecreis und Krautsalat und ...

Bestimmt schaffen wir es, den Rasen zu mähen bzw. mähen zu lassen. Hahaha ...

Und hoffentlich sind dann wenigstens zwei der sieben Blumenzwiebeln erblüht, die ich mit Franziska und Lieschen in einer Anwandlung von ›Oh ja, ich will auch selbst mal Blumen pflanzen!‹ gesetzt hatte.

Hej, ich freue mich tierisch ... echt ...

Schafft ihr es so gegen 14 Uhr? Dann könnt ihr ausschlafen!

Was meinst du?

Ach ja, Franziska schimpft auf Kroatisch, versteht dann eh keiner ... Hihihi.

Also, bis bald liebe Freundin,
Hanna

Von: Maxi
Gesendet: Mittwoch, 13. Mai 2009, 09:55
An: Hanna
Betreff: AW: Du hast ein YouTube-Video erhalten!

Tanzschule Brinkmann. Die gibt's immer noch. Da hatten meine Geschwister schon Tanzkurs. Ich kann mich noch gut an das Herzklopfen erinnern und natürlich daran, dass du immer bügeln musstest, wenn du samstags raus wolltest. Trotzdem jedes Mal das Zittern: lässt dich deine Mutter oder nicht. Das konnte man ja nie ganz genau wissen.

Ich hab natürlich noch alle alten Fotos. Hab sie lange nicht mehr angesehen. Aber das mit dem Heulen ist nicht neu. Du hast schon immer schnell geheult. Wenn du dich gefreut hast, wenn du dich geärgert hast, und natürlich wenn du traurig warst. Du bist halt der emotionale Typ. Erst sind deine Augen riesig groß geworden, und dann sind sie quasi übergelaufen.

Ich bin aber auch sehr nah am Wasser gebaut. Gerade bei Festen, Hochzeiten, Konfirmation, Taufe, ganz egal, ob ich die Leute kenn oder nicht. Wenn jemand ein paar nette Worte sagt, krieg ich glasige Augen. Hoffentlich flenn ich nicht bei der Einschulung. Unmöglich, das zu verhindern. Schon der Gedanke daran, wie mein Till mit seinem Schulranzen auf dem Rücken und der Schultüte im Arm da sitzt und mir fröhlich zuwinkt, lässt meinen Blick verschwimmen. Ich fürchte, da muss er durch. Mamas sind eben peinlich.

Wir kommen gern am Sonntag zu euch. Allerdings müssen wir auch noch Zeit für die Familie einplanen. Also entweder schon um 13 Uhr, dass wir bis 16 Uhr zum Kaffee wieder zurück sind oder erst gegen 15.30 Uhr. Wie ist es dir lieber?

Wir freuen uns auch schon sehr. Till war nicht so begeistert von der Vorstellung, seine Omi auch nur eine Minute zu verlassen, aber ich habe ihm versichert, dass du ihm gefallen wirst, schon weil du ganz anders bist als ich. Das hat ihn neugierig gemacht. Außerdem möchte er noch wissen, wie groß Franziska genau ist. Frag mich nicht warum, Kinder sind halt seltsam.

Viele liebe Grüße
und wir freuen uns schon sehr,
Maxi

Von:	Hanna
Gesendet:	Mittwoch, 13. Mai 2009, 10:28
An:	Maxi
Betreff:	AW: Du hast ein YouTube-Video erhalten!

Liebe Maxi,

dann ist es mir ab 15.30 Uhr lieber. So müsst ihr euch nicht abstressen, und außerdem können wir ohne Zeitdruck quatschen. Lieschen ist auch super kommunikativ (Zwilling eben!). Also Langeweile wird wohl nicht aufkommen. Hihihi. Ende offen!

Franziska ist schon recht groß für ihr Alter (O-Ton Franziska: Ich bin schon so groß wie ein Schulkind!). Letztens hat sie mit dem Patenkind von einer Freundin gespielt, der ist 9 Jahre, und die haben sich echt gut verstanden. Franziska hat (genau wie die Mutter!) keine Berührungsängste, im Gegenteil, man nennt uns auch penetrant. Mir doch egal, besser so als andersrum.

Also, bis bald!!
Herzlichste Grüße vom Niederrhein, momentan ist es aber saukalt hier.

Hanna

Von: Maxi
Gesendet: Mittwoch, 13. Mai 2009, 11:16
An: Hanna
Betreff: AW: Du hast ein YouTube-Video erhalten!

Super, dann machen wir das so. 15.30 Uhr ist mir auch lieber, dann muss ich nicht den ganzen Tag nur essen. Meine Hüften werden's mir danken. Meine Figur ist mir nämlich in den letzten zwei Jahren irgendwie entglitten.

Bis zum 31., viele liebe Grüße vom Bodensee,
Maxi

4

Ich hatte zur Feier des Tages unsere ganze Wohnung geputzt. Es sah aufgeräumt aus wie schon lange nicht mehr. Picobello! Franziska hüpfte von einem Bein auf das andere; meine Tochter war sichtlich aufgeregt. Sie wusste, dass heute ein ganz besonderer Tag für mich war. Fritz war gestern noch außer der Reihe da gewesen, um unseren Garten zu frisieren. Lieschen hatte darauf bestanden. Wir alle wollten den besten Eindruck hinterlassen. You never get a second chance to make the first impression, hatte ich letztens im Internet gelesen.

In der Küche hatte ich ein kleines Buffet mit Maxis Lieblingsspeisen aufgebaut. Den Djuvecreis hatte ich bereits in eine große Schüssel getan und neben die Mikrowelle gestellt, um ihn später schneller aufwärmen zu können. Die Zubereitung des Essens sollte nicht den ganzen Nachmittag beanspruchen. Den Krautsalat hatte ich mit Paprikastreifen liebevoll verziert. Wir wollten Cevapcici grillen. Besser gesagt, Lieschen wollte grillen.

»Damitte Zit häs mit dinne Freundin zu vertelle. Wat kieckse die janze Zit so nervös op de Uhr?«, fragte Lieschen, während ich wie ein aufgeschrecktes Huhn durch die Wohnung lief und immer wieder zur Wanduhr schaute.

»Ich bin aufgeregt. Maxi war immer überpünktlich. Jetzt sind sie schon 15 Minuten zu spät. Komisch.«

»Ist der Till nett? Ob der auch mit mir spielt?«, meldete sich Franziska.

»Klar ist Till nett, Schatz. Und er wird mit dir spielen.

Ganz bestimmt! Maxi ist toll. Alex ist super nett und der Jan ist ein kleiner Chaot«, referierte ich über Maxis Familienverhältnisse, als es plötzlich an der Tür klingelte.

»Jippiiii, sie sind da, sie sind da!« schrie Franziska und stürmte los. In mir sah es genauso aus. Ich freute mich wie ein Kind, das endlich seine Weihnachtsgeschenke auspacken darf. Mein ganzer Körper vibrierte. Meine beste Freundin stand vor unserer Wohnungstür, keine zehn Meter Luftlinie von mir entfernt! Wir hatten zwar in den letzten Wochen pausenlos gemailt und auch einige Male telefoniert, aber nun würde ich sie endlich wiedersehen. Ich war total nervös. Tausende Gedanken schossen mir durch den Kopf, als ich von der Küche durchs Wohnzimmer in den Flur ging. Lieschen und Franziska hatten bereits die Tür geöffnet, und ein kleiner Wirbelwind schoss an mir vorbei in Richtung Klavier.

»Jan, Schätzchen, warte! Wir hatten doch besprochen, dass du dich benimmst. Ich zähle bis drei. Eins, zwei und die allerletzte Zahl ist …«, hörte ich Maxi rufen.

Alex stand mit einer großen Tasche in der Tür. Hinter ihm versteckte sich der mit Geschenken beladene Till, während Franziska wie ein afrikanisches Stammesmitglied rhythmisch auf- und abhüpfte und ohne Unterlass »Ihr seid da, ihr seid da« sang. Lieschen hielt noch immer den Türgriff fest und rührte sich nicht von der Stelle. Maxi hingegen wollte gerade dem entfleuchten Jan hinterher; das war wohl bei ihr schon einprogrammiert. Dieser Tumult war ein Bild für die Götter! Ich konnte nicht anders als laut loszuprusten. Till schaute mich entsetzt an.

»Ich habe dir doch gesagt, dass Hanna anders ist als ich«, versuchte Maxi ihrem Sohn meinen Lachanfall zu erklären.

»Komm her, altes Haus«, rief ich und umarmte sie. Ja, sie war es! So hatte ich Maxi in Erinnerung. Ihre Familie besaß das Jugendgen, und sie hatte es eindeutig geerbt. Nur ihre Haare waren heller und länger als damals. Doch was das Schönste war: Es hatte nur ein paar Sekunden gedauert und unsere alte Vertrautheit war wieder da. Ich war erleichtert.

»Ich bin auch noch da«, begrüßte mich nun auch Alex lachend. So kannte ich ihn. Auf den ersten Blick ein stilles Wasser, das man leicht unterschätzen konnte. Tatsächlich aber liebte Alex es, andere zu provozieren, wobei er es nie böse meinte. Maxi erzählte mir einmal, dass es früher eine seiner Lieblingsbeschäftigungen beim samstäglichen Einkauf gewesen war, anderen Leuten unbemerkt etwas in den Einkaufswagen zu legen. Dann verfolgte er die betreffenden Personen, um ihre Reaktion zu beobachten, wenn sie es bemerkten. Dabei beließ er es nicht bei zwei oder drei Bananen. Nein, auch Rasierapparate oder Toaster wanderten in die Wagen der arglosen Kunden.

Till hatte zwischenzeitlich seine Schockstarre überwunden und war mit Franziska im Kinderzimmer verschwunden.

»Genial, die scheinen sich auf Anhieb zu verstehen. Ich habe, ehrlich gesagt, auch nichts anderes erwartet. Das sind eben unsere Kinder. Und schau mal der Jan, das kleine Sackgesicht, der ist direkt nach draußen gelaufen und hat sich an den Tisch gesetzt. Ihr habt hoffentlich Hunger mitgebracht.« Maxi zuckte bei dieser nicht ganz feinen Bezeichnung ihres Sohnes kurz zusammen. Sie hatte mich schon immer wegen meiner sehr direkten Ausdrucksweise gerügt. Anscheinend war sie sich aber nicht sicher, ob sie mit mir noch genau so reden konnte wie früher und überging deshalb die verbale Attacke auf ihren Jüngsten.

»Ein wenig. Wir haben gut gefrühstückt.«

»Gut, es gibt alles, was ich euch versprochen habe, und ich habe sogar eine Himbeer-Mascarpone-Torte gebacken«, kündigte ich stolz an.

»Hmmm, lecker. Lass mal schauen!« Offensichtlich hatte ich Alex' Geschmacksnerv getroffen. Doch bevor er sich vorzeitig über das Dessert hermachen konnte, schnappte sich Lieschen den Mann.

»Hörens, wir beede donn ens dat leckere Zeusch jrille. De Nam kenn isch net. Fleischröllsche eben.« Alex grinste und fügte sich Lieschens Anweisungen.

»Sag mal, versteht er alles, was Lieschen sagt? Nee, ne?«

»Nein, der versteht garantiert nix, aber das Gute an Alex ist, dass er so tut, als ob alles klar wäre«, erklärte Maxi. »Übrigens, meine Mutter erwartet ihre Enkel pünktlich um sechs zurück. Ich hoffe nur, dass wir bis dahin genug Zeit haben, ungestört zu reden.«

»Ja, das kenne ich. Wenn wir in Kroatien sind, werde ich auch ständig von A nach B zitiert, und von B nach C. Aber nicht, weil meine liebe Verwandtschaft Sehnsucht nach mir hat, sondern weil sie alle Franziska sehen wollen.«

Es war nicht leicht, sich zu unterhalten. Die Kinder kamen immer wieder mal in den Garten raus, wollten etwas zu trinken oder aufs Klo oder hatten Hunger. Das Übliche eben. Mittlerweile roch es schon köstlich.

»Essen fassen«, rief Franziska kurze Zeit später, und alle drei stürzten sich auf den Grill.

»Ich will drei!«

»Jan, Schätzchen, du wolltest sicher sagen, du *möchtest* drei«, berichtigte ihn Maxi.

Ich musste lachen. »Das ist wohl seine Lieblingszahl!«

Nachdem jeder seinen Teller hatte, war es ganze fünf Minuten still. Mit vollem Mund ließ es sich nicht so einfach reden.

»Mama, kann ich bitte den Schafskäse haben?«

»Klar, Franziska, hier. Ihr müsst wissen, Franziska liebt Schafskäse. Genau wie ich!«

»Donn misch ens de Ketsch un dat Magnese«, wandte sich Lieschen an Alex. Der schaute auf, schluckte schnell den Bissen, den er gerade im Mund hatte, herunter und fragte wohlerzogen »Wie bitte?«

Maxi fing laut an zu lachen. »Gib ihr bitte Ketchup und Mayonnaise!«, half sie ihrem verdutzten Mann auf die Sprünge. Die Kinder kicherten, und Franziska erklärte vorlaut, dass Lieschen eigentlich am liebsten den Gammelberger-Käse mag.

»Waaaaas?«, fragte Till.

»Camembert. Aber hier bei uns im Rheinland heißt alles ein bisschen anders«, klärte ich ihn über die sprachlichen Absonderlichkeiten meiner Heimat auf.

Es war ein ausgelassener Nachmittag. Meine Torte kam gut an. Till aß sogar drei Stücke, was sich offenbar positiv auf seinen Parasymphaticus auswirkte, denn er gewöhnte sich allmählich an meine laute Art und zuckte nicht mehr bei jedem meiner Aufschreie zusammen. Jan hatte damit von Anfang an keine Probleme gehabt. Er kam mir ohnehin sehr entspannt vor. Ab und zu ließ er ein Schimpfwort fallen, und irgendwann versuchte auch Maxi nicht mehr, ihn zu erziehen. Manchmal ist es eben besser, die

Dinge laufen zu lassen, dem Muttertier eine Auszeit zu gönnen und die Kinder einfach vor dem Fernseher zu parken. Genau das taten wir dann auch – die Abenteuer von ein paar süßen Dalmatinern würden wohl für niemanden zu aufregend sein – und wir konnten endlich in Ruhe über die alten Zeiten plaudern.

»Sach ma Kinder, is dat wirklisch zehn Jahr her, dat ihr eusch dat letzt Mal jesehen habt? Wenn man eusch beiden so zuhört, könnte man glatt meinen, dat ihr nie jetrennt ward«, fragte Lieschen nach.

»Ja, mir kommt es aber auch nicht so lange vor. Es ist wirklich schade, dass wir uns damals aus den Augen verloren hatten«, sagte ich.

»Stimmt, ich kann auch kaum glauben, dass wir schon seit zehn Jahren verheiratet sind, nicht Maxi?« Klasse! Jetzt hatte Alex den Stein ins Rollen gebracht. Hätte er nicht einfach den Mund halten können? Maxi antwortete nicht. Wahrscheinlich war es ihr genauso unangenehm wie mir, auf das Thema Hochzeit angesprochen zu werden. Stattdessen erzählte sie von ihrer Firma und dem immensen Stress, den sie gerade mit dem Wiedereinstieg in ihren alten Beruf hatte. Wenn man es sich genau überlegte, hatte Maxi im Grunde genommen die gleichen schlechten Erfahrungen gemacht wie ich, obwohl sie bis zu ihrer Elternzeit eigentlich einen sicheren Arbeitsplatz gehabt hatte. Meine Erkenntnis, dass wir Mütter uns nur dann beruflich entwickeln können, wenn wir selbst das Zepter in die Hand nehmen, traf also auch auf sie zu.

Lieschen und Alex gingen ins Haus, um eine weitere Runde Kaffee und Latte macchiato zuzubereiten. Ich war jetzt mit Maxi ganz allein im Garten. Von drinnen hörte man keinen Ton – die Kinder litten wohl immer noch mit den Hündchen – und plötzlich umgab uns eine seltsame Stille. Ein Gedanke zuckte mir durch den Kopf. Ich sollte die Gunst der Stunde nutzen. Alex hatte uns schließlich eine Steilvorlage geliefert, und wir sollten dieses Missverständnis nun ein für alle Mal aus der Welt schaffen. Wenn nicht jetzt, wann dann?

»Maxi, ich bin nicht zu spät gekommen«, begann ich zaghaft.

»Wie?« Maxi begriff nicht, worauf ich hinaus wollte.

»Ich hatte diese mehrstündige Fahrt von Münster an den Bodensee unternommen, um bei euch zu sein. Nicht mehr und nicht weniger.«

»Ach so, die Hochzeit«, seufzte sie und fing an, auf ihrer Unterlippe zu kauen. Ich musste lächeln. Sie kaute immer auf der Unterlippe, wenn sie sich konzentrierte. Ich hatte ihre ungeteilte Aufmerksamkeit und auch das Gefühl, dass sie bereit war, darüber zu reden.

»Und weißt du was? Ich denke nicht gern an diese ganze Sache zurück. Mit der Einladung ging's los. Kannst du dich noch an deine Antwort erinnern, als ich dich angerufen habe, um zuzusagen?«

»Ja, das kann ich allerdings: ›Die Einladung ist von Alex. Wenn es nach mir gegangen wäre, hätte ich dich nicht eingeladen‹«, antwortete Maxi ohne zu zögern.

»Ich habe dir nie erzählt, wie ich mich damals gefühlt habe. Richtig beschissen. Ich hab geheult, aber das hast du bestimmt nicht mitbekommen, oder?«

»Doch. Aber ich war wütend auf dich, weil du dich so lange nicht bei mir gemeldet hattest. Ich hatte das Gefühl, deine neuen Freunde waren dir wichtiger geworden als ich. Ich war einfach traurig. Sicher auch frustriert, weil es mit der Jobsuche nicht so lief wie geplant. Ich hatte halt eine super schwierige Zeit. Natürlich wollte ich, dass du bei meiner Hochzeit dabei bist. Du warst schließlich meine beste Freundin.«

»Genau, das bist du Maxi, ganz Zwilling, ein Tsunami. Erst riesige Wellen machen und dann so tun, als wäre nichts gewesen.«

»Ja. Und es tut mir leid. Weißt du, ich habe mich damals nicht entschuldigt, weil ich mich vollkommen im Recht gefühlt habe. Heute sehe ich vieles anders. Ich weiß auch nicht, was mich manchmal reitet, aber Tsunami trifft es ganz gut.«

»Ich habe oft an dich gedacht. Zuletzt noch, kurz bevor du mir über XING geschrieben hast. Beim Aufräumen ist mir euer Hochzeitsfoto in die Hände gefallen.«

»Warum hast du dich nicht gemeldet, Hanna?« Die Frage war berechtigt. Ich hatte sie mir auch häufig gestellt und bis heute keine befriedigende Antwort gefunden.

»Warum? Ich weiß nicht? Ich glaube aus Angst vor dem Tsunami.«

»Vielleicht tröstet es dich, dass ich nur mit Menschen streite, die mir sehr wichtig sind. Die diesen wahnsinnigen Energieaufwand auch wert sind. Neben dir hat es bislang nur Alex und die Jungs getroffen. Die Jungs leider regelmäßig. Erst neulich wieder. Ich steh in der Küche, guck aus dem Fenster und mich trifft der Schlag. Till spielt im Garten, nur im T-Shirt. Bei zehn Grad Außentemperatur! In solchen Momenten kann ich nicht mehr bis drei zählen. Die Welle baut sich nicht mal auf. Sie ist da. Sie ist groß. Sie vernichtet. Irgendwann löst sich dann mein Geist vom Körper, schaut von oben auf mich runter und denkt: Wer bist du? Geh raus aus meinem Körper! Dann schicke ich die böse Frau weg, vereinige mich wieder mit meinem Körper und entschuldige mich bei meinem Kind ... Ja, das kann ich heute sehr gut, Entschuldigung sagen. Auch zu dir, Hanna. Es tut mir wirklich leid! Ich hab dich sehr lieb. Hab ich immer gehabt.«

Ich musste schlucken. »Ich dich auch«, konnte ich nur erwidern, und wir umarmten uns. Plötzlich standen wieder Lieschen und Alex im Garten, in den Händen hielten sie dampfende Kaffeetassen. Ob Zufall oder perfektes Timing war mir in diesem Augenblick ziemlich egal. Ich war erleichtert und dankbar, dass wir uns endlich ausgesprochen hatten.

»Ne eschte Frauenfreundschaft is schon wat«, bemerkte Lieschen und setzte sich grinsend an den Tisch. Alex verzog das Gesicht und zwinkerte mir vielsagend zu.

»Mamaaaaaaa, der Film ist zu Ende«, schrie Franziska in ihrem üblichen Tonfall. Im selben Moment klingelte Maxis Handy.

»Ja, wir kommen gleich. Ja, wir sind bereits auf dem Weg. Tschüss!« Leicht genervt legte sie auf.

»Ihr müsst los? Schade«, sagte ich traurig, »der Nachmittag ist viel zu schnell vergangen.«

Wir gingen noch mit hinaus auf die Straße und winkten ihnen nach, bis der Wagen nach rechts in Richtung Stadtmitte abbog.

»Escht nette Lütt, dat Maxi un de Alex, könne öfter vorbee kumme.«

»Au ja, und der Till auch!«, ergänzte Franziska.

Ich war glücklich. Meine Tochter hatte einen neuen Freund gefunden und ich meine beste Freundin zurück.

Von: Hanna
Gesendet: Dienstag, 2. Juni 2009, 12:19
An: Maxi
Betreff: Liebe Grüße aus der Heimat …

Hallo, ihr Lieben,

vielen Dank für den super netten Besuch und die tollen Geschenke. Könnt gern wieder kommen! ;-))

Hoffe, dass es keinen Ärger gab, weil ihr so spät zurück wart!

Kuss an Till und Jan, und eine feste Umarmung für euch,

bis bald,
Hanna

Von: Maxi
Gesendet: Freitag, 5. Juni 2009, 13:23
An: Hanna
Betreff: AW: Liebe Grüße aus der Heimat …

Euch auch vielen Dank für den tollen Nachmittag. Es war wirklich sehr schön. Ein herzliches Dankeschön auch noch mal an den Grill-Master Lieschen.

Vielen Dank für eure Geburtstagskarte. Leider lag ich an meinem Geburtstag krank im Bett. Ist doch zum Kotzen. Jetzt sind wir extra so in Urlaub gefahren, dass ich meinen Geburtstag zu Hause feiern kann, und dann war das wieder nix. Bin immer noch nicht ganz fit. Alex musste heute früh schon wieder zu Hause bleiben, und jetzt hat er die Jungs zu einer Freundin gebracht und holt sie heute Abend nach der Arbeit ab. Ohne Familie ist das echt blöd. Nur weil ich krank bin, sind schon wieder 2,5 Urlaubstage flöten. Habe die Feier jetzt auf nächste Woche verschoben und möchte da gern deine Himbeertorte machen. Kannst du mir das Rezept mailen? Ich geh jetzt wieder ins Bett.

Viele liebe Grüße,
Maxi

Von: Hanna
Gesendet: Freitag, 5. Juni 2009, 15:15
An: Maxi
Betreff: AW: Liebe Grüße aus der Heimat …

Du arme Frau! Wir wünschen dir auf jeden Fall sehr gute Besserung!

Hier das Rezept, hab's aus dem Kochbuch abgeschrieben, damit ich auch jaaa nix vergesse:

1 Biskuitboden
500 g Himbeeren
Gelatinepulver
250 g Mascarpone
250 g Quark (den fettigen!! Hihi!)
200 g Sahne
eine Packung Vanillinzucker
fünf Esslöffel Zucker
am besten ist ja Maraschino, aber Aroma (Orange) geht auch
Puderzucker

Zubereitung:

1. 125 g Himbeeren pürieren und durch ein Sieb drücken, erstmal beiseite schieben.

2. Sahne sehr gut aufschlagen, dann in den Kühlschrank stellen.

3. Quark mit Zucker und Vanillinzucker gut aufschlagen, Mascarpone dazu und gut durchmixen Jetzt Gelatine unterrühren, dann hebst du die Sahne unter und teilst die gesamte Masse in zwei Teile.

4. Der eine Teil kommt in den Kühlschrank, der andere wird mit der Himbeersoße vermixt und kommt dann auch nochmal in den Kühlschrank, bis du mit dem Boden fertig bist.

5. Nun entweder Maraschino (vier Löffel) in eine Schale schütten oder vier Löffel Wasser mit einigen Tropfen Orangenaroma vermixen (sollte auch schön nach Orange riechen), dann mit Pinsel den Boden leicht bestreichen, nicht nass machen, sonst suppt das nachher durch.

6. Gut! Nun musst du erstmal eine Form finden, wo du den Boden reintust (wo er reinpasst), ich habe dann Backpapier zurecht geschnitten und einen Rand geformt, damit das nicht überläuft, falls die Creme zu weich ist.

7. Jetzt auf den Boden die rosane Creme und zwar in die Mitte des Bodens schütten und von innen nach außen mit breitem Messer oder professionellem Spachtel streichen. Wichtig: Nun eine kleine Mulde in die Mitte machen, denn wenn die weiße Creme drauf kommt, wölbt sich das nach oben, ansonsten bleibt es glatt.

8. Dann die helle Creme drauf, im gleichen Sinne von innen nach außen.

9. Und nun die Himbeeren: schön drauf legen;

10. Dann ab in den Kühlschrank (also drei Stunden

mindestens, kannste aber auch einen Tag vorher machen). Vor dem Servieren Puderzucker drupp und jut iss!!!

Guten Appetit!

Tut mir leid, bin im Stress, bis bald, komm schnell wieder auf die Beine
Kuss und Gruß

Von:	Maxi
Gesendet:	Montag, 8. Juni 2009, 08:55
An:	Hanna
Betreff:	AW: Liebe Grüße aus der Heimat ...

Das nenne ich mal eine verständliche Rezeptbeschreibung. Fast so schön wie in meinen Lieblingskochbüchern. Kennst du die Basic-Reihe vom GU-Verlag? Die haben vor etwa zehn Jahren meine Kochlust geweckt. Nachdem es mir am Samstag wieder einigermaßen gut ging, dachte ich, ich muss diesen Kuchen erst mal probebacken, bevor ich am Wochenende im Chaos verzweifle. Was soll ich sagen: Das war wohl gut so. Ich wusste es, Gelatine bringt mir nur Ärger. So eindeutig ist das mit den Mengenangaben auf der Packung nämlich gar nicht. Weil: Ein Beutel ist für 500 ml. So, ich mische Mascarpone mit Quark und habe 500 ml. Dort kommt ja dann die Gelatine rein. Also, ein Beutel, super, alles klappt. Geil! Ich füge 200 ml Sahne hinzu, oh, brauch ich da jetzt mehr Gelatine? Ich teile die Masse in zwei Teile und füge zum einen Teil noch circa 250 ml Himbeermark ... oh, jetzt ist es aber doch bestimmt zu viel Creme für einen Beutel, oder? Also schnell noch mal einen Beutel vorbereiten. Aber wie teile ich den dann auf die beiden Schüsseln auf? Scheiß drauf, ich hau die Cremes wieder zusammen, pack die Gelatine dazu, keine zwei Schichten, ein Problem weniger. Sah nicht so super aus wie deine, war aber auch superlecker. Ich denke, am Samstag werde ich es wieder so machen. Muss immerhin vier Kuchen backen, und da ist für so nen Schnickschnack keine Zeit.

Nachdem ich jetzt wieder fit bin, schnupfen meine Männer durchs Haus. Es gibt ja nichts Schlimmeres als kranke Männer. Du meine Güte. Jan brüllt ständig durchs Haus:

»Mama, ich hab den Schnupfen!!!«

Und ich rufe zurück: »Mein armer Liebling!«

»Aber ich hab den Schnupfen!!!«

»Ja mein Schatz, ich hab's gehört.«

»Aber ich dachte, du bringst mir ein Taschentuch!«

»Und ich dachte, du holst dir eins!« Und so geht das immer weiter. Noch schläft der kleine Bär. Die beiden Großen sind schon weg. Gleich wecke ich ihn und bring ihn auch zum Kindergarten. Und dann gehe ich in die Stadt und kauf mir gut riechende Cremes. Meine Schwester hat mir 50 Euro zum Geburtstag geschenkt. Ich dachte, sie hat sich im Schein vertan, aber sie weiß, dass Mütter ihr Geld immer für ihre Kinder ausgeben, und hat gesagt, ich soll mir mal was gönnen. Und das tu ich dann jetzt.

Wie läuft es mit JobsForMums?

Ich wünsch dir einen schnupfenfreien Start in die Woche,

liebe Grüße
Maxi

Von: Hanna
Gesendet: Montag, 8. Juni 2009, 17:58
An: Maxi
Betreff: AW: Liebe Grüße aus der Heimat ...

Erstmal an alle gute Besserung!

Das Rezept. Oh, danke!

Genau, das mit der Gelatine ist so, hätte es aber auch vorher sagen sollen, genauso ... die gesamte Flüssigkeit durchkalkulieren und dann bereits am Anfang alles vermixen. Also, Glückwunsch, haste gut gemacht!

Liebe Grüße,
Hanna

Von: Maxi
Gesendet: Montag, 15. Juni 2009, 11:47
An: Hanna
Betreff: Ich hasse Gelatine!

Ich hab's doch gewusst, ich soll die Finger von dem Zeug lassen. Nachdem die Generalprobe vergangene Woche ja ganz gut geklappt hat, habe ich mich in falscher Sicherheit gewiegt und tatsächlich zu meiner Geburtstagsparty am Samstag wieder einen Versuch gestartet. Aber diesmal sollte alles anders kommen.

Es fing schon damit an, dass ich vor dem Einkaufen nicht kontrolliert habe, ob ich noch genug Gelatine habe. Ich bin ein Kontrollmensch, und Kontrollmenschen müssen alles kontrollieren, sonst klappt es nicht. Das habe ich jetzt wieder schmerzlich erfahren. Ich war mir sicher, es ist noch Gelatine da. Habe ich ja letzte Woche erst gekauft. Also nach dem Einkaufen am Freitag erst mal alles zum Backen rausholen. Klar ist noch Gelatine da. Ja, aber nur ein Beutel, und ich brauche ja zwei. Also nicht verzweifeln, kurz bei der Nachbarin anrufen. Kurzes Suchen. Tatsächlich, sie hat noch einen Beutel, aber oh, der ist (ist jetzt echt wahr!) im Februar 2000 abgelaufen. Nee, danke, lass mal. Also wieder ins Auto, Kinder einpacken, Gelatine kaufen. Oh, ich hab noch gar nicht gesagt, dass ich es sehr eilig hatte, weil Till am Freitag auch noch eine Musicalaufführung hatte. 16 Uhr Probe, 18 Uhr Auftritt. Dazwischen drei Kuchen backen, danach Chili con carne kochen. So der Plan. Ich liebe Pläne. Die geben mir das Gefühl von Sicherheit.

Ich mach also alles wie letzte Woche. Die Gelatine löst sich auf, ich rühr ein paar Löffel der Masse hinein, alles gut. Ich kipp alles in die restliche Creme – innerhalb von Bruchteilen einer Sekunde bilden sich in der gesamten Masse kleine Bröckchen. Ich rühre wie irre, die Bröckchen bleiben. Leicht panisch kippe ich Sahne und Himbeermus dazu, rühre und rühre, die Bröckchen bleiben. In leiser Verzweiflung kippe ich alles auf den Boden und hoffe, dass die Creme trotzdem fest wird. Ich hatte ja nun schon alle Zutaten drin und konnte nicht noch eine machen. Nächster Tag, hurra, die Creme ist fest, die Bröckchen sind noch da, sieht man aber unter den vielen Himbeeren kaum. Jetzt nur noch Puderzucker drauf. Komisch, wird gar nicht weiß. Noch mehr Puderzucker – nein! Das war kein Puderzucker, das war Salz!!! Das gibt's doch nicht! Schnell die Himbeeren runter, abspülen. Dann von der Torte die oberste Schicht runterschneiden, Himbeeren wieder drauf und Puderzucker. Diese Torte hat mich so verarscht, es ist nicht zu glauben.

Hast du eigentlich deine RP-Kontakte schon genutzt und einen Bericht im Lokalteil über dich schreiben lassen? So in der Art ›Mönchengladbacherin setzt sich für Mütter im Beruf ein‹ oder so ähnlich.

Jetzt wünsche ich dir eine schöne Woche,
viele liebe Grüße,
Maxi

Von: Hanna
Gesendet: Montag, 15. Juni 2009, 15:58
An: Maxi
Betreff: AW: Ich hasse Gelatine!

Guten Nachmittag,

Gelatine! Manchmal klappt es und oft nicht. Mach dir nix draus. ;-)

Übrigens bin ich froh darüber, dass wir das Thema mit der Hochzeit nun ein für alle mal, beim Grillen und dank Alex' und Lieschens Hilfe, geklärt haben.

Kuss, liebste Grüße an euch alle,
Hanna

Von: Maxi
Gesendet: Montag, 15. Juni 2009, 16:31
An: Hanna
Betreff: AW: Ich hasse Gelatine!

Mit so unzuverlässigen Mitarbeitern kann ich nicht zusammenarbeiten. Ich werde mich von der Gelatine wieder trennen. Das hat keinen Wert mit uns.

Ich habe morgen ein Vorstellungsgespräch für meinen evtl. ersten Auftrag als ›Birthday Plannerin‹. Drück mir die Daumen, dass alles gut klappt. Ich werde dir berichten.

Viele liebe Grüße und einen dicken Kuss,
Maxi

5

»Hallo, meine Liebe! Hallo Jungs. Ihr könnt gleich nach oben gehen. Hagen und Paul warten schon auf euch. Vielen Dank für eure Postkarte.« Auf dem Weg zu meinem Vorstellungsgespräch bei Cindy hatte ich Till und Jan bei Andrea vorbeigebracht, wo sie während meines Termins spielen durften. »Na Maxi, alles klar? Willst du noch einen Latte macchiato?«

»Nein, danke. Den nehme ich lieber hinterher. Dann kann ich dir alles genau erzählen. Wünsch mir Glück!«

»Du brauchst kein Glück. Du bist die Beste für den Job. Und jetzt geh und hol ihn dir!«

Cindys Haus war riesig. Es war eines dieser Häuser, an denen man vorbei geht und denkt: Hier hat sich jemand selbst verwirklicht. Mit seinen Spitzgiebeln, runden Fenstern und geschwungenen Säulen verkörperte es einen bunten Mix verschiedener Stilrichtungen, bei dessen längerer Betrachtung ein leichtes Schwindelgefühl nicht zu vermeiden war. Sicher war: Hier hatte jemand Geld und wollte sicherstellen, dass es daran keine Zweifel gab.

Leicht nervös betätigte ich den goldenen Klingelknopf, woraufhin lautes Löwengebrüll aus dem Hausinneren nach außen drang. Ich dachte, dass Lennart vielleicht eine Tierdokumentation im Fernsehen anschaute und drückte noch einmal auf die Klingel, falls mein erstes Läuten im Löwengebrüll untergegangen war. Wieder ertönte lautes Brüllen im Haus. Erst beim dritten Klingeln wurde mir bewusst, dass die tierischen Laute der Klingelton der Haustein-Villa waren.

»Ich komme ja schon. Ja, bitte?« Ein Hausmädchen in schwarzem Rock und weißer Bluse öffnete leicht entnervt von dieser ungeduldigen Klingelei die Tür.

»Mein Name ist Maxi Anders. Ich habe einen Termin mit Frau Haustein. Tut mir leid wegen der Klingel. Ich wusste nicht …«

»Kommen Sie herein und legen Sie ab. Frau Haustein erwartet Sie im Fitnessraum«, unterbrach die Hausangestellte mein Gestammel. Wo erwartete mich die gnädige Frau? Im Fitnessraum? Wollte sie meine körperliche Konstitution testen, um sich ein Bild darüber machen zu können, ob ich einem Kindergeburtstag gewachsen war? Was waren denn das für Methoden? Kurz überlegte ich, ob ich die vielleicht letzte Möglichkeit zur Flucht wahrnehmen und das Haus verlassen sollte. Aber das konnte ich Andrea nicht antun. Sie hatte sich für mich eingesetzt und musste die nächsten Jahre in guter Nachbarschaft mit den Hausteins auskommen. Also fügte ich mich meinem Schicksal und folgte dem Hausmädchen in den Fitnessraum.

Das Zimmer war durch die raumhohe Fensterfront sehr hell. Auf dem weichen hellblauen Teppich war nicht der kleinste Fleck zu sehen. Vermutlich war dieser Raum für Lennart und seine Freunde tabu. Cindy trainierte auf dem Laufband und verfolgte auf einem riesigen Flachbildschirm, der an der Wand befestigt war, parallel Aktienkurse bei n-tv und die Musikcharts bei VIVA. Bis zu diesem Tag hatte ich weder gewusst, dass es Fernseher in solcher Größe gibt, noch, dass man auf einem einzigen Bildschirm zwei verschiedene Sender gleichzeitig sehen kann. Neben dem Laufband gab es noch einen Crosstrainer, ein Fahrrad, eine Ruder- sowie eine Hantelbank. In einer Ecke des Raumes befand sich eine kleine Bar. Dahinter stand nun das Hausmädchen und mixte Getränke.

»Hallo Cindy«, sagte ich und blieb etwas unsicher in etwa einem Meter Abstand vom Laufband stehen.

»Oh, hallo Maximiliane. Schön, dass du es einrichten konntest«, erwiderte Cindy meinen Gruß, ohne ihr Training zu unterbrechen. Den Blick hielt sie weiterhin auf den Großbildschirm gerichtet. Ich fragte mich, ob sie sich auf die Börsennachrichten oder Lady Gaga konzentrierte.

»Ich heiße nur Maxi. Zu mehr hat's bei meinen Eltern nicht gereicht. Vielen Dank, dass du dir Zeit nimmst. Lennart hat also bald Geburtstag?«

»Ist die nicht total geil? Mein Schnäuzelchen sagt zwar immer: Cindy, die ist nicht halb so geil wie du, meine wilde Rassestute, aber ich finde die Frau ist der Hammer.«

»Oh, du stehst auch auf Carola Ferstl?« Ich versuchte, die Atmosphäre mit einem Scherz etwas aufzulockern. Natürlich war mir bewusst, dass Cindy nicht von der n-tv-Moderatorin schwärmte.

»Wer soll das denn sein? Kennst du Lady Gaga nicht?« Mit einem Gesichtsausdruck, der aussah, als wollte sie sagen ›Wahrscheinlich rasierst du nicht mal deine Beine‹, starrte sie mich entsetzt an. Wenigstens war es mir gelungen, ihre Aufmerksamkeit auf mich zu lenken. Sie stieg vom Laufband und tupfte mit einem blütenweißen Frotteehandtuch den nicht vorhandenen Schweiß von der Stirn. Sie bedeutete mir, ihr zur Bar zu folgen und auf einem der stylischen Hocker Platz zu nehmen. »Danke, Henriette«, sagte sie zu dem Hausmädchen, nahm zwei

Longdrinkgläser, die Henriette vorbereitet hatte, und reichte mir eins. »Hier, probier mal. Das ist ein super Protein-Schocker.« Ich war nicht sicher, ob mein Magen einem super Protein-Schocker gewachsen sein würde, wollte aber nicht unhöflich sein und nahm einen Schluck. Ich konnte mich nicht erinnern, wann ich das letzte Mal etwas so Ekliges zu mir genommen hatte. Der Drink bestand aus einer widerlichen Mischung nicht definierbarer Zutaten. Als ich mein Glas abstellte, bemerkte ich, dass Cindy ihres in einem Zug geleert hatte. Die Frau schreckte wirklich vor nichts zurück.

»Schmeckt interessant. Was ist denn da drin?« Ich hoffte, dass Cindy keine verbotenen Muskelaufbaupräparate verwendete.

»Gut, gell? Das ist das Geheimrezept von Arni. Ich hab ihn in L.A. auf einer Party kennengelernt, und da hat er mir verraten, dass er diesem Drink seine Karriere verdankt. Natürlich darf ich dir das Rezept nicht weitergeben, das ist top secret, ist ja klar. Nur so viel: Die geheime Zutat ist Erdnussbutter! Was sagst du jetzt? Da wärst du nicht drauf gekommen, stimmt's?« Leichter Brechreiz stieg in mir hoch. Ich hasste Erdnussbutter. Sie war eklig braun und sah aus wie schon mal gegessen. Ich hatte doch gleich gewusst, dass Cindy an Perversität kaum zu überbieten war. Was mich richtig ärgerte war die Tatsache, dass sie mich wohl für blöd genug hielt, dass ich ihr diese abstruse Geschichte abkaufte. Oder glaubte sie sie letzten Endes sogar selbst? Sollte ich ihr mal die Telefonnummer von Dr. Masurka zustecken?

»Du suchst also jemand, der Lennarts Geburtstagsfeier ausrichtet?« Ich schob die Gedanken an Erdnussbutter beiseite und versuchte, mein Ziel zu fokussieren.

»In der Tat möchte ich in diesem Jahr die Dienste

eines Birthday Planners in Anspruch nehmen. Der fünfte Geburtstag ist schließlich ein ganz besonderer.«

»Ja, natürlich«, stimmte ich ihr zu, ohne auch nur die leiseste Ahnung davon zu haben, wovon Cindy sprach. Dass der fünfte Geburtstag ein besonderer sein sollte, war mir neu. Es standen keine einschneidenden Ereignisse bevor wie etwa die Einschulung oder die Strafmündigkeit. Ich beschloss, mir meine Unwissenheit nicht anmerken zu lassen und die Bedeutung des fünften Geburtstages zu Hause zu googeln. »Wann ist denn Lennarts Geburtstag?« Während unserer Unterhaltung hatte ich einen Notizblock aus meiner Tasche geholt und begann nun, die wichtigsten Informationen einzuholen.

»Am 7. Juli. Siebter Siebter. Kann man sich super merken. Deshalb haben wir uns den Termin gewünscht. Der Arzt wollte ihn ja noch ein paar Tage drin lassen, aber ich habe gesagt: Nee, glauben Sie mir. Da wird mir mein Sohn ewig dankbar sein für so ein tolles Geburtstagsdatum.«

»Sicher. 7. Juli passt gut. Da haben wir ja noch genug Zeit.« Ich konnte gar nicht glauben, dass Cindy wirklich meinte, was sie da sagte, aber sie saß völlig selbstverliebt mit einem überlegenen Lächeln im Gesicht neben mir und freute sich offensichtlich immer noch sehr über ihr Durchsetzungsvermögen in Sachen Geburtstermin. »Gibt es schon ein Motto für die Party?«

»Wie jetzt? Was für ein Motto? Meinst du wie Karibische Nacht oder so was?« Ein Strahlen in ihren Augen verriet mir, dass Cindy von vermutlich nicht jugendfreien Erlebnissen auf solchen Partys träumte.

»Ich dachte mehr an Piraten, Fußball oder Dinosaurier. Was Kindern in dem Alter eben gefällt. Was hat Lennart denn für Hobbys?«

»Weißt du, Lennart ist sehr weit für sein Alter. Der steht nicht auf Kinderkram.«

»Verstehe. Wo liegen denn seine Interessen? Molekularforschung? Bionik?« Ups, solche Bemerkungen durften mir im Umgang mit Kunden einfach nicht herausrutschen. Leicht erschrocken sah ich Cindy an. Doch die schien meinen Sarkasmus gar nicht bemerkt zu haben. Angestrengt sah sie auf ihr leeres Eiweiß-Schocker-Glas.

»Wrestling«, sagte sie schließlich. »Lennart und Konstantin sehen sich täglich zusammen Wrestlingkämpfe im Fernsehen an. Es ist so toll, wenn Vater und Sohn ähnliche Interessen haben. Konstantin ist es sehr wichtig, Zeit mit seinem Sohn zu verbringen. Und du glaubst gar nicht, wie intelligent Lennart ist. Der kann dir die Namen von allen wichtigen Wrestling-Stars und ihren aktuellen Rang in der WWE nennen.« Leicht irritiert notierte ich Wrestling auf meinem Notizblock. In Gedanken sah ich Kinder auf Krücken mit Gipsverbänden an Armen und Beinen humpelnd das Hausteinsche Grundstück verlassen. An ihren Handgelenken waren Heliumballons festgebunden, auf denen muskelbepackte Wrestling-Größen in dümmlichen Siegerposen abgebildet waren.

»Wie viele Kinder kommen denn?« Ich versuchte, mir meine Meinung zum Thema Wrestling nicht anmerken zu lassen.

»Ach Gott, unser Lennart ist ja so beliebt. Wenn er all seine Freunde einladen würde, müssten wir anbauen.« Sie kicherte leise. »Aber ich bin der Meinung, dass eine große Party für Kinder in dem Alter einfach eine Überforderung ist. Deshalb habe ich ihm gesagt, er darf nicht mehr als 15 Kinder einladen. Das muss reichen, um seinen sozialen Verpflichtungen nachzukommen.« Cindy lebte in vollkommen anderen Dimensionen als ich. Das musste ich einfach wertungsfrei akzeptieren, wenn ich mit ihr ins Geschäft kommen wollte.

»Und welches Budget steht für die Party zur Verfügung?« Jetzt wurde es interessant. Gleich würde ich wissen, ob sich mit Kindergeburtstagen Geld verdienen ließ.

»Ach Maxi, da hast du doch viel mehr Erfahrung als ich. Sag du mir mal eine Hausnummer.« Damit spielte sie den Ball wieder zu mir zurück. Dumm war sie wirklich nicht. Was sollte ich sagen? Ich wollte nicht gleich bei meinem ersten Gespräch abgelehnt werden. Das wäre kein guter Start für mein Geschäft gewesen. Aber verdienen wollte ich schon an dem Auftrag.

»Also«, sagte ich schließlich »ich denke, für 350 Euro kann ich eine tolle Party organisieren inklusive Dekoration, Special-Interest-Torte und Gastgeschenken.« Schmunzelnd dachte ich an die Heliumballons. »Dazu kämen noch etwa 100 Euro für Essen und Getränke.«

»Dann sind wir im Geschäft. Freut mich Maxi. Henriette, bist du so gut und begleitest Frau Anders zur Tür? Du bist ein Schatz. Tschüssi Maxi, wir sehen uns am 7.7.«

»Tschüss Cindy. Vielen Dank für dein Vertrauen. Das wird ein ganz toller Geburtstag. Ich schick dir dann den Entwurf für die Einladungskarten.« Henriette geleitete mich zur Haustür, half mir in die Jacke und schloss die Tür hinter mir.

»Wrestling? Zu einem fünften Geburtstag? Sag mal, spinnen die? Was machen die zum zehnten Geburtstag? Holen sie da eine Stripperin oder veranstalten eine Poker-Nacht?« Alex war richtig aufgebracht, als ich ihm am Abend von meinem Besuch bei Cindy erzählte. Die Jungs hatten sich am Nachmittag mit Hagen und Paul eine Wasserschlacht geliefert und waren nach dem Abendbrot todmüde in ihre Betten gefallen. Nun saß ich mit Alex und einem französischen Rotwein vor dem Sofa und erhoffte mir von meinem Mann ein paar zündende Ideen für die Wrestling-Party. So hatte ich mir meinen ersten Auftrag nicht vorgestellt. Ich hatte gedacht, ich könnte den Ablaufplan von Tills fünftem oder sechstem Geburtstag aus der Schublade ziehen und quasi eins zu eins umsetzen. Ich hätte es besser wissen müssen. Dies war nicht die Zeit, in der bei mir alles nach Plan lief. Deshalb musste ich mich jetzt in ein völlig neues und mir ausgesprochen fremdes Sachgebiet einarbeiten.

»Ich sehe, du kannst dich in die Hausteins gut reinversetzen. Dann hast du doch bestimmt auch schon eine Vorstellung, wie ich die Wrestling-Party gestalten kann, oder?« Mit Notizblock und Bleistift bewaffnet sah ich Alex erwartungsvoll an. Ich brauchte wirklich dringend Hilfe.

»Ja, klar!« Danke, lieber Gott, danke! »Hol dir irgend so einen Bodybuilder aus einem Studio, setz ihm eine Wrestling-Maske auf und lass ihn mit seinen Muskeln spielen.«

»Na super. Vielen Dank auch. Ich hatte gehofft, du würdest mir ernsthaft helfen.« Das war nun wirklich nicht die geniale Idee, auf die ich gehofft hatte.

»Mensch Maxi, ist doch wahr! Wrestling für Kinder ist doch total daneben. Da kannst du doch nicht ernsthaft nach irgendwelchen normalen Spielen suchen. Und im Ring aufeinander losgehen lassen kannst du sie ja wohl auch nicht.«

»Warum eigentlich nicht? Das ist gar nicht mal so

schlecht. Da kann was draus werden.« Alex hatte mich unbeabsichtigt auf eine Idee gebracht, die ich am nächsten Tag in Ruhe ausarbeiten wollte. Ich war fest entschlossen: Die Wrestling-Party würde ein voller Erfolg werden!

Den ganzen folgenden Tag recherchierte ich intensiv im Internet. Ich arbeitete mich in das Thema Wrestling ein, lernte alles über die WWE, die World Wrestling Entertainment, und die Superstars der Szene. Schließlich stand mein Konzept. Nun machte ich mich an die Umsetzung.

Punkt 1, Einladungskarten:

Da die Wrestling-Farben schwarz, rot und weiß sind, gestaltete ich rote Einladungskarten, auf deren Vorderseite das schwarze Logo der WWE aufgedruckt war. Innen stand:

Let's get ready to rumble!
Einladung zum Match am 7. Juli 2009
in der Haustein-Arena
Start: 15 Uhr
Anmeldung bei Coach Maxi unter Telefon 746352 bis zum 30.6.2009

Punkt 2, Essen:

Das Essen sollte auf der überdachten Terrasse stattfinden. Dort hatte ich einen Tisch gesehen, den man locker auf drei Meter ausziehen konnte. Das sollte für 15 Kinder reichen. Zur Dekoration wollte ich eine rote Tischdecke nehmen und rotes, weißes und schwarzes Konfetti darauf streuen. Dazu plante ich Pappteller, Pappbecher und Servietten in denselben Farben. Die Torte musste natürlich als Wrestling-Arena gestaltet werden. Hierzu würde ich einfach einen Sandkuchen in einer quadratischen Kastenform backen und mit einer weißen Glasur überziehen. Als Absperrseile würden rote Bindfäden dienen, die an kleinen Holzspießen in den Ecken festgebunden werden sollten. Im Internet bestellte ich zwei 18 Zentimeter hohe Wrestling-Figuren, die ich in den Ring stellen wollte. Als Abendessen hatte ich Hot Dogs vorgesehen.

Punkt 3, Gastgeschenke:

Für die Geschenktütchen hatte ich Schweißbänder, Anstecker und Schlüsselbänder bestellt, allesamt mit Wrestling-Emblemen verziert, und jede Menge Süßigkeiten gekauft.

Punkt 4, Spiele:

Im Copyshop ließ ich rote, schwarze und weiße T-Shirts auf der Rückseite mit dem Schriftzug ›Let's get ready to rumble!‹ bedrucken. Die Kinder sollten dann mit Textilstiften Namen von WWE-Stars auf die Vorderseiten schreiben oder sich selbst Namen ausdenken. Sie könnten die Shirts natürlich auch einfach nur bunt anmalen. In unserer Faschingskiste fand ich noch Reste von Faschingsschminke. Damit konnten die Kinder sich gegenseitig Masken ins Gesicht malen. Stoffreste sollten als Schweißbänder, Stirnbänder oder Gürtel dienen. So ausgestattet mussten die jungen Wrestling-Stars nur noch den Trainingsparcours absolvieren, bevor sie selbst in den Ring steigen durften. Hierfür hatte ich klassische Aufwärmübungen vorgesehen, aber auch kampfsportspezifische Aufgaben wie Armdrücken, gegenseitiges Anschreien oder Gewichte stemmen. Für das große Finale wollte ich mir Andreas Gartentrampolin mit Netz ausleihen. Hier sollten dann kurze Kämpfe Mann gegen Mann stattfinden. Dem Sieger wollte ich natürlich, wie bei den Großen auch, einen Meisterschaftsgürtel überreichen. Solche Gürtel waren im Internet sogar in Kindergrößen erhältlich. Da ich bei dem Auftrag aber nicht draufzahlen wollte, verzichtete ich auf einen 170-Euro-Gürtel und bastelte stattdessen einen eigenen. Einen ganzen Abend brachte ich damit zu, mehrere hundert Pailletten und Glitzersteine auf ein Stoffband aufzukleben, ganz dem echten Vorbild nachempfunden. Als er fertig war, betrachtete ich mein Meisterstück und war außerordentlich zufrieden. Langsam fieberte ich dem Geburtstag entgegen. Nach der ganzen Vorbereitung freute ich mich auf strahlende Kinderaugen und ein gelungenes Fest. Andrea hatte recht gehabt. Kindergeburtstage waren genau mein Ding.

Der 7. Juli war ein regnerischer Tag. Zum Glück war die Terrasse überdacht. Fast alle Spiele ließen sich auch im Haus durchführen. Das einzige Problem war der Wrestling-Kampf. Alex und Arthur hatten das Trampolin am Vortag im Hausteinschen Garten aufgebaut. Cindy war offensichtlich nicht sehr erfreut über dieses Zeugnis proletarischer Körperertüchtigung auf ihrem Anwesen. Nachdem ich aber laut darüber nachgedacht hatte, dass der Fitnessraum auch eine hervorragende Kulisse für eine Wrestling-Arena wäre, beeilte sie sich sehr, die originelle Idee mit dem Trampolin zu loben. Die frische Luft wäre ja sowieso das Beste für die Kinder. Genau diese frische Luft machte mir jedoch am Morgen der Party große Sorgen, aber daran konnte ich nun nichts mehr ändern. Ich schickte ein kurzes Stoßgebet zum Himmel und hoffte, das Wetter würde halten.

Der Morgen begann chaotisch wie jeder Morgen in unserer Familie. Ich hatte bis spät in die Nacht hinein an der Wrestling-Torte gearbeitet, Geschenktütchen für die Gäste gepackt und alle nötigen Accessoires zusammengesucht. Bestens vorbereitet ging ich um 1.30 Uhr ins Bett, wurde aber gegen 3 Uhr von lautem Schreien geweckt. Jan hatte offensichtlich schlecht geträumt. Ich brachte ihm etwas zu trinken und erzählte ihm eine Geschichte. Um 3.45 Uhr kroch ich wieder unter meine Bettdecke, konnte aber nicht mehr einschlafen. Ich war zu aufgeregt und ging in Gedanken immer wieder die Geburtstagsparty durch. Mein erster Auftrag musste einfach ein Erfolg werden. Vollkommen erschöpft quälte ich mich um 6 Uhr aus dem Bett und bereitete schlaftrunken das Frühstück für meine Familie vor. Während Alex duschte, weckte ich die Kinder. Ich überzeugte Till davon, dass zum Legospielen keine Zeit mehr wäre und versuchte vergeblich, Jan aus dem Reich der Träume zu holen. Schließlich zog ich ihn einfach im Bett an und hoffte, dass er dabei aufwachen würde. Nichts zu machen. Immer noch schlafend trug ich ihn ins Wohnzimmer und legte ihn aufs Sofa. Ich hoffte, Alex würde ihn aufwecken können. So konnte ich ihn jedenfalls nicht im Kindergarten abgeben. Dabei musste ich dringend die letzten Einkäufe für den Geburtstag erledigen. Ich brauchte noch Kindersekt, Knabbersachen und die Hot Dogs. Nachdem auch Alex sich vergeblich bemüht hatte, unseren Sohn wachzuküssen, griff ich zu härteren Mitteln.

»Till, mein Liebling. Du hörst doch so gern die CD mit den Fußballliedern. Mach sie doch mal an. Dann starten wir alle mit guter Laune in den Tag.« Was für eine Rabenmutter. In Gedanken entschuldigte ich mich bei Jan für dieses brutale Vorgehen. Aber an diesem Tag konnte ich keine Rücksicht nehmen. Ich musste einfach meinen Zeitplan einhalten. In Windeseile, bevor es sich die Mama noch einmal anders überlegte, hatte Till die Ballermann-Fußball-Hits eingelegt und schmetterte laut:

»Deutschland ist der geilste Club der Welt, Deutschland ist der geilste Club der Welt. Schalalalalala ...!« Die Maßnahme zeigte die gewünschte Wirkung. Missmutig öffnete Jan ein Auge, nur um es sofort wieder zu schließen.

»Müsst ihr hier immer so einen Lärm machen? Ich will schlafen. Decke! Schnulli!«

»Guten Morgen, mein Liebling. Schau mal, Mami hat dich schon angezogen. Du darfst gleich in den Kindergarten. Und ich hab auch schon deine Tasche gepackt. Heute gibt es ein leckeres Nutella-Brot, einen Apfel und ein Joghurt. Komm mein Schatz, wir müssen los.«

»Ich will nicht in den blöden Kindergarten. Immer muss ich in den Kindergarten!«

Mit schlechtem Gewissen zog ich dem völlig verschlafenen Jan Schuhe und Jacke an, forderte Till auf, die Musik auszumachen und verließ mit beiden Kindern das Haus. Alex war schon einige Minuten zuvor aufgebrochen.

Nachdem ich alle Einkäufe erledigt hatte, kochte ich für die Jungs schnell ein Mittagessen, holte sie vom Kindergarten ab und brachte sie gleich nach dem Essen zu Andrea. Sie hatte sich bereit erklärt, auf die beiden aufzupassen, während ich bei den Hausteins war. Offensichtlich zählten Hagen und Paul nicht zu Lennarts engstem Freundeskreis, denn sie waren nicht zu der Party eingeladen.

Mit klopfendem Herzen betätigte ich die Hausteinsche Löwenklingel und wartete darauf, dass Henriette mir die Tür öffnete.

»Hast du ein Geschenk für mich?« Lennart riss die Tür auf und musterte mich fordernd.

»Hallo Lennart. Ich gratulier dir ganz herzlich zum Geburtstag und ich freu mich schon riesig auf die Party heute mit deinen …« Weiter kam ich nicht.

»Hast du ein Geschenk für mich?«

»Natürlich habe ich ein Geschenk für dich. Hier, bitte schön. Ich hoffe, es gefällt dir.« Ohne ein Dankeschön nahm Lennart das Päckchen, riss das Papier auf und sah missbilligend auf das Buch, das ich für ihn gekauft hatte. Ich hatte lange überlegt, was ich Lennart schenken sollte. Sein Hobby Wrestling wollte ich nicht unterstützen. Mit einem Buch macht man nichts falsch, hatte ich mir gedacht und in meiner Lieblingsbuchhandlung nach einem passenden Geschenk gesucht. Die Inhaberin, Frau Frank, war mit Leib und Seele Buchhändlerin. Das Beste aber war, dass sie Kinder mochte. Ihre Buchhandlung war eine der wenigen, in denen sich Till und Jan richtig wohl fühlten, weil sie dort nicht an den obligatorischen Spieltisch mit Motorikschleifen verbannt wurden, sondern von Frau Frank stets dazu ermuntert wurden, die ausgestellten Bücher auch anzuschauen. In dieser Atmosphäre bekam wirklich jeder Lust aufs Lesen. Als ich Frau Frank von meinem speziellen Problem erzählt hatte, empfahl sie mir aus der Reihe ›Was ist Was junior‹ die Ausgabe ›Mein Körper‹. Darin ging es unter anderem um Sport und Muskeln und beim Wrestling spielt ja die Beherrschung des eigenen Körpers eine nicht unerhebliche Rolle.

»Was'n das für'n Scheiß?« Lennart ließ das Papier samt Buch auf den Boden fallen und rannte ins Wohnzimmer, wo auf einem riesigen Flachbildschirm animierte Wrestling-Figuren, die anscheinend zu einem PlayStation-Spiel gehörten, laut schreiend zu Boden krachten.

»Lennart, wo ist denn deine Mama?« Keine Antwort. Etwas orientierungslos stand ich im Wohnzimmer und sah zu, wie Lennart begeistert die Knochen brechen ließ.

»Cindy? Bist du da?« Als sich nichts rührte, ging ich durchs Wohnzimmer auf die Terrasse und beschloss, mit den Vorbereitungen zu beginnen. Zum Glück hielt das Wetter noch. Es sah ganz so aus, als ob das Wrestling-Turnier stattfinden könnte. Nachdem ich den Tisch eingedeckt hatte, baute ich die Trainingsstationen auf und lagerte die Requisiten für die Spiele so, dass ich sie nach dem Kuchenessen griffbereit haben würde. Dann wollte ich die Küche aufsuchen, um die Zutaten für die Hot Dogs in den Kühlschrank zu stellen.

»Lennart, zeigst du mir mal, wo eure Küche ist?«

»Henrietteeeee!« Ohne seinen Blick vom Bildschirm abzuwenden rief Lennart nach der Hausangestellten. Kurze Zeit später erschien Henriette in exakt dem gleichen schwarzen Rock und der gleichen weißen Bluse wie bei meinem ersten Besuch. Ich fragte mich, ob es Zufall war, dass sie diese Sachen heute wieder trug, ob sie jeden Tag dieselben Sachen anzog oder aber ob sie sechs- oder siebenmal den gleichen schwarzen Rock und die gleiche weiße Bluse in ihrem Schrank hängen hatte, alle schön ordentlich gebügelt auf separaten Bügeln hängend.

»Hallo Henriette. Ich muss ein paar Sachen für das Essen heute in den Kühlschrank stellen. Würden Sie mir bitte die Küche zeigen?«

»Folgen Sie mir.« Ohne ein weiteres Wort drehte Henriette sich um und führte mich in die Küche der Haustein-Villa. Cindy hatte genauso eine prunkvolle Hochglanzküche, wie ich sie mir vorgestellt hatte. Neben Dampfgarer, Teppan Yaki Grill und Gaggia Kaffeemaschine fand man hier weitere Errungenschaften der modernen Küchentechnik, die jeden Profi-Koch glücklich gemacht hätten.

»Welchen Kühlschrank darf ich benutzen, Henriette?« Es gab drei Türen, die aussahen, als würden sie zu Kühlschränken gehören.

»Die Würstchen in den linken, nichtalkoholische Getränke in den rechten. Milchprodukte in den mittleren.«

»Oh, gut. Und alkoholische Getränke?« Henriette hob missbilligend die Augenbrauen.

»Ich bin davon ausgegangen, dass Sie auf einem Kindergeburtstag keinen Alkohol ausschenken. Hierfür haben wir zwei Kühlschränke im ersten Vorratsraum.«

»Nein, natürlich nicht. Ich war nur neugierig.« Langsam senkten sich die Augenbrauen wieder. Schnell verstaute ich Würstchen, Kindersekt und die anderen Getränke in den vorgesehenen Kühlschränken.

»Henriette, dürfte ich Sie um etwas bitten? Könnten Sie wohl um 17 Uhr einen großen Topf mit Wasser für die Hot Dogs aufsetzen? Ich werde dann noch mitten im Wrestling-Turnier sein. Das würde mir sehr helfen.« Beim Wort Wrestling-Turnier schnellten die Augenbrauen wieder in die Höhe. Wortlos bewegte sie kaum merklich ihren Kopf, was ich als Zustimmung interpretierte. »Wo ist denn eigentlich Frau Haustein?«

»Die gnädige Frau hat noch einen Termin. Sie wird pünktlich um 15 Uhr hier sein, um die Gäste zu begrüßen.« Es war 14.45 Uhr. Abgesehen vom Wrestling-Duell im Wohnzimmer war es vollkommen still im Haus.

Meine Vorbereitungen waren abgeschlossen. Ich ging zu Lennart.

»So, Lennart. Jetzt geht gleich die Party los. Wollen wir die PlayStation schon mal ausmachen? Magst du mir zeigen, was du heute geschenkt bekommen hast?« Keine Reaktion. Das Kind ignorierte mich hartnäckig. Ich setzte mich zu ihm auf das schwarze Ledersofa. Langsam wurde ich nervös. Was, wenn er mich den ganzen Nachmittag wie Luft behandeln würde? Was hatte er nur gegen mich? War er so abweisend, weil ich ihm das falsche Geschenk gebracht hatte? Etwa zehn Minuten später kam Cindy nach Hause, frisch vom Hair- und Beauty-Stylisten.

»Maxi, wie schön, dass du schon da bist. Na, alles paletti?«

»Alles bestens vorbereitet, Cindy. Ich freu mich auf das Fest. Ich wollte dich noch fragen …«, aber Cindy war schon wieder außer Hörweite. Im nächsten Moment brüllte der ›Löwe‹ und die ersten Gäste trafen ein. Lennart rannte zur Tür, nahm gierig die Geschenke entgegen und führte seine Freunde zur PlayStation. Hier durften sie bestaunen, wie er mit seiner Wrestling-Figur einen Gegner nach dem anderen plattmachte. Als alle 15 Kinder da waren, platzierte ich mich vor den Fernseher und wollte mich den Kindern vorstellen.

»Hey, geh aus dem Bild. Ich hab den Undertaker gleich alle gemacht.« Hilfesuchend sah ich mich nach Cindy um, aber die Hausherrin ließ sich nicht blicken. Ich fasste mir ein Herz, machte den Fernseher aus und sagte:

»Hallo liebe Kinder. Ich bin Maxi und ich freue mich sehr, dass wir Lennarts Geburtstag heute zusammen feiern. Da Lennart ja so ein großer Wrestling-Fan ist, wollen wir euch alle zu echten Wrestling-Stars ausbilden. Ich hoffe, ihr habt Hunger und Durst mitgebracht, denn bevor das Training losgeht, wollen wir uns erst einmal stärken. Also alle Mann zum Kuchenessen auf die Terrasse.« Die ganze Meute drängte sofort nach draußen. Einige lobten meine Wrestling-Torte. Ich freute mich und dachte, dass das doch noch ein ganz schöner Geburtstag werden könnte, jetzt, wo die PlayStation abgeschaltet war. Als Letzter setzte sich Lennart an den Tisch.

»Was soll der Scheiß? Wer hat denn die Opfer da drauf gestellt? Die will doch keiner sehen!« Ich vermutete, er meinte meine 17-Euro-Wrestling-Figuren. Offenbar hatte ich nicht die richtigen Stars ausgesucht. Ich versuchte, meinen Ärger hinunterzuschlucken und verteilte Kuchen und Kindersekt.

»Kommt jetzt Batista?« Dachte Lennart wirklich, dass ich einen Profi-Wrestler zur Belustigung seiner Gäste engagiert hatte?

»Nein, Lennart. Wir essen jetzt Kuchen und danach startet euer Wrestling-Training. Mag noch jemand Kindersekt?« Das Kuchenessen verlief unspektakulär und war erwartungsgemäß nach 15 Minuten beendet. Danach verteilte ich die T-Shirts mit dem Aufdruck ›Let's get ready to rumble‹ und Stifte an die Kinder. Ich schrieb für die Kinder, die noch nicht schreiben konnten, ausgedachte Namen auf die Shirts, und sie malten dann bunte Masken darauf. Nur Lennart schien von der Idee nicht begeistert zu sein.

»Kinderkacke«, kommentierte er die Aktion, ließ mich dann aber doch Batista auf sein T-Shirt schreiben.

»Die T-Shirts sehen schon echt cool aus«, sagte ich, als alle fertig waren. »Aber damit ihr ausseht wie echte Wrestling-Stars, könnt ihr euch jetzt noch Schweißbänder, Gürtel und Stirnbänder basteln und euch gegenseitig mit der Schminke anmalen wie die echten Profis.« Lennart konnte auch am Schminken keinen Gefallen finden.

»Den Mist mach ich nicht mit. Kommt jetzt endlich Batista?«

»Nein, Lennart. Wenn ihr fertig geschminkt seid, fängt das Training an. Seid ihr alle so weit? Gut. Dann zeige ich euch jetzt mal, wie ihr euch fit macht für den großen Kampf.« Ich sagte den Kindern, was sie bei den einzelnen Trainingsstationen machen mussten.

»Was soll der Mist? Wann kommt endlich Batista?«

»Lennart, Batista kommt nicht. Der ist in Amerika. Aber ich habe mir ganz viel Mühe gegeben, damit du heute einen tollen Geburtstag hast, und ich würde mich sehr freuen, wenn du einfach mitmachst. Okay?« Ich hoffte, Lennart würde sich doch noch auf meine Spiele einlassen.

»Wenn Batista nicht kommt, gehe ich wieder zur PlayStation. Kommt mit. Ich zeig euch, wie Batista dem Undertaker alle Knochen bricht.« Seinem Befehl gehorchend trotteten 15 Kinder wortlos hinter Lennart ins Haus und ließen mich allein auf der Terrasse zurück. Regungslos stand ich da und überlegte, wie ich das Fest noch retten konnte. Plötzlich kam ein etwa vierjähriger Junge aus dem Wohnzimmer gerannt, zupfte an meinem Arm und sagte: »Du, dein Kuchen war lecker.« Gleich darauf verschwand er wieder im Haus. Fassungslos starrte ich auf den noch gedeckten Geburtstagstisch, die Kuchenreste, meine tollen Trainingsstationen. Beim Blick auf das Trampolin stiegen Tränen in meinen Augen hoch. Wie konnte das nur so total in die Hose gehen? Ich hatte mir so viel Mühe gegeben, mich in dieses bescheuerte Thema eingearbeitet, sodass ich selbst schon Lust auf einen

Wrestling-Geburtstag hatte. Und da kommt so ein verzogenes Rotzblag, das alles einfach nur scheiße findet. Seine Mutter lässt sich auf der Party ihres Sohnes nicht mal blicken. Genau, wo war Cindy eigentlich? So ging das ja wohl nicht. Sie sollte ihrem Sohn jetzt gefälligst sagen, dass er wieder mitmachen und sich benehmen sollte. Ich wollte gerade ins Haus gehen, um Cindy zu suchen und ihr meine Meinung zu sagen, da trat sie schnellen Schrittes auf die Terrasse.

»Maxi, was ist denn hier los? Warum sitzen alle vor dem Fernseher?«

»Lennart haben meine Spiele nicht gefallen. Er möchte lieber PlayStation spielen. Vielleicht kannst du ihn dazu motivieren, wieder mitzumachen.«

»Das ist ja nun wirklich nicht meine Aufgabe. Wenn dir bei deinem Job die Kinder weglaufen, zeugt das nicht gerade von professioneller Arbeit.« Mit dieser Aussage landete Cindy einen Volltreffer auf mein ohnehin schon stark angeknackstes Selbstbewusstsein.

»Vielleicht wäre Lennart ja nicht weggerannt, wenn seine Mutter auch ein wenig Begeisterung gezeigt hätte.« Ich wusste, dass ich einen Schritt zu weit gegangen war, dass ich so nicht mit einem Kunden reden durfte, aber das musste einfach raus. Ich konnte es nicht fassen, dass jemand so wenig Anteil am Geburtstag des eigenen Kindes nahm.

»Für diese Leistung kann ich dich natürlich nicht bezahlen, Maxi. Das hätte ich wohl noch selbst hinbekommen.« Diese Frau war einfach unglaublich. Absolut kein Unrechtsbewusstsein.

»Aber ich habe Ausgaben gehabt. Ich habe meinen Teil der Vereinbarung erfüllt. Ich kann nichts dafür, dass Lennart alles außer PlayStation scheiße findet.«

»Maxi, bitte nicht so ordinäre Worte vor den Kindern. Die Vereinbarung lautete, dass du Lennart ein tolles Geburtstagsfest machst. Das ist dir offensichtlich nicht gelungen.« Dagegen konnte ich nicht einmal etwas sagen. Sie hatte ja recht. Wenn Lennart lieber PlayStation spielte als meinen Trainingsparcours zu absolvieren, dann hatte ich wohl versagt. Wieder musste ich gegen die Tränen ankämpfen. Ich wollte nur noch nach Hause; so schnell wie möglich.

»Dann geh ich mal. Alex und Arthur holen das Trampolin morgen ab.« Ohne mich noch einmal umzusehen, verließ ich das Grundstück und flüchtete mich in die sichere Vertrautheit meines Polos. Verdammt noch mal! Ging denn in meinem Leben plötzlich alles schief? Was war denn passiert? An welcher Stelle des Films war ich durch eine neue Hauptdarstellerin ersetzt worden? Was war nur mit mir los? Schon wieder hatte ich mich von einem Menschen abkanzeln lassen, ohne Kontra zu geben. Wie bei meinem Gespräch mit Herrn Hoffmann hatte ich den Schwanz eingezogen und mich getrollt. Warum nur? Aus lauter Angst, ich könne vor anderen Menschen vollends mein Gesicht verlieren, indem ich auch noch anfing zu weinen. Aber wo kamen diese Tränen denn her? Das konnte so nicht weitergehen. Ich wollte doch nur arbeiten und ein wenig Geld verdienen, so wie alle anderen auch.

Von: Hanna
Gesendet: Donnerstag, 9. Juli 2009, 09:09
An: Maxi
Betreff: Hallo

Hallo,

liebe Grüße aus MG.
Wie geht es euch? Gibt es Neuigkeiten?
Wir hatten hier Regenwetter, waren einmal schwimmen, aber es soll ab Freitag besser werden!

Bis bald,
liebe Grüße
Hanna und Franziska

Von: Maxi
Gesendet: Donnerstag, 9. Juli 2009, 17:50
An: Hanna
Betreff: AW: Hallo

Hi,

ich hoffe, der Regen hat sich bei euch verzogen.
Neuigkeiten gibt es, aber nichts Nettes:

- Mein erster Auftrag als Birthday Plannerin war eine megamäßige Katastrophe
- Alles in diesem Haus geht kaputt
- Meine Kinder sollen sich mit Kindern vertragen, deren psychisch labile Mütter meine Jungs ständig fertigmachen

- Mein Mann ist sauer, wenn ich sauer bin, dass er eine halbe Stunde später kommt als von ihm selbst avisiert
- Meine Kinder sind sauer, weil ich heute keine Nudeln gekocht habe
- Ich bin sauer, weil ich keine Gardinen umnähen kann

So genau wolltest du es vermutlich gar nicht wissen. Ich habe wohl die Stimmung zu deinem Wetter oder auch zu unserem Wetter, denn hier scheint zwar seit zwei Wochen munter die Sonne, aber es gewittert auch fast täglich – draußen und drinnen.

Eigentlich sollte ich dir in so einer Stimmung nicht schreiben, aber dabei kann ich mich ein wenig in Selbstmitleid baden, und das tut ja immer gut.

Wie früher, wenn du immer den ganzen Sommer auf der Insel verbracht hast und ich mich zu Hause zu Tode gelangweilt habe. Ich war so einsam, dass ich sogar manchmal die Zeitansage angerufen habe, nur um eine Stimme zu hören. Der einzige Lichtblick waren deine Briefe. Du hast geschrieben, was auf der Insel so alles passiert ist, und ich habe auf drei Seiten geschrieben, dass in MG gar nichts passiert ist. Meistens war noch schlechtes Wetter. Und einmal war diese unsägliche Französin da. Mein Gott! Die hat mir den letzten Nerv geraubt!

Viele liebe Grüße,
Maxi

Von: Hanna
Gesendet: Donnerstag, 9. Juli 2009, 21:53
An: Maxi
Betreff: AW: Hallo

Hallo,

oh je ...

lass es raus. ich finde es gut, dass du dir alles von der Seele schreibst. Wozu hat man Freunde? Mein Vater sagt immer, nicht jedes Unglück ist ein Unglück ... will sagen, scheiß auf den Job und mach was anderes!

Und eben, es ist gut, dass wir studiert haben, weil wir mehr können, als nur Befehle zu empfangen!

Dann liege ich mit meiner JobsForMums.de-Seite ja voll im Trend!

Ich habe einen Blog, da kannst du einen Kommentar hinterlassen! Zu dem aktuellen Thema! Und die Werbetrommel rühren ...

Lass dich von diesem Geburtstagsfiasko nicht so entmutigen. Hattest mir ja mal am Telefon berichtet, dass deine Auftraggeberin samt Kindchen einen Knall hat.

War das zu erwarten? Vielleicht. In dem Ausmaß? Eher nicht, aber geh in dich.

Events sind dein Ding. Außer Kindergeburtstagen gibt es ja auch andere Events, oder?

Ja, die Französin, stimmt, Horror, was hatte die noch immer gesagt? Da war doch was? Gott, das ist 20 Jahre her.

Kuss und Gruß an euch alle,
bis bald, liebe Freundin,
Hanna und Franziska

Von:	Maxi
Gesendet:	Freitag, 10. Juli 2009, 13:04
An:	Hanna
Betreff:	Danke

Vielen Dank für dein Verständnis. Heute geht es mir schon besser.

›Merde!‹ war das Wort, das Claudine gern gebraucht hat. Und sie hat uns die Haare vom Kopf gefressen. Dabei hat sie uns mit vollen Backen laut schmatzend erklärt: Wir Franzosen, wir essen viel (grunz, würg, schmatz), aber wir sind nicht dick, weil (grunz, schmatz) wir verachten das Essen (schmatz, würg). Dieses Erlebnis hatte ich meinem Franz-Prof an der FH erzählt, um meine Französisch-Blockade zu erklären, und er hat mir mit viel Verständnis für dieses traumatisierende Erlebnis eine Drei gegeben, obwohl es gerade mal für eine schlechte Vier gereicht hätte. Und hier zeigt sich mal wieder, woran ich immer fest glaube: Alles im Leben hat einen Sinn, man erfährt ihn oft nur viel später (in diesem Fall sechs Jahre).

So glaube ich auch jetzt daran, dass ich meinen Platz finden werde.

JobsForMums ist wirklich eine dringend notwendige Plattform. Vielleicht gibt es Arbeitgeber, die Frauen wollen, aber Mütter sind ein Hochsicherheitsrisiko für jede Firma. Denk doch mal, das Kind ist krank und das hysterische Muttertier bleibt besorgt zu Hause. Die Firma könnte ja quasi zumachen. Das überlebt kein florierender Industriebetrieb. Ich habe eine Freundin, die hat drei Kinder. OK, sie hat studiert, das hat ihr sicher Spaß gemacht, aber die kann doch nicht ernsthaft denken, dass deutsche Unternehmen auch noch die Hobbys von gelangweilten Hausfrauen finanzieren. Soll die Frau doch froh sein, dass sie ihr Hirn nicht mehr anstrengen muss, jetzt, wo sie mit den Kindern so viel um die Ohren hat.

Wie geht's Franziska? Schwimmt sie jetzt wie ein Delfin? Wir sind seit dem Urlaub gar nicht mehr schwimmen gewesen. Ich verbringe meine Tage im Internet auf der Suche nach Arbeit.

Viele liebe Grüße
Maxi

5

Der Aufbau meiner Website führte mich an den Rand meiner Belastbarkeit. Ich war mehr als einmal kurz davor, das Notebook aus dem Fenster zu werfen. Ich hatte immer gedacht, dass mein Englisch gut sei, aber dieses Computerzeug verstand ich einfach nicht. Oft saß ich stundenlang vor dem PC, nur um herauszufinden, was ich wie und was zuerst machen sollte. Dabei konnte mir mein Bruder auch nicht helfen. Er war Marketingexperte und konnte meine Hauptseite in einem ansehnlichen lila designen, aber das Skript für die Jobbörse war für ihn genauso neu wie für mich. Es waren so viele Kleinigkeiten zu beachten. Unzählige Male musste ich wegen meiner Schusseligkeit doppelte Arbeit leisten, weil ich Zwischenschritte nicht abgespeichert hatte.

Die letzten drei Nächte hatte ich durchgearbeitet und stand nun kurz vor der Fertigstellung der Website, als mir die verfluchte Datenbank ohne ersichtlichen Grund den Zugang verweigerte. Mein Gesicht erstarrte. Völlig aufgelöst rief ich meinen Bruder an. »Wie ist das verdammte Passwort? Ich komme da jetzt nicht mehr rein. Wieso will der plötzlich ein Passwort? Oh Gott, die ganze Arbeit war umsonst. Mir ist schlecht.« In diesem Augenblick verhielt er sich wie ein echtes Arschloch.

»Du bist auch saublöd«, sagte er abfällig zu mir.

»Hast du jetzt einen Knall oder hat die mallorquinische Sonne dein Gehirn total verquirlt, du Spinner!«, schrie ich ins Telefon. Es ging ums blanke Überleben. Wenn ich das Passwort nicht finden würde, hätte ich das Skript vergeblich von meinen letzten Moppen gekauft, und die Mühen der letzten Wochen, der Tage und Nächte wäre umsonst gewesen. Mir wurde schwindelig, ich fing an zu zittern. Es war der blanke Horror. Ich hasste ihn. Mit seiner großkotzigen Art hatte er mich schon als Kind regelmäßig zur Weißglut gebracht. Ich hasste ihn jetzt so sehr. Er hatte kein nettes Wort für mich übrig, nein er pulte in meiner Wunde, immer tiefer, schüttete Salz, Chili und Tabasco hinein und ergötzte sich daran, dass die dumme kleine Schwester jetzt so richtig in der Luft hing. Ich musste daran denken, wie meine Großmutter in Kroatien auf ihrem Hof Hühner schlachtete. Am liebsten hätte ich ihn jetzt genauso zwischen meine Knie geklemmt, mit der linken seinen Kopf festgehalten und ihm mit einem großen Messer in der rechten Hand den Hals durchgeschnitten.

»Du bist undankbar, ich habe dich die ganze Zeit unterstützt. Wo ist denn jetzt deine super Tabelle, in der du alles so toll einträgst, du blöde Kuh?«, brüllte er, während ich bereits dem Nervenzusammenbruch nahe war und heulte wie ein kleines Kind, das seinen Lieblingsteddy auf dem Spielplatz liegen gelassen hatte.

Wütend und enttäuscht legte ich auf. Er rief bestimmt noch zehn Mal an, aber ich hatte keine Lust, mich noch mal von ihm beschimpfen zu lassen. Ich wühlte in meinen Unterlagen, in meinen Excel-Tabellen, aber das Passwort war unauffindbar. Im Laufe des Tages kam dann eine E-Mail aus Mallorca mit einem Zahlencode und der kurzen Anweisung ›Versuch den mal.‹ Mir fiel kein Stein vom Herzen, nein es war ein ganzes Felsmassiv. Wo hatte er wohl den Code hergezogen? Egal, Hauptsache war, dass ich jetzt weitermachen konnte.

Am nächsten Morgen hatte ich es endlich geschafft. JobsForMums.de war fertig. Als mein Bruder die Website online schaltete, konnte ich es kaum glauben, dass ich ganz allein dieses Skript konfiguriert hatte. Wahnsinn! Ich hatte mein erstes Etappenziel erreicht und war so stolz auf mich. Ich hatte so verbissen daran gearbeitet und immer wieder vehement betont, dass ich dies durchziehen wollte, koste es, was es wolle. Mein Bruder schickte mir einen YouTube-Link mit den Worten ›Nie wieder hungern!‹ Ich klickte den Link an, und da erschien ein Auszug des Films ›Vom Winde verweht‹ mit Scarlett O'Hara. Völlig erschöpft von den Strapazen, mit zerzaustem Haar, verdreckt und total abgerissen, stand sie langsam vom Boden Taras auf, dem verbrannten Großgrundbesitz ihrer Eltern, und sagte mit erhobener, geballter Faust, fest entschlossenem Blick und starker Stimme:

›Gott ist mein Zeuge, Gott ist mein Zeuge. Ich lass mich nicht unterkriegen, und wenn es vorüber ist, dann will ich nie wieder hungern, weder ich, noch die Meinen, müsste ich stehlen, lügen und sogar töten. Ich schwöre bei Gott, ich werde nie wieder hungern.‹

Ich musste schlucken. Diese Szene war sehr ergreifend. Nicht, dass ich mich jetzt so sah wie Scarlett, die einiges durchgemacht hatte und keinerlei Skrupel an den Tag legen wollte, aber ich spürte, welche Gefühle sie bewegten. Auch ich hatte den festen Entschluss gefasst, mein Projekt auf jeden Fall mit Erfolg zu krönen.

Als ich das Mittagessen zubereitete, kam Lieschen schon mit Franziska durch die Tür, die laut »Daach« rief. Sie wurde jeden Tag mehr zu einer echten Gladbacherin. Die Zeit, die sie mit Lieschen verbrachte, machte Franziska zur rheinischen Frohnatur, und das Coolste war, dass sie jetzt auch noch anfing, Gladbacher Platt zu reden. Die zwei hatten eine sehr innige Beziehung aufgebaut. Lieschen war wie eine Oma für Franziska, der Ruhepol neben mir, der immer im Dauerstress befindlichen Mutter.

»Isch han kene Jebursdaach, warum is dänn dä Tisch so opjerümt un schön jedeckt?«, fragte Lieschen.

»Wir haben was zu feiern! Mein Online-Baby ist heute auf die Internet-Welt gekommen. Ich könnte ausrasten vor Freude. Vielen Dank, Lieschen, dass Sie mich immer so tatkräftig unterstützt und mir in den letzten Wochen den Rücken freigehalten haben. Komm her, du kleine Nervensäge, ich danke dir auch sehr.« Ich umarmte meine Mädels, und schon verdrückte ich einige Freudentränen.

Stolz führte ich ihnen meine Website vor. »So, das ist sie. Wenn man die Seite anschaut, sieht das nicht kompliziert aus, aber es war schon sehr, sehr viel Arbeit, und ich bin so glücklich, dass sie erstmal fertig ist."

»Doll, hässe jut jemeckt, han zwar kin Ahnung von so jet, äver isch denk, dat die Lütt, die da onlein jonn, wisse wat se donn müsse«, bemerkte Lieschen.

An diesem Tag feierten wir den Geburtstag von JobsForMums.de. Nach dem Mittagessen lud uns Lieschen zum Eisessen in Eicken bei Marco ein. Es war ein so schöner relaxter Tag, der mir wie Urlaub vorkam. Ich war schon Jahre nicht mehr so entspannt und zufrieden gewesen wie an diesem Tag. Meine Idee wurde Wirklichkeit. Mit meinem festen Willen und von Gott gesandter Hilfe wie Lieschen, meinem am Ende doch noch brauchbaren Bruder und meiner verständnisvollen Tochter hatte ich es geschafft. An diesem Tag machte ich mir gar keine Gedanken, wie es weitergehen sollte. Ich genoss meinen Teilerfolg.

In den Tagen, nachdem die Seite online gegangen war, installierte ich mit Anleitung aus Malle meinen Blog und begann fleißig Artikel zu schreiben. Ideen hatte ich genug. Allein die Gespräche der Mütter, die beim Ballett auf ihre Tanzmäuse warteten, brachten mir Stoff ohne Ende. Ich ging nie ohne Notizheft und Stift aus dem Haus. Der JobsForMums.de-Blog war ein Online-Ratgeber für Frauen und Mütter, die wieder in den Beruf zurückwollten. Tipps für Bewerbungsschreiben, für Vorstellungsgespräche, politische Themen, Vereinbarkeit von Familie und Beruf waren die Hauptthemen meiner Blog-Artikel.

»Find isch escht jut, dat wat du da schrifst, Mädsche, lese dat denn viel Lütt?«

»Ja, das lesen wohl schon einige Leute. Mein Artikel wird an sehr viele Netzwerke automatisch geschickt, sobald ich ihn verfasst habe. Ich kriege jetzt schon E-Mails von Frauen, die das, was ich schreibe, echt gut finden. Aber mir fehlt irgendwie noch etwas Witziges auf der Seite. Die Maxi schickt mir immer so lustige E-Mails, in denen sie mir erzählt, was sie mit den anderen Müttern durchmacht. So was wär toll … Ja, klar, Mensch, warum ist mir das nicht vorher eingefallen? Sex and the City! Die Bradshaw! Eine Kolumne! Ja! Das wär's doch, wenn Maxi mir eine Kolumne schreiben würde. Leider kann ich ihr nix dafür bezahlen, aber vielleicht macht sie es, wenn ich sie ganz lieb darum bitte?«

»Dann ruf se doch ens an un frach se«, ermutigte mich Lieschen.

Spontan griff ich zum Telefon. Es klingelte lange, bis Maxi sich endlich mit ihrer freundlichen Stimme meldete.

»Anders.«

»Hi, ich bin's, Hanna. Na, wie geht es dir denn so?«, sang ich ins Telefon.

»Es geht so, und euch?«

»Super, alle gesund und munter, ich schreibe täglich meine Artikel und das Feedback ist positiv.«

»Ich hab auch schon was gelesen. Gefällt mir richtig gut. Jaaaan, nein, komm zurück. Einen Moment, Hanna, ich muss mal gerade das Telefon beiseite legen«, seufzte Maxi, während sie davonlief und ich im Hintergrund hörte: »Jan, Liebling, du kannst nicht allein mit deinem Dreirad wegfahren. Bleib bitte in meiner Nähe, okay? ... So, da bin ich wieder. Tut mir leid, telefonieren ist gerade so gut wie unmöglich.«

»Ja, das kenne ich, Kinder sind eben kleine Egoisten und Tyrannen«, erwiderte ich und lachte. Wieder hörte ich laute Geräusche, aber ich wollte ihr jetzt mein Anliegen schildern, obwohl ich das Gefühl hatte, dass ich genau zur falschen Zeit anrief.

»Ja, meine Artikel sind toll, aber ich brauche was Authentisches, echte Erfahrungsberichte von Müttern, die über ihren Alltag berichten. So was, wie deine E-Mails, die du mir schreibst, da schmeiß ich mich immer weg. Hättest du Lust, für den Blog eine Kolumne zu schreiben?«

»Jan, jetzt reicht es, ich zähle bis drei! Entschuldigung, was hast du gesagt?«

»Hättest du Lust, eine Kolumne zu schreiben?«

»Ja«, antwortete Maxi wie aus der Pistole geschossen.

»Also, du musst jetzt nicht sofort zusagen, denk drüber nach, schlaf drüber und gib mir dann ein Feedback.« Schließlich wollte ich sie jetzt nicht zu irgendetwas überreden.

»Ja, ich mache es, das ist eine super Idee. Jan, jetzt reicht es, ab aufs Zimmer! Sorry, Hanna, aber Jan ist ein Teufel, ich habe meinen Meister gefunden. Ich muss ihm mal hinterher, sonst reißt er mir die Bude ein.«

»Ja, ein echter kleiner Saftsack. Ich lasse dich dann mal in Ruhe. Gib mir einfach Bescheid. Bis dann, Tschöööö.«

»Tschüss und liebe Grüße an Franziska und Lieschen!«

»Un wat hät se jesacht?«

»Sie hat ja gesagt, aber da war so ein Tumult im Haus, dass ich mir jetzt gar nicht mal so sicher bin, ob sie mir eigentlich richtig zugehört hat. Sie wird sich noch bei mir melden. Ich fände es super, wenn sie eine Kolumne schreiben würde. Wenn die nur zu einem Bruchteil so witzig wäre wie ihre E-Mails, dann könnte das ein riesiger Erfolg werden.«

»Dann drück isch dir dat Däumsche, dat et klappt!«

Von: Maxi
Gesendet: Sonntag, 12. Juli 2009, 12:28
An: Hanna
Betreff: Kolumne

Hallo,

hab mich gefreut, deine Stimme zu hören.

Kolumne, versuch ich gern mal. Gib mir mal ein Thema vor. Ich eigne mich, glaube ich, gut für Dinge des täglichen Lebens. Ich neige nicht zur Politisierung oder zur Karikierung der Wirtschaftskrise.

Weißt du, was ich heute im Keller gefunden habe? Ich dachte, die gäb's gar nicht mehr: Die rosa Hosenträger! Hab sie gleich angezogen und find sie immer noch geil. Nur nicht mehr an mir.

Viele liebe Grüße
Maxi

Von: Hanna
Gesendet: Sonntag, 12. Juli 2009, 13:12
An: Maxi
Betreff: AW: Kolumne

Hallo,

ja, ich telefoniere gern mit dir, aber dann muss ich immer schmunzeln, weil unsere Leitungen sicherlich den ganzen Tag besetzt wären, wenn wir nicht heute Kinder hätten. Früher waren es nur unsere Eltern, die sich darüber aufregen konnten. Hihihi

Rosa Hosenträger, oje, damit waren wir bei Brinkmann der Burner ...

Wegen der Kolumne: Da hast du mich genau verstanden. Ich möchte das auch nicht. JobsForMums.de versteht sich als Infoservice und Plattform zur Jobvermittlung.

JobsForMums.de/Blog liefert täglich Informationen zu allem, was mir so vor die Füße fällt oder eben durch Klicken zwischen die Finger und unters Auge gerät. Dinge, die ich immer selbst schon interessant fand, ob es die klassischen Themen wie Bewerbung und Gehalt sind, oder wie meistert Frau Karriere und Familie oder Tipps und Tricks zum Alltagsmanagement mit Familie. Eben alles, was sich um Jobs, Mütter, Familie und Unternehmen dreht.

Frage an dich. Wie oft kannst du posten? Einmal im Monat oder einmal die Woche? Mit ausführlichem Bericht!

Bilder, Videos, die du im Internet finden kannst und zu deinem Thema passen, sind auch super. Was meinst du?

Liebste Grüße,
Hanna

Von:	Maxi
Gesendet:	Sonntag, 12. Juli 2009, 14:49
An:	Hanna
Betreff:	AW: Kolumne

Wie oft ich schreiben kann? Ehrlich gesagt, keine Ahnung. Hab ich regelmäßig ja noch nie gemacht. Vielleicht können wir mal 14-tägig anfangen? Ich habe Angst, dass mir nach kurzer Zeit die Ideen ausgehen. Aber wenn es gut läuft, auch gerne öfter. Anfangen würde ich vielleicht mit einem Beitrag dazu, warum es für Frau so wichtig ist zu arbeiten.

Ich schreibe ihn morgen früh und du sagst, ob das so in den Bereich geht, den du dir vorgestellt hast. Fangen wir mal mit einer Kolumne an und sehen, wie die Reaktionen sind und wie es sich entwickelt.

Jetzt geh ich kochen. Morgen früh lese ich im Kindergarten vor und danach schreibe ich.

Viele liebe Grüße
Maxi

Von:	Hanna
Gesendet:	Sonntag, 12. Juli 2009, 15:11
An:	Maxi
Betreff:	AW: Kolumne

14-tägig klingt doch super! Ich bin total glücklich, dass du ja gesagt hast.
Bin gespannt auf deine erste Kolumne.
Einen schönen Tag wünsche ich dir,
bis morgen

Kuss
Hanna

6

Worauf hatte ich mich da schon wieder eingelassen? Eine Kolumne schreiben. Hanna hatte ja recht. Die E-Mails, die ich ihr schrieb, waren witzig. Zumindest fand ich sie komisch. Wie der Rest der Menschheit darüber denken mochte, war mir ziemlich egal. Die Geschichten waren ja nur für Hanna bestimmt gewesen. Ihr schrieb ich, was ich erlebte und was mich beschäftigte. Worüber sollte ich denn in einer Kolumne schreiben? Erlebnisse einer Hausfrau? Na super! Warum hatte ich nur so spontan zugesagt? Weil ich neben dem Telefonat Jan davon abhalten musste, dem Traktor des Nachbarn mit seinem Dreirad aufs Feld zu folgen? Weil ich überhaupt nie nein sagen konnte? Oder weil ich tief in mir doch das leise Verlangen verspürte, meine Gedanken einem breiten Publikum mitzuteilen? Was blieb, war eine weitere Verpflichtung neben Nachhilfe, Kindergottesdienst, Elternbeirat und Lesepatenschaft, die Zeit kostete und kein Geld einbrachte.

Auf dem Weg zu einer dieser Verpflichtungen, dem Vorlesen im Kindergarten, machte ich mir an jenem Morgen Gedanken darüber, wie ich die versprochenen Kolumnen mit Inhalt füllen sollte. Was hatte Hanna gesagt? Ich sollte über Dinge schreiben, die berufstätige Mütter beschäftigen? Will Frau wirklich lesen, was ich denke? Und würde ich das auch noch witzig vermitteln können?

Sechs Kinder im Alter zwischen drei und fünf Jahren saßen im Halbkreis auf Matratzen um mich herum, die kleine Lysanne wie immer auf meinem Schoß, und ich zeigte ihnen das Buch von der Kuh Lieselotte, deren größtes Vergnügen es ist, morgens den Postboten zu erschrecken.

»Das kenn ich. Das hab ich auch zu Hause«, sagte Lysanne mit stolzem Strahlen im Gesicht.

»Na und«, entgegnete Justin unwirsch, »ich hab ja auch ein Buch zu Hause.« Jetzt wusste ich wieder, warum ich seit drei Jahren regelmäßig zum Vorlesen in den Kindergarten ging.

»Das ist aber schön. Wie heißt denn dein Buch, Justin?« Ich plante, beim nächsten Vorlesen Justins Buch mitzubringen, um ihn so vielleicht stärker einbeziehen zu können. Justin war eines der Kinder, die regelmäßig mit großer Begeisterung zum Vorlesen kamen. Er kam jedoch nicht der Bücher wegen, sondern weil er das Ganze als Event betrachtete. Bücher fand er eher langweilig. Man merkte, dass er es nicht gewohnt war, einfach nur zuzuhören und in eine Geschichte einzutauchen. Alles im Raum lenkte ihn ab und schien spannender zu sein als das, was ich vorlas. Aber ich war überzeugt, dass man jedes Kind mit Geschichten begeistern kann, man muss nur die richtigen finden.

»Weiß ich doch nicht«, machte Justin meinen schönen Plan mit einem Satz zunichte. »Das hab ich zum Geburtstag von meiner Tante Jutta bekommen.«

»Was hältst du davon, wenn du es beim nächsten Mal mitbringst? Dann kann ich euch daraus vorlesen.« So schnell gab ich mich nicht geschlagen.

»Nee, das ist doof.« Ich musste grinsen. »Was'n so komisch?«

»Das Gleiche sagt Till auch bei jedem Buch, das er geschenkt bekommt. Ich brauche immer mehrere Wochen, bis ich es ihm endlich vorlesen darf. Und dann ist er meistens total begeistert. Deshalb musste ich gerade lächeln. Weil ich dachte, dass du genauso süß bist wie mein Till.« Justin brummte, aber sein Blick verriet mir, dass ihm meine Antwort gefallen hatte. »Also überleg es dir. Ich würde mich sehr freuen, wenn du dein Buch beim nächsten Mal mitbringst und ich allen daraus vorlesen darf. Und jetzt wollen wir mal sehen, was Lieselotte auf ihrem Bauernhof heute erlebt.«

Zwei Stunden später saß ich vor meinem Rechner und machte mich bei Wikipedia über Inhalt und Aufbau einer Kolumne schlau. Dort stand: ›In den Printmedien steht der Begriff vor allem für eine journalistische Form. Es handelt sich um einen kurzen Meinungsbeitrag, der sich meist über nicht mehr als eine Zeitungsspalte erstreckt. Diese Kolumnen erscheinen meist regelmäßig an gleicher Stelle mit gleichem Titel, wie das berühmte, in Auswahl als eigenes Buch erschienene *Streiflicht* auf der ersten Seite der *Süddeutschen Zeitung* ... Der erste Zeitungskolumnist war John Hill, der am 11. März 1751 mit einer täglichen Kolumne im *London Advertiser* und der *Literary Gazette* begann. Er schrieb unter dem Pseudonym ›The Inspector‹ ...‹

Ein kurzer Meinungsbeitrag also. Na ja, eine Meinung hatte ich zu so ziemlich allem. Aber wen interessierte die? Hanna hatte gesagt, ich sollte über Mütter im Beruf schreiben. Wie passend. Wo ich doch eben das wollte, aber nicht durfte, weil mich niemand haben wollte. Aber vielleicht sollte ich genau darüber schreiben? Wie schwierig es für Mütter ist, überhaupt Arbeit zu finden? Ich war mir sicher, dass es nicht nur mir so erging. Immerhin war Hanna mit ihrem Jobs for Mums-Projekt das beste Beispiel. Bestimmt würden sich viele Mütter in so einem Beitrag wiederfinden.

Ich sah auf die Uhr. Schon wieder Zeit, die Jungs vom Kindergarten abzuholen. Die Kolumne musste bis zum Abend warten.

»Was gibt's zu Mittag?« Seit mehr als drei Jahren begrüßte mich Till mit dieser Frage, wenn ich ihn abholte. Wehmütig wurde mir an diesem Tag bewusst, dass die Male gezählt waren, bei denen ich ihn am alten Gartentor seines Kindergartens mit einem Kuss in Empfang nahm und er sich stattdessen nach dem Mittagessen erkundigte. In nicht mal einem halben Jahr würde er in die Schule gehen. Mein Großer. Die Jahre waren so schnell vergangen. Teilweise hatte ich das Gefühl, das Leben säße in einem ICE und rauschte an mir vorbei. Ich beeilte mich, zum nächsten Bahnhof zu gelangen, um doch noch auf den Zug aufspringen zu können, sah aber stets nur die roten Rücklichter. Von der Schule würde ich Till nicht mehr abholen. Er würde mit seinen Klassenkameraden nach Hause laufen und mich erst an der Haustür mit der vertrauten Frage begrüßen. Schon wieder ein Stück loslassen. Darum geht es im Leben von der ersten Minute an. Und genau darin war ich überhaupt nicht gut. Warum sollte ich jemanden loslassen, den ich liebte? Weil ich ihn liebte? Das war so eine blöde Philosophenantwort, deren Kernaussage ich zwar verstanden, aber nicht verinnerlicht hatte. Ich war keineswegs bestrebt, durch solcherlei Einsichten eine höhere Bewusstseinsebene zu erlangen. Für mich war die Welt in Ordnung, wenn ich abends beim Essen alle meine Lieben an einem Tisch versammelt hatte.

»Was gibt's zu essen, Mama?«

»Haferschleim«, lachte ich.

»Oh Mann, du bist echt gemein.« Till verstand keinen

Spaß, wenn es ums Essen ging. Er war das, was man gemeinhin als guten Esser bezeichnet. Ich werde nie vergessen, wie er sich mit vier Monaten sein allererstes Glas Möhrchenbrei in einem Zug reingeschaufelt hatte. Ich war damals total begeistert, wie toll mein Sohn vom Löffel essen konnte. Die Krämpfe, die er kurze Zeit später von dem riesigen Möhrenklumpen in seinem Bauch bekam, waren dann nicht so schön. Trotz dieser schmerzhaften Erfahrung hielt Tills Liebe zum Essen an. Für ihn war Essen nicht nur Nahrungsaufnahme, sondern vielmehr ein Akt der Geselligkeit. Er liebte es, wenn er Freunde aus dem Kindergarten zum Essen mit nach Hause bringen durfte. Gar nicht schön fand er es, wenn er bei anderen zum Mittagessen eingeladen war und die Mutter dort aus Diätgründen nicht an der Mahlzeit teilnahm.

»Ehrlich gesagt, habe ich noch gar nichts gekocht ... Jan, kommst du bitte, wir gehen nach Hause. Du kannst morgen wieder auf der Ritterburg spielen.«

»Was?« Till wollte sich mit dieser unbefriedigenden Antwort nicht zufrieden geben. »Wieso hast du nichts gekocht? Gehen wir in ein Restaurant?«

»Wie du weißt, war ich heute Morgen zum Vorlesen in deinem Kindergarten. Danach habe ich am Computer gearbeitet und keine Zeit mehr gehabt zu kochen. Aber das mache ich jetzt gleich ... Jan, bei drei fahre ich nach Hause. Eins, ...«

»Da kommt man vom Kindergarten nach Hause und denkt, man bekommt ein leckeres Mittagessen und was ist? Nichts ist!«

»Till, ich koche, sobald wir zu Hause sind, okay? ... Jan, bei drei bin ich weg. Zwei, ...«

»Nee, gar nichts ist okay. Ich habe Hunger!« Till war

aufgebracht über diese offensichtliche Verfehlung seiner Mutter.

»… und die alleralleralleralleralllerletzte Zahl ist die Nummer – bei drei fahr ich! – ist die Nummer drei. Tschüss Jan. Ich hol dich morgen, Liebling. Till komm, wir fahren nach Hause und kochen unser Mittagessen.«

»Neeeiiiin! Nicht ohne mich gehen! Du bist so gemein! Gemeine Mama!« Jan kam weinend angerannt.

»Ich hab aber jetzt Hunger«, regte Till sich weiter über die häuslichen Missstände auf. Mit leicht eingezogenem Kopf sah ich mich um, ob eine der anderen Mütter unseren Zwischenfall beobachtete. Als ich sah, dass sich noch keine Menschentraube gebildet hatte und uns niemand mit offenem Mund anstarrte, atmete ich erleichtert auf. Hektisch schob ich die Jungs ins Auto und fuhr nach Hause. Beide waren beleidigt. Ich fragte mich, was eigentlich passiert war. Gut gelaunt war ich am Kindergarten angekommen, um meine beiden Sonnenscheine abzuholen, und jetzt saßen stattdessen zwei Gewitterziegen hinter mir im Wagen. Und das war kein Einzelfall. Ständig gab es Theater beim Abholen. Entweder ich kam zu früh oder ich kam zu spät. Oder ich hatte das falsche Mittagessen gekocht. Es gab immer einen Grund, mit mir zu motzen. Im Allgemeinen schob ich es auf die Unterzuckerung zur Mittagszeit, aber an diesem Tag regte ich mich furchtbar auf. Ich war nicht bereit, mich weiter so behandeln zu lassen.

»Ist euch eigentlich aufgefallen«, fragte ich die beiden zu Hause, »dass wir die einzige Familie sind, bei der es ständig Streit beim Abholen gibt? Die anderen Mamas kommen, ihre Kinder laufen ihnen freudestrahlend in die Arme, begrüßen sie und gehen heim. Könnt ihr mir erklären, warum das bei uns anders ist?« Betretenes Schweigen bei Till. Sein kleiner Bruder hingegen fühlte sich völlig zu Unrecht angegriffen.

»Ja, weil du ja immer so gemein bist.«

»Jetzt reicht es. Ihr geht beide in eure Zimmer, bis ich euch rufe.«

»Gemeine Mama!« Jan sah sich in seiner Sicht der Dinge vollkommen bestätigt, folgte seinem Bruder aber doch gehorsam in die obere Etage.

Was war hier nur los? Warum war ich in letzter Zeit immer so schnell gereizt? Ich kam mir schon vor wie eine frustrierte Hausfrau. Aber vielleicht war ich das ja auch? Vielleicht spürte ich jetzt, da auch Jan den Kindergarten besuchte, ich also wieder ein Stück losgelassen hatte, dass es an der Zeit war, wieder eigene Ziele zu verfolgen? Ich wusste, wie wichtig es war, dass ich bald wieder für meine Arbeit bezahlt werden würde. An diesem Abend schrieb ich meine erste Kolumne.

Von: Maxi
Gesendet: Montag, 13. Juli 2009, 21:48
An: Hanna
Betreff: Das Muttertier
Anlage: Das Muttertier.doc

Liebe Hanna,

hier meine erste Kolumne. Ist sie zu lang? Zu unwitzig? Ich finde es immer blöd, wenn es so gewollt lustig ist. Muss schon irgendwie authentisch sein, oder? Ach, ich weiß nicht. Schreib einfach, was du denkst. Soll ich dir die Texte lieber als PDF schicken?

Liebe Grüße,
Maxi

Anlage:

Das Muttertier
oder
Warum Arbeit für Frauen so wichtig ist

Nein, wie eine Hausfrau wollte ich wirklich nie aussehen. Als ich noch mit beiden Beinen fest im Berufsleben stand, hatte ich klare Vorstellungen davon, wie eine Hausfrau aussieht: Rot getönter, modischer Kurzhaarschnitt und eine gewagt gezickzackte Brille waren für mich von jeher Synonym einer schwäbischen Hausfrau. Und das wollte ich nun wirklich nie werden. Warum nicht? Kann ich nicht sagen. Diese Frauen wirkten auf mich wie der armselige Versuch, an einer Welt teilzuhaben, die sie längst ausgeschlossen hat.

»Schaut her! Ich bin Hausfrau, aber ich putze mich trotzdem noch raus. Und mein modischer Kurzhaarschnitt mitsamt der gewagt gezickzackten Brille zeigen, dass mein Selbstbewusstsein überhaupt nicht leidet. Ich engagiere mich sozial, indem ich Kuchen für den Kirchenbasar backe (für den mich alle sehr loben) und bin ein wertvolles Mitglied dieser Gesellschaft!« Wirklich? Wahrscheinlich ist es so, dass diese Frauen sehr viel wertvollere Mitglieder für unsere Gesellschaft sind als die Single-Managerinnen, die am Wochenende mit ihrem hart verdienten Geld beim Kurztrip nach Paris die französische Wirtschaft stärken.

In meinem anderen Leben hatte ich jedoch in unregelmäßigen Abständen einen immer gleichen Traum, aus dem ich schweißgebadet und fix und fertig aufwachte: Jemand fesselte mich an einen Stuhl, verpasste mir einen modischen, rot getönten Kurzhaarschnitt und setzte mir eine gewagt gezickzackte Brille auf. Meistens erlösten mich meine lauten Angstschreie von dem bösen Traum. Mein Selbstbild entsprach schon eher dem der Single-Managerin in Paris.

Heute, sechs Jahre und zwei Kinder später, wage ich den prüfenden Blick in den Spiegel. Was ich da sehe, entspricht nicht meiner Vorstellung einer schwäbischen Hausfrau, obwohl ich das nun tatsächlich bin. Also wäre es nicht verwunderlich, dieses Bild auch zu verkörpern. Ich sehe etwas, das in jüngeren Jahren weit jenseits meiner Vorstellungskraft lag, sodass ich kein klares Bild vor Augen hatte. Nun sehe ich es und bin entsetzt: Ich bin ein Muttertier! Der Schock der Selbsterkenntnis sitzt tief. Ein Muttertier ist meiner Definition nach eine Hausfrau ohne eigene Interessen. Eben eine Mutter, Mutter, Mutter und sonst nichts. Die schwäbische Hausfrau aus meinem Albtraum war wenigstens schlank, engagierte sich sozial und kaufte *mehr oder weniger modische Kleidung. Die Selbstdiagnose ist niederschmetternd. Die zehn Kilo, die ich nach der Geburt von Jan vor drei Jahren schnell wieder runtertrainieren wollte, sind noch genau so da wie die Jeans, die ich damals für den Übergang bei C&A gekauft hatte. Nur, bis ich wieder in Größe 38 passe. Wie konnte ich mich so gehen lassen, ohne es zu merken? Es sind nicht nur die Kilos, die mich schockieren. Es ist die gesamte Ausstrahlung. Wo ist mein Selbstbewusstsein, das Funkeln in den Augen? Wo bin ich? Wo bin ich verloren gegangen und warum habe ich es nicht gemerkt? Die Antwort liegt auf der Hand: Ich war zu beschäftigt. Beschäftigt mit den Kindern, dem Haushalt, den Fahrten zur Krabbelgruppe, Musikschule, Krankengymnastik, Kieferorthopädin, dass ich mich selbst vergessen habe.*

Ich beobachte die Frauen in meinem Umfeld. Worin unterscheiden sie sich und was macht die Ausstrahlung aus. Wie finde ich mein altes Ich wieder? Die Antwort erschließt sich mir schnell: Berufstätige Frauen haben eine andere Ausstrahlung als Hausfrauen. Eine Ausstrahlung, die meinem Selbstbild schon immer mehr entsprochen hat als die einer Hausfrau oder gar eines Muttertiers. Vollständige Selbstaufgabe ist nicht mein Ding. Ich bin auch niemand, der auf die Frage nach dem Beruf stolz antwortet, erfolgreich ein kleines Familienunternehmen zu leiten. Ich will arbeiten. Und zwar nicht, um einfach mal raus zu kommen, wie es oft so schön heißt, sondern um richtig zu arbeiten und richtiges Geld zu verdienen. Und das ist mein Recht. Als Frau und als Mutter.

Von: Hanna
Gesendet: Montag, 13. Juli 2009, 22:13
An: Maxi
Betreff: AW: Das Muttertier

Es ist geil! Es ist super! Es ist perfekt!

Genau so habe ich mir das vorgestellt!

Es kommt garantiert am besten rüber, wenn du aus deinem Leben erzählst!

Word-Format ist auch perfekt, weil ich es layouten muss.

Zum Namen brauchen wir noch ein Foto, Bild, Symbol, das bei allen deinen Kolumnen oben erscheinen wird, so als Wiedererkennungssymbol!
Was meinst du?

Kuss, bis bald
Hanna

6

»Genial«, rief ich so laut, dass Lieschen und Franziska zusammenzuckten, »Maxi hat die erste Kolumne geschrieben. Die ist genauso, wie ich sie mir vorgestellt habe. Fantastisch!« Bereits in der Schule lag ihr die Schreiberei, und irgendwie hatte ich das Gefühl, dass sie mit ihrem BWL-Studium genau die falsche Berufswahl getroffen hatte. Sie war für mich die geborene Schriftstellerin.

»Na dat is ja wunderbar!«, freute sich Lieschen.

»Zeig mal die Ko…, Ko…, Ko…«, drängte mich Franziska vom Notebook weg.

Das Feedback meiner Blog-Leser war überwältigend. Maxis Kolumne kam super an. Viele Frauen fühlten sich angesprochen und verstanden. Und immer wieder wurde die Frage gestellt, wann die nächste Kolumne erscheinen würde. Das spornte Maxi natürlich an.

Solche Glücksmomente waren bislang leider selten gewesen. Aber es waren die Momente, die mir das Gefühl gaben, auf dem richtigen Weg zu sein. Zeit zum Ausruhen hatte ich nicht. Ich musste jeden Tag einen informativen Blog schalten und war außerdem damit beschäftigt, JobsForMums.de in allen möglichen Internet-Verzeichnissen zu registrieren. Überhaupt stellte sich das Internet-Marketing als außerordentlich zeitraubende Angelegenheit heraus. Doch aufgrund meiner finanziellen Unpässlichkeit konnte ich nichts auslagern. Ich musste alles selbst machen. Immerhin konnte ich mich auf meinen Bruder verlassen. Wir chatteten nahezu täglich, und regelmäßig hatte er Verbesserungsvorschläge für mich.

»Schwester, das neue Zauberwort heißt Inbound Marketing. Diese Strategie ist insofern interessant, da du von genau denjenigen Frauen gefunden wirst, die explizit nach deinen Informationen suchen. Du platzierst dich überall im Internet, schreibst weiterhin deine Artikel, kommunizierst in Foren, hinterlässt deine Kommentare und wirst quasi automatisch gefunden, weil die Leser an allen Ecken und Enden über deine Inhalte stolpern werden. Du hast kein Geld, das du investieren kannst, aber du hast Zeit. Ich werde eine Strategie für dich ausarbeiten, die funktionieren wird. Aber du musst auch wirklich alle Punkte umsetzen«, schrieb er mir eines Tages in einem Befehlston, den ich gar nicht an ihm mochte. So war er eben. Er war bereit zu helfen, aber dann musste auch alles so passieren, wie er sich das vorstellte.

Nachdem ich seine mehrseitige Analyse samt Strategie, Maßnahmen- und Zeitplan erhalten hatte, hätte ich heulen können. »Ich kann das in dieser Zeit nie im Leben schaffen. Der hat Franziska gar nicht mit eingeplant«, jammerte ich Lieschen die Ohren voll. »Typisch, dieser kinderlose Freak, der nachts bis 3.00 Uhr arbeitet und dann am nächsten Tag bis mittags im Bett liegt!«

»Resch disch nit op! Du kanns sowieso nur ene Schritt nach de anger donn«, versuchte sie mich zu trösten.

Ich hatte größte Schwierigkeiten, Franziska in meinen Arbeitsalltag einzubinden. Schließlich war sie bislang die Nummer eins in meinem Leben. Obwohl ich das Gefühl hatte, rund um die Uhr zu wirbeln, schaffte ich gerade einmal sechs effektive Arbeitsstunden pro Tag – an Wochenenden arbeitete ich nicht, weil ich wenigstens diese Zeit voll und ganz Franziska widmen und auch mir selbst ein paar Stunden Erholung gönnen wollte. Doch mit den sechs Stunden konnte ich nichts reißen. Was machte ich bloß falsch? Wo verlor ich Zeit? Meine Arbeitstage waren von vorn bis hinten verplant. Okay, wenn ich Franziska nicht jeden Morgen zum Kindergarten bringen müsste, könnte ich mir noch das Duschen sparen. Allerdings schien mir der Gedanke, dass die Vernachlässigung meiner Körperhygiene womöglich die Lösung meines Zeitproblems bedeutete, mehr als absurd.

Fakt war, die Selbstständigkeit war anstrengend und beanspruchte jede freie Minute meines Lebens. Andererseits war mir bewusst, dass ich Gas geben musste, wenn ich irgendwann einmal mit JobsForMums.de Geld verdienen wollte. Zum Glück gab es einen Menschen, der mir in dieser vertrackten Situation zur Seite stand: Lieschen. Sie war meine persönliche Unternehmensberaterin. Mit allen entscheidenden Fragen ging ich zu ihr. Wenn ich ihr ein Problem schilderte, hörte sie aufmerksam zu, dachte kurz nach und glänzte mit der passenden Lösung. Offenbar wird man im Alter wirklich weise.

»Du schaffs nur sechs Stond am Daach? Dann is et ja ene Teilzeit-Selbstständischkeit! Dat bedeutet, dat du ooch die doppelte Zit brauchen würst, um erfolgreisch zu sin«, analysierte sie ebenso einleuchtend wie niederschmetternd mein Dilemma. »Du muss disch opschrieve, wann de arbeite kanns. Dabei musst du disch davon lösen, dat dinne Wochenend immer frei ist. Wer sacht denn, dat du dir nisch ooch mal unter der Woche freinehmen kanns? Un wer schreibt dir vor, wann du aufstehen solls?

Verjess dinne alde Trott. Dat hann isch in ene Frauezietschriff jelese, die nannten dat Zeitmanagement!« Wow, die Frau referierte im Stil einer Professorin! Und sie hatte recht!

»Okay, gut, ich schreibe mir das jetzt alles auf«, erwiderte ich und verschwand in Franziskas Zimmer. Mit einer großen bunten Pappe und einem riesigen Becher voller Buntstifte bewaffnet kehrte ich zurück und schaute mich Hilfe suchend nach einem geeigneten Arbeitsplatz um.

»Da hast du schon so ene jroße Tisch un immer noch kene Platz«, meinte Lieschen grinsend. Auf unserem Wohnzimmertisch sah es wirklich wüst aus. Seit ich ihn zu meiner JobsForMums-Schaltzentrale auserkoren hatte, türmten sich dort Stapel von Büchern und Unterlagen. Zu den Mahlzeiten schob ich den ganz Kram einfach beiseite. Dass sich darunter eigentlich ein edler Kirschbaumtisch verbarg, konnte man schon lange nicht mehr erkennen.

Nachdem ich mein Notebook und einige Papiere zur Seite geräumt hatte, konnte es losgehen. Zuerst schrieb ich Franziskas Betreuungszeiten auf. Um zehn Uhr brachte ich sie zur Kita. Lieschen hatte angeboten, sie um 12.30 Uhr abzuholen, damit ich zu Hause in Ruhe das Essen vorbereiten konnte. Nach unserem gemeinsamen Mittagessen brachte sie Franziska dann gegen 14 Uhr zurück in den Kindergarten. Wir hatten uns eingespielt und es klappte gut so. Montags und freitags aß Lieschen nicht mit uns. An diesen Tagen machte sie zusammen mit ihren Freundinnen die Stadt unsicher, wie sie es so passend ausdrückte. Sie trafen sich abwechselnd zum Essen bei Heinemann am Stadttheater, im Sankt Vith am Alten Markt, im Dörre Strüxken in Hamern oder in einer anderen Lokalität, die noch mit einer gutbürgerlichen rheinischen Küche aufwarten konnte. Die alten Damen hatten richtig Spaß und genossen ihr Rentnerdasein. Allesamt waren sie bereits verwitwet, wollten sich aber auch keinen Mann mehr ins Haus holen. »Bisse verrückt, putze, koche, wäsche un alles für so ene aale Mann? Nee, ene junge tät mir jefalle, aber wat will ene junge Kerl mit ene alte Oma?«, erklärte mir Lieschen, als ich ihr einmal viel Spaß bei der Bräutigamschau wünschte.

»Sollte ich vielleicht versuchen, Franziska früher in die Kita zu bringen?«, fragte ich Lieschen, als ich eine grobe Struktur meines Tages erfasst hatte.

»Sischer kannse se och um half acht dahin bringe. Bloß wenn du auch weiterhin nachts wörke wills, solltes du nisch noch früher aufstehn«, gab Lieschen zu bedenken. Klar, sie hatte recht, dann wäre ich morgens noch kaputter, als ich es jetzt schon war.

»Im Grunde bin ich aber zwischen 10 und 12.30 Uhr nie so richtig produktiv. Ich muss einkaufen, das Mittagessen kochen, aufräumen ... Eigentlich bin ich nur zwischen zwei und halb fünf gut in Fahrt. Und natürlich abends, wenn Franziska im Bett liegt.«

»Hm«, grübelte Lieschen, »So kumme mer immer noch nisch op mehr als sechs Stond! Wir müssen mal överlejen, welche Kompromisse du einjehen kanns, damit du ooch vormiddaachs produktiv wörke kanns.«

»Puuuh!« Mir fiel nichts ein.

»Pass op, Kindchen. Ich werde dat Franziska morgens um neun Uhr in den Kinderjarten bringen. Ich bin um die Zit sowieso meistens unterwegs und du kanns dann sofort loslejen mit wörke. Ballett und Musikschul übernehme ich ebenfalls. Du muss dinne Einkäufe, Arztbesuche und andere Erledijungen op einen Vormidaach in der

Woche lejen. Und diesen Stress mit dem Kochen musse dir ooch nicht andonn. Da tuns ooch mal Nudeln mit Soße. Die isst Franziska doch am lievsten und wegen mir, mein Kint, musse dir ooch keen Kopp maake!«

»Wie wäre es, wenn ich am Wochenende Eintöpfe und Soßen vorkoche, die ich einfriere und dann unter der Woche einfach schnell auftaue?«, schlug ich vor. Lieschen gefiel die Idee prima.

Wir zählten die effektiven Arbeitsstunden zusammen und kamen auf eine gute 40-Stunden-Woche. In der Zeit konnte ich sicherlich einiges bewegen.

»Dat Wischtigste ist, dat du disch strikt an diesen Ablauf hälts«, beendete Lieschen in einem ungewohnten Kommandoton unsere Überlegungen.

»Natürlich werde ich mich an den Plan halten, er ist genial. Lieschen, ich weiß nicht, wie ich Ihnen jemals danken kann!« Sie war eine echte Powerfrau. Woher nahm sie bloß diese Energie? Wahnsinn. Von dieser alten Dame konnte ich mir eine richtig dicke Scheibe abschneiden.

Ich hielt mich an den Plan – und er funktionierte. Ich liebte vor allem meine produktiven Nächte. Alles war so still und friedlich. Nur mein Notebook, mein Kaffee, ein Glas Wasser und ich. Nachts hatte ich die besten Ideen. Nachts gab ich richtig Gas. Nachts erledigte ich alle Handgriffe, die viel Zeit, aber kaum hohe Konzentration erforderten. Es erinnerte mich sehr an meine Studienzeit.

In einer Nacht war ich damit beschäftigt, Hunderte von Twitter-Nutzern einzuladen. Dazu durchforstete ich verschiedene Verzeichnisse, um genau diejenigen Menschen herauszufiltern, die sich für die Themen meiner

Website interessieren könnten. Und das dauerte Stunden.

In der nächsten Nacht konfigurierte ich meine Facebook-Fanpage. Der oberste Befehl dazu kam aus Mallorca. Mein Bruder checkte wöchentlich die Effizienz meiner Seite. Laut seiner Analyse war JobsForMums.de inzwischen top. Leider hatte sich das noch nicht bis zu meiner Bank herumgesprochen. Die Analyse meiner Kontoauszüge sprach eher für Flop. Aber das durfte ich nur denken und nicht sagen, denn immer noch hatte ich nicht alle Punkte seiner todsicheren Strategie umgesetzt. Wenn ich mich hin und wieder dennoch traute, leise Zweifel an dem eingeschlagenen Weg vorzubringen, konterte mein Bruder in der für ihn typischen Art:

»Du musst das sehen wie ein Puzzle. Solange du nicht alle Teile zusammengefügt hast, ergibt es kein vollständiges Bild, eben keine runde Sache.« Er hatte ja grundsätzlich recht, aber meine finanziellen Mittel wurden immer knapper und die Angst vor der ARGE saß mir im Nacken. Also gab ich noch mehr Gas und änderte den Plan.

Ich arbeitete jetzt auch am Mittwochvormittag, der eigentlich den Einkäufen vorbehalten war, und verschob alle Erledigungen auf den Samstag. Ich kam mir vor wie eine Katze, die ihrem eigenen Schwanz hinterherjagt. Immer häufiger arbeitete ich länger als nur bis Mitternacht und merkte bald, dass ich an meine Grenzen stieß. Ich war morgens hundemüde und mich plagte zunehmend ein schlechtes Gewissen Franziska gegenüber. Hätte jemand meine Tochter gefragt, ob ich sie vernachlässigen würde, hätte sie das sicherlich verneint.

Ich war ja auch immer bei ihr, allerdings nur physisch. Meine Gedanken hingegen drehten sich unablässig wie ein außer Kontrolle geratenes Karussell um ein- und dasselbe Thema: Geld!

Ich hatte mich in fast allen sozialen Medien, die es im Internet gab, angemeldet. Meine Artikel wurden nun nicht nur täglich auf Twitter und Facebook publiziert, sondern in mindestens 30 weiteren bekannten Netzwerken. Aber immer noch hatte kein Arbeitgeber eine Anzeige auf JobsForMums.de geschaltet. Noch nicht mal eine kostenfreie, die ich jedem neuen Kunden anbot. Hatte ich etwas übersehen? Und wenn ja, was? Wie konnte ich Arbeitgeber auf meine Seite lenken?

Eines Nachts stieß ich bei Recherchen im Internet auf die mögliche Antwort: Familienfreundliche Unternehmen. Klar, das war es! Ich musste ganz gezielt Firmen, die eine Vereinbarkeit von Familie und Beruf ermöglichten, auf mich aufmerksam machen. Und es gab, sage und schreibe, mehr als 700 solcher Unternehmen in Deutschland, die sogar mit einem Zertifikat ausgezeichnet worden waren. Sofort machte ich mich an die Arbeit, deren Adressen zu ermitteln und in einer Excel-Datei zu erfassen. Inständig hoffte ich, dass ich endlich den Schlüssel zum Erfolg gefunden hatte.

Von: Hanna
Gesendet: Dienstag, 14. Juli 2009, 10:03
An: Maxi
Betreff: Ein schlechtes Zeichen?

Liebe Maxi,

wie jeden Morgen musste es auch heute schnell gehen. Franziska soll noch vor neun Uhr im Kindergarten sein. Lieschen hat heute Morgen ihre Generaluntersuchung beim Hausarzt. Sonst bringt sie ja Franziska immer hin.

Und da lag sie, direkt vor uns, auf dem Rücken. Franziska sagte nur: »Oh, armes totes Täubchen!«, während ich Gänsehaut bekam.

Kaum aus der Tür, stolpere ich fast über eine tote Taube. Das hat mir gerade noch gefehlt! Tauben fallen vom Himmel! Ist das jetzt ein schlechtes Zeichen?

Dass die Kinder heutzutage nix mehr schockiert, ist doch bedenklich. Ich hätte in ihrem Alter glatt einen Heulkrampf gekriegt, weil mir das arme Tier so leidgetan hätte. Ich habe auch Dauerweinkrämpfe bekommen, als Lassie den ganzen weiten Weg nach Hause laufen musste und dort total erschöpft ankam. Ich hätte als Fünfjährige sicherlich das Täubchen begraben wollen. Als ich sieben war, haben mein Bruder und ich am Bismarckplatz – damals gab es dort noch Bäume, einen Springbrunnen und einen kleinen Park mitten in der Stadt – ein lebendiges Vögelchen mit angebrochenem Flügel gefunden und gleich mit nach Hause genommen und dort gesund gepflegt.

Liebe Grüße,
Hanna

Von: Maxi
Gesendet: Dienstag, 14. Juli 2009, 10:28
An: Hanna
Betreff: Der Tag der toten Taube
Anlage: Einfach mal rauskommen.doc

Hallo liebe Hanna,

sei froh, dass du die Taube liegen lassen durftest. Till und sein Freund Hagen haben im vergangenen Winter bei Minus 5 °C einen toten Vogel in unserem Garten gefunden. Den wollten sie unbedingt begraben. Ich war zu Tode erschrocken, als die zwei vor mir standen, den toten Vogel im Fischernetz von der Nordsee. Und das in Zeiten von Vogelgrippe! Ich habe ihnen erklärt, dass der Boden gefroren wäre und wir den Vogel deshalb leider nicht begraben könnten. Als sie wissen wollten, was wir mit dem Tier machen, schlug ich vor, ihm ein weiches Bett aus Grünschnitt in der Biomülltonne zu bereiten. Mein Gott! Wie konnte ich nur? Die Jungs waren außer sich und Hagen schimpfte: »So geht man nicht mit toten Lebewesen um!« Ehrlich, ich wollte nicht respektlos sein, aber was hätte ich denn machen sollen? Der Boden war wirklich steinhart. Da ging keine Schaufel rein! Ich habe den Vogel dann mitsamt dem kontaminierten Fischernetz hinter die Garage gelegt und gesagt, Alex würde sich am Abend darum kümmern. Tja, und bis zum Abend hatte Till den Vogel schon wieder vergessen.

Du hattest ja schon immer eine besondere Beziehung zu Tauben. Weißt du noch, als du auf der Ponte Vecchio total im Glück warst, weil dich eine Taube angeschissen hatte? Voll erwischt und du hast wie immer halb hysterisch gelacht, während sich deine Augen mit Tränen füllten im Angesicht dieses guten Omens. Derart motiviert hast du dir dann von irgendwem Geld geliehen, um noch vor Ort und Stelle einen goldenen Anker für deine Kette zu kaufen, damit du dich immer an dieses wunderbare, schicksalhafte Ereignis erinnerst. Hast du den Anker noch?

Ich war heute früh schon fleißig und habe eine Kolumne geschrieben. Mein ehemaliger Personalleiter hat mich dazu inspiriert.
Gefällt sie dir?

Liebe Grüße und noch einen schönen, taubenfreien Tag,
Maxi

Anlage:

Einfach mal rauskommen

Einfach mal rauskommen. Diesen Ausspruch hört man gern in Zusammenhang mit Müttern, die wieder in den Beruf drängen. Einfach mal rauskommen. Oft noch ergänzt durch den Zusatz: unter Menschen. Wenn ich das höre, drängen sich mir so viele Fragen auf, dass ich sie nur mit Mühe in meinem Kopf ordnen kann.

Bedeutet dieser Ausspruch, dass Hausfrauen-Mamis sich, wie der Name schon ahnen lässt, ständig im Haus aufhalten? Wenn ja, wer bringt die Kinder dann zum Kindergarten, zu Kieferorthopäden, Geburtstagsfeiern und anderen sozialen Events? Wer hindert diese armen Geschöpfe daran, das Haus zu verlassen? Und wo kommt dieser blöde Spruch eigentlich her?

Jetzt mal ehrlich. ›Einfach rauskommen‹ kann die Antwort eines Gefängnisinsassen auf die Frage nach seinen Wünschen und Zielen sein. In Bezug auf arbeitende Mütter ist dieser Satz wie eine Ohrfeige. Eine Frau, die rauskommen möchte, kann spazieren gehen (mit oder ohne Kinder), sich zum Kaffee verabreden, shoppen gehen oder sich sozial engagieren. Die Möglichkeiten sind grenzenlos.

Als ich gegen Ende meiner Elternzeit hoch motiviert dem Personalleiter unserer Firma gegenüber saß um meinen Wiedereinstieg zu besprechen, zeigte sich dieser sehr erfreut, mich zu sehen, plauderte mit mir über den bevorstehenden Sommer und hatte großes Verständnis dafür, dass ich jetzt auch mal wieder rauskommen wollte. Leider musste er mich aber auch auf eine sehr unerfreuliche Wirtschaftskrise aufmerksam machen und forderte nun meinerseits Verständnis dafür, dass ich mit dem Rauskommen noch etwas warten müsse.

»Nein!«, sagte ich. »Ich möchte nicht rauskommen. Mir gefällt mein Zuhause. Ich habe es selbst eingerichtet. Die Wände schön bunt, die Raumtemperatur sehr angenehm. Langweilig ist mir auch nicht. Ich bin nicht auf der Suche nach einem Hobby. Ich suche Arbeit.«

Das Schlimme ist, dass so viele Frauen selbst als Motivation für ihren beruflichen Wiedereinstieg angeben: Ich möchte auch einfach mal wieder rauskommen. Was erwarten diese Frauen denn von ihrem Gegenüber? Wäre ich Unternehmer, würde ich ihnen antworten: Herzlich gern. Da vorn ist die Tür. Niemand kann es sich leisten, eine Selbsthilfegruppe für frustrierte Hausfrauen zu unterhalten.

Und das ist doch auch gar nicht der wirkliche Grund. Arbeiten wollen wir aus den gleichen Gründen wie Männer und kinderlose Frauen auch. Wir wollen Geld verdienen mit einer Tätigkeit, die wir als sinnvoll erachten und die uns idealerweise auch noch Spaß macht. Rauskommen müssen wir dafür nicht *mal zwangsläufig, denn arbeiten kann man auch zu Hause. Also hören wir doch bitte mit diesem dummen Spruch auf und machen uns selbst nicht kleiner als wir sind.*

Von: Hanna
Gesendet: Dienstag, 14. Juli 2009, 10:45
An: Maxi
Betreff: Von Taube angeschissen, und Glück gehabt

Erstmal, vielen Dank für die supergeniale Kolumne. Es fließt nur so aus dir heraus. Tausende von Müttern werden sich garantiert damit identifizieren. Mach weiter so.

Ja, ich hatte wohl schon immer eine besondere Beziehung zu Tauben. Den Anker hatte ich neulich noch in der Hand. Musste direkt an die Ponte Vecchio in Florenz und unsere Abifahrt in die Toskana denken.

Watt war dat schön, escht!

Ich kann mich aber nicht daran erinnern, dass mich eine Taube voll gekackt hat und ich mir auch noch Geld geliehen habe. Von wem habe ich mir Geld geliehen? Und siehe da, ich war wohl immer schon knapp bei Kasse. Das begleitet mich mein Leben lang.

Und wir wollten immer mal wieder zusammen dort hin. Das hast du ja dann mit Alex gemacht. Tut dir der Kopf denn noch manchmal weh vom Schlach?

Kuss,
Hanna

Von:	Maxi
Gesendet:	Dienstag, 14. Juli 2009, 11:12
An:	Hanna
Betreff:	AW: Von Taube angeschissen, und Glück gehabt

Liebste Hanna,

ja, du warst schon immer knapp bei Kasse, ich kenn das nicht anders. Während ich irgendwie immer Geld hatte, hast du dich stets darauf verlassen, dass du dir bei mir oder sonst wem Geld leihen konntest. In diesem Fall war es ein Klassenkamerad, aber ich weiß echt nicht mehr wer.

Und die Taube war wirklich da. Sie hat ihr Häufchen von oben auf dich runtergeschickt und du warst total beglückt. Du hast gesagt, dass das Glück bedeutet und fandest die These zwei Minuten später bestätigt, als du im Schaufenster eines Juweliers auf der Brücke diesen Anker gesehen hast. Deshalb musstest du den Anker unbedingt haben, damit sich die Prophezeiung erfüllen konnte, sozusagen.

Die Toskanareise mit Alex war kein Vergleich zu damals. Ein Haufen blonder Mädchen wird in Italien doch ganz anders empfangen als ein Liebespaar ohne Kinder. Und dann noch der kleine Unfall in Pisa. Dass ich auch ausgerechnet bei dem einzigen Souvenirstand Schutz vor dem Sturm suchen musste, der unter einem umstürzenden Baum begraben wurde. Da wäre mir meine Vorliebe für italienische Ledertaschen noch fast zum Verhängnis geworden. Alex war ja schon mindestens fünf Stände weiter aus lauter Angst, ich könnte schon wieder einer Versuchung erliegen. Auf jeden Fall waren sie supernett im Krankenhaus. Die Röntgenaufnahme von meinem Kopf habe ich immer noch. Ein ganz besonderes Urlaubsfoto!

Damals war alles noch so einfach. Schule, Studium, ich wusste, wo ich hingehörte und was meine Aufgaben waren. Heute ist alles Chaos. Nach meinem Geburtstags-Flop habe ich keinen Mut für einen weiteren Versuch. Wahrscheinlich hat sich das sowieso herumgesprochen. Mich würde wohl niemand mehr buchen. Ich hätte nie gedacht, dass es so schwierig sein könnte, Arbeit zu finden. Jeder Student findet leichter einen Job als eine Mutter. Aber ich will nicht jammern. Ich weiß, dass da draußen etwas Großes auf mich wartet. Ich muss es nur noch finden.

Viele liebe Grüße vom ultrasonnigen Bodensee,
deine Maxi

Von:	Hanna
Gesendet:	Dienstag, 14. Juli 2009, 11:38
An:	Maxi
Betreff:	AW: Von Taube angeschissen, und Glück gehabt

Ja, liebe Maxi,

da draußen wartet etwas ganz Großes auf dich. Du hast es schon gefunden, es ist da, aber du weißt es nur noch nicht.

Im übertragenen Sinne hast du dich ja bei deinem Geburtstags-Flop auch von einer Taube ankacken lassen: der Geburtstagskind-Mutter. Geburtstage organisieren ist nicht deine Bestimmung, aber etwas anderes, viel Größeres. Das glaube ich auch. Alles hat seinen Sinn und jede Erfahrung, die wir machen, ist wichtig, für den nächsten Schritt, die nächste Prüfung.

Echt? Ich habe mir immer Geld geliehen? Aber auch zurückgegeben, hoffentlich. Ich kann mich erinnern, dass ich irgendwie ständig Hunger hatte und eure Brote aufgegessen habe. Heute weiß ich, dass es an meiner Schilddrüse lag. Ich nehme Tabletten, Hungergefühle außer der Reihe habe ich nicht. Sag mal, gibt es denn Tabletten gegen Geldknappheit?

Hahaha.

Vielen Dank für deine sonnigen Grüße, hier ist es etwas kühl …

Bis bald, und Kuss an euch vier.
Hanna

Von:	Maxi
Gesendet:	Mittwoch, 15. Juli 2009, 14:21
An:	Hanna
Betreff:	Neue Kolumne
Anlage:	Alles eine Frage der Organisation.doc

Liebe Hanna,

nur ganz kurz, hab's eilig. Muss Till gleich zu einer Verabredung bringen und mit Jan Schuhe kaufen. Das wird lustig. Letztes Jahr wollte er unbedingt rosa Wasserschuhe, die es in seiner Größe nicht mehr gab. Er war nicht dazu zu bewegen, andere Schuhe anzuprobieren. Ich bin dann am nächsten Tag wieder hin, erst mal allein rein, hab die Verkäuferin gebeten, die rosa Schuhe ins Lager zu stellen. Erst danach habe ich Jan reingeholt, und wir konnten Schuhe anprobieren.

Hab schon wieder eine Kolumne für dich. Macht richtig Spaß. Viel Vergnügen beim Lesen.

Anlage:

Alles eine Frage der Organisation

Es gibt Menschen, die sagen, ich wäre gut organisiert. Das höre ich gern, mehr noch, es erfüllt mich mit Stolz. Eine gute Organisation ist meines Erachtens das A und O für den reibungslosen Ablauf aller Projekte.

Ich liebe Checklisten. Das geht so weit, dass ich, als wir einen Namen für unser erstes Kind gesucht haben, alle Vornamen aus dem Internet in eine Excel-Datei kopiert habe, alphabetisch sortiert, nach Geschlechtern getrennt. Danach haben mein Mann und ich getrennt voneinander die Namen markiert, die für uns infrage kamen. Aus der Schnittmenge sollte der Name unseres Kindes ausgewählt werden. Bei den Mädchen war die Schnittmenge gleich zehn, wir einigten uns auf Leonie und freuten uns über unser gut erarbeitetes System. Bei den Jungen war die Schnittmenge gleich null. Ich muss wohl nicht erst erwähnen, dass wir einen Jungen bekamen. Ohne es zu realisieren, hatte ich die erste Lektion darin erhalten, dass Planung und Kinder nicht kompatibel sind, und es sollten noch viele weitere folgen.

Zwar ist eine gute Planung und Organisation für ein Leben mit Kindern unerlässlich, erst recht, wenn beide Elternteile berufstätig sind. Die Kinder jedoch interessiert diese Planung nicht und sie torpedieren unsere ganze schöne Organisation mit außerplanmäßigen Wutattacken, Pipi-Pausen oder Magen-Darm-Viren.

Als Till zwei Jahre alt war, fing ich wieder an zu arbeiten. Bis dahin funktionierte das mit der Organisation noch recht gut. Ich plante Babyschwimmen, Krabbelgruppe, Kinderturnen, Musikgarten und sogar Zeit zur freien Verfügung in unseren Alltag ein.

Erst, als ich wieder täglich zur Arbeit ging, wusste ich, was das Wort Doppelbelastung bedeutet. Zuerst dachte ich, je besser ich organisiert bin, desto leichter läuft der Alltag. Aber das Gegenteil war der Fall. Hatte ich einen Geschäftstermin auf zehn Uhr festgesetzt und somit genug Zeit eingeplant, Till um zwölf Uhr vom Kindergarten abzuholen, war es fast sicher, dass sich der Termin auf elf Uhr verschob und ich mit feuchten Händen die Minutenzeiger auf der Uhr beobachtete, anstatt mich auf die Arbeit zu konzentrieren. Umgekehrt geschah es auch, dass während eines extrem wichtigen Meetings der Kindergarten anrief, um mitzuteilen, dass Till die drei Berliner, die er zur Faschingsfeier im Kindergarten gegessen hatte, wohl nicht so gut bekommen wären. Ich sollte ihn doch bitte gleich abholen. Ich kam mir vor wie beim Wettlauf zwischen Hase und Igel. Ich lief immer schneller, um meinen selbst aufgestellten Plan einhalten zu können und schaffte es doch nie. Kurz dachte ich daran, die Arbeit wieder aufzugeben, aber das wollte ich nicht. Ich wollte arbeiten und ich wollte die Familie. Und ich lernte, dass Improvisation kein Schimpfwort ist. Dass es nichts mit versagen zu tun hat, wenn man vom Plan abweicht oder jemanden um Hilfe bittet.

Organisation ist nicht alles. Ja, sie ist wichtig und ich mache immer noch gern Listen. Ich habe aber gelernt, nicht zwanghaft an meinen Plänen festhalten zu wollen. Statt zu versuchen, für alle Eventualitäten gewappnet zu sein, lasse ich die Dinge auch mal auf mich zukommen.

Ich bin heute nachsichtiger mit mir selbst, aber auch mit anderen. Leicht resigniert habe ich akzeptiert, dass wir zu

Verabredungen immer 15 bis 20 Minuten zu spät kommen. Ich stehe auch nicht mehr fünf Minuten nach der verabredeten Zeit mit schwitzender Oberlippe und schwer atmend am Fenster, um nach dem unpünktlichen Besuch Ausschau zu halten.

Ich habe fast sechs Jahre gebraucht um zu verstehen, was für ein wunderbares Geschenk dieses Chaos für unser verplantes Leben bedeutet. Und wenn mein dreijähriger Sohn Jan, wie jetzt gerade, mit seinem Spielzeugfotoapparat breit grinsend vor mir steht und sagt, »Mama, bitte lächeln!«, dann bin ich nur ganz kurz geneigt, ihm zu erklären, dass es eine Spielzeit und eine Arbeitszeit gibt und dass Mami jetzt Arbeitszeit hat. Ich halte inne, schau mir mein wunderbar glückliches Kind an und lächle.

Von:	Hanna
Gesendet:	Mittwoch, 15. Juli 2009, 15:17
An:	Maxi
Betreff: AW:	Neue Kolumne

Liebe Maxi,

das müsste ich mal hier in Mönchengladbach bringen: Einfach der Verkäuferin sagen, sie soll alle pinken Schuhe wegräumen. Die würde mich doch glatt fragen, ob ich noch ganz gesund bin.

Deine neue Kolumne spricht mir sozusagen aus der Seele. Ja, es stimmt. Organisation und Kinder sind zwei Begriffe, die sich abstoßen. Es sind zwei Welten. Das wissen nur Eltern. Alle, die keine Kinder haben, können sich das gar nicht vorstellen, dass wir den Begriff Organisation ganz einfach aus unserem Wortschatz streichen können, wenn wir nicht jemanden haben, der gegebenenfalls einspringt. Ich habe Glück, ich habe Lieschen.

Einen ruhigeren Nachmittag,

Kuss,
bis bald,
Hanna

7

Einige Tage nach Lennarts Geburtstag saß ich mit Andrea bei Mario und analysierte das Desaster.

»Eigentlich kann Lennart einem leidtun. Er wird jeden Tag vor diesem riesengroßen Flatscreen-Fernseher und der PlayStation geparkt, während seine Mutter in die ewige Jugend investiert.« Ich hatte tatsächlich großes Mitleid mit dem Jungen. Armes reiches Kind. Allein der Gedanke daran, dass seine Mutter nicht einmal beim Kuchenessen dabei war, trieb mir schon wieder die Tränen in die Augen.

»Typisch Maxi. Da kommt irgendein Straßenköter, pinkelt dir ans Bein und du hast auch noch Mitleid mit dem armen Wadenbeißer und vermutest gleich, dass er bestimmt von seinem letzten Besitzer misshandelt worden ist. Entschuldige nicht immer das Fehlverhalten von anderen. Lennart ist ein kleines Ekelpaket und seine Mutter eine blöde Ziege. Und jetzt sei sauer, geh hin und verlange dein Honorar. Das steht dir zu!«

»Ich kann die Dinge nicht so sehen wie du. Hätte ich meinen Job richtig gemacht, wäre es nicht so weit gekommen. Ich habe mich überschätzt oder besser gesagt, ich habe die soziokulturellen Unterschiede unterschätzt. Menschen, die in so verschiedenen Welten leben wie Cindy und ich, haben einfach auch sehr unterschiedliche Vorstellungen von einem schönen Geburtstagsfest. Wir sind geprägt von eigenen Werten und die spiegeln sich natürlich in unserem ganzen Verhalten wider. Das wurde mir nach dem Fest schmerzlich bewusst. Wenn ich ehrlich bin, wusste ich das schon bei meinem ersten Besuch bei Cindy, aber ich habe es nicht wahrhaben wollen. Mir hat die Idee mit den Kindergeburtstagen so gut gefallen, dass ich meine Zweifel einfach verdrängt habe …« In diesem Moment trat Mario an den Tisch, um unsere Bestellung aufzunehmen.

»Meine Damen. Latte macchiatio, wie immer? Maxi, wie guckst du denn heute aus der Wäsche? Du siehst aus wie ein Kind, dem man den Luftballon zerstochen hat.« Sah ich wirklich so niedergeschlagen aus, wie ich mich fühlte?

»Nicht mein Luftballon, meine Träume sind zerplatzt. Ich finde einfach keinen Job. Ich weiß bald nicht mehr, wie wir unsere Rechnungen bezahlen sollen und alles nur, weil ich Kinder habe. Kinder, die einmal die Renten der Menschen bezahlen sollen, die gerade ein Vermögen anhäufen, weil sie keine Kinder haben. Jetzt jammer ich schon wieder. Das wollte ich nicht. Vergiss alles. Zwei Latte macchiato bitte, vielen Dank.« Leicht verwirrt verließ Mario unseren Tisch und kümmerte sich um die Bestellung. »Andrea, ich will mich nicht mehr so hängen lassen. Jetzt fällt es sogar schon anderen auf, dass ich deprimiert bin. Das kann so nicht weiter gehen. Meine Kinder haben eine fröhliche Mama verdient.«

»Was suchst du denn für einen Job?« Mario war an unseren Tisch zurückgekommen, allerdings ohne Getränke.

»Wieso?« Mir war nicht klar, worauf er hinauswollte. Andrea schaltete schneller.

»Maxi ist Betriebswirtin und war Produktmanagerin in der Medizintechnik. Sie ist aber auch eine super Eventmanagerin.« Typisch Andrea. Gleich machte sie wieder Werbung für ihre Freundin, obwohl die doch gerade erst so versagt hatte.

»Also eine Eventmanagerin ist genau das, was ich dringend brauche. Meine Veranstaltungen wachsen mir langsam über den Kopf. Es macht mir ja wirklich Spaß, aber neben dem Café-Alltag ist das kaum zu schaffen. Ich habe schon überlegt, ob ich die Veranstaltungen wieder zurückfahren soll, aber sie kommen so gut an. Deshalb habe ich beschlossen, jemanden einzustellen, der mich bei den Veranstaltungen unterstützt.«

»Da findest du keine bessere als Maxi. Kinder, das müssen wir gleich feiern. Mario, bring drei Gläser Sekt. Darauf stoßen wir an.«

»Jetzt mach mal langsam, Andrea. Du weißt doch gar nicht, ob Mario mich überhaupt will.« Ich versuchte, Andreas Euphorie etwas zu bremsen. Es war mir unangenehm, dass sie mich Mario so aufdrängen wollte.

»Maxi, ich wäre sehr froh, wenn wir es zusammen versuchen würden. Ich habe gar nicht die Zeit für eine große Vorstellungsrunde. Außerdem kenne ich dich doch schon besser als alle, die sich hier in einem 30-Minuten-Gespräch vorstellen würden.« Mario sah mich mit einem strahlenden Lächeln an.

»Wie hast du dir die Arbeit denn zeitlich vorgestellt? Ich kann eigentlich nur vormittags arbeiten. Und abends und an Wochenenden, wenn die Veranstaltungen sind, natürlich auch. Da kann ja Alex auf die Kinder aufpassen.« Ich hatte Sorge, dass Mario bei dieser zeitlichen Einschränkung wieder einen Rückzieher machen würde.

»Das passt doch perfekt. Mir ist es egal, wann du die Events vorbereitest. Hauptsache, du bist zu den Terminen da. Denk mal drüber nach. Ich würde mich wirklich sehr freuen, wenn du mich hier unterstützt.«

»Vielen Dank, Mario. Ich freue mich über dein Vertrauen. Ich red heute Abend mit Alex darüber und geb dir dann Bescheid.« Egal, was aus dieser Sache werden würde, es tat einfach gut, dass es überhaupt jemanden gab, der in mir eine Bereicherung seines Teams sah.

»Na also, glaub mir, das wird ganz toll. Und jetzt mach ich euch euren Kaffee.«

Abends erzählte ich Alex von Marios Angebot.

»Klingt doch super. Das macht dir bestimmt Spaß«, war sein Kommentar. Daraufhin nahm er sich eine Handvoll Erdnüsse aus der Schale und las weiter in der Tageszeitung.

»So einfach ist das nicht, Alex. Es gibt 1000 Dinge, die ich bedenken und abwägen muss. Ich hatte gehofft, du würdest mir dabei helfen.« Ich war enttäuscht über sein mangelndes Interesse an meiner beruflichen Zukunft.

»Was musst du denn da großartig abwägen? Im Moment hast du keine Arbeit. Wir brauchen aber jeden Cent. Mario bietet dir eine Arbeit an, die dir prinzipiell Spaß macht. Das Mario's und das Publikum dort magst du auch gern. Du hast nichts zu verlieren. Wo ist das Problem?« Für Alex war die Entscheidung so einfach wie die Wahl des Mittagessens.

»Du hast keine Ahnung, was in mir vorgeht. Zum einen sind da die Kinder. Schaffe ich die Arbeit wirklich neben dem Haushalt? Was ist, wenn ich eine Veranstaltung habe und du bist auf einer Geschäftsreise? Kriege ich die Arbeit überhaupt so hin, dass Mario zufrieden ist? Wenn ich versage, kann ich nie wieder in mein Lieblingscafé gehen. Und du fragst mich, wo das Problem ist.«

»Das ist jetzt aber nicht dein Ernst, Maxi. Erst jammerst du, dass du keine Arbeit findest. Dann klopft die Arbeit buchstäblich an deine Tür und plötzlich überlegst du, ob du den beruflichen Anforderungen überhaupt gewachsen bist. Maxi, du hattest ein Einser-Abi, eine Eins im Diplom. Du bist Produktmanagerin, hast jahrelang erfolgreich einen eigenen Produktbereich geleitet und die Events nebenher aus dem Ärmel geschüttelt. Mario kann froh sein, wenn er dich kriegt. Und glaub mir, das wird er auch sein. Der hat dir nicht umsonst den Job ohne Zögern angeboten. Außerdem bist du für den Haushalt ja wohl nicht allein verantwortlich. Ich unterstütz dich doch, und die Kinder können langsam auch mal mit ran. Wir sind eine Familie. Natürlich schaffen wir das.« Das war der Zuspruch, den ich mir von meinem Mann erhofft hatte. Es tat so gut, dass er nach all den Jahren immer noch so sehr von mir überzeugt war. Ich kuschelte mich dicht an ihn.

»Danke, Alex. Das habe ich gebraucht. Nach all den Pleiten der letzten Zeit hat mein Selbstbewusstsein einige Kratzer. Wenn dich niemand haben will und nichts klappt, glaubst du auch nicht mehr richtig an dich selbst. Aber du hast ja recht. Ich habe meinen Job gut gemacht. Sehr gut sogar. Dass sie mich nicht mehr wollten, liegt nur daran, dass dieses Unternehmen unflexibel ist. Und dass der Geburtstag in die Hose gegangen ist, war auch nicht meine Schuld. Die Familie ist so verkorkst, da hätte sogar ein Robinson-Animateur versagt. Morgen gehe ich zu Mario und frag ihn, ob er mich noch will.«

Von:	Maxi
Gesendet:	Donnerstag, 16. Juli 2009, 13:42
An:	Hanna
Betreff:	Neuer Job?

Liebe Hanna,

ich habe ein Jobangebot. Das heißt, ich habe irgendwie ein halbes Job-Angebot. Ich war heute mit meiner Freundin Andrea in unserem Lieblingscafé. Der Wirt, Mario, hat mitbekommen, dass es mir zurzeit nicht so gut geht und ich auf Jobsuche bin. Da hat er mich gefragt, ob ich ihn bei seinen Veranstaltungen unterstütze. Die sind immer total gut besucht. Er hat einfach das richtige Händchen bei der Auswahl der Künstler. Viele Leute mieten das Mario's für Familien- oder Firmenfeiern, weil die Atmosphäre da so toll ist. Ich weiß gar nicht, wie ich es beschreiben soll. Es ist völlig normal und doch besonders. Es fühlt sich da einfach jeder wohl. Die Friseurin genau so wie der Bankdirektor. Wenn du reinkommst, riecht es schon nach Italien; aber nicht nach Knoblauch wie in der Pizzeria um die Ecke, sondern nach Olivenhain, Zitronenbäumen, Pinienwäldern und Meer. Ich frag mich, wie Mario das hinkriegt. Vielleicht gibt es ja einen Raumduft Italia. Die Einrichtung finde ich total schick: Die Stühle und Bänke sind mit cappuccinofarbenem Leder überzogen, die Tische aus massivem Nussbaumholz. An den Wänden hängen schwarzweiß-Fotografien von Marios Familie in Italien. Und Mario ist super. Immer nett, immer gut drauf. Ich glaube, ich würde das richtig gern machen. Aber ich bin so unsicher, ob er mich wirklich will. Er hat mir den Job zwar angeboten, aber eigentlich hat Andrea mich ihm aufgedrängt. Sie hat ihm erzählt, wie toll ich bin und so. Deshalb weiß ich auch nicht, wie ernst er das gemeint hat.

Wie läuft's mit JobsForMums? Drück Franziska von uns. Till vermisst sie. Jan macht mich fertig. Der kleine Chaot ist neulich mit seinem Roller abgehauen. »Iss wollte nur zum Bäcker!« Der ist ja auch nur einen Kilometer entfernt! Ich bin froh, wenn ich dieses Kind heil groß bekomme.

Viele liebe Grüße in die Heimat,
Maxi

Von: Hanna
Gesendet: Donnerstag, 16. Juli 2009, 14:01
An: Maxi
Betreff: AW: Neuer Job? – Greif zu!

Liebste Maxi,

das klingt doch genial! Ich habe dir ja gesagt, dass du für etwas viel Größeres bestimmt bist, und es war auch immer da!

Jetzt bist du wieder so unsicher. Maxi, dein Ego war auch mal besser. Sicherlich ist das Angebot ernst gemeint. Andrea hat es genau richtig gemacht. Wer nicht wirbt, der stirbt.

Wo ich es gerade schreibe. Ich rühre die Werbetrommel, schreibe fleißig weiter meine Blogs. Deine Kolumnen sind toll und puschen die ganze Sache weit nach vorn. Lieschen unterstützt mich auf der ganzen Linie, sodass ich richtig viel arbeiten kann. Finanziell sichtbare Erfolge kann ich jedoch noch nicht verbuchen. Und mein Bruder sagt stets: »Dann musst du noch mehr arbeiten!« Der ist lustig. Ich wünsche ihm von ganzem Herzen, dass ihm der Storch Zwillinge über Mallorca abwirft, damit er sieht, wie einfach das doch alles ist.

Franziska und ich vermissen euch. Warum wohnt ihr auch am AdW? Mit Jan machst du gerade deine Forschungsarbeit mit Ziel Promotion.

Liebste Grüße, eine feste Umarmung an euch, bis bald,
Hanna

Von:	Maxi
Gesendet:	Donnerstag, 16. Juli 2009, 14:13
An:	Hanna
Betreff:	AW: Neuer Job? – Greif zu!

Liebe Hanna,

vielen Dank für deinen Zuspruch. Du hast recht, mein Ego war schon mal besser. Viel besser sogar. Vor Jahren hat mir mal eine Freundin gesagt, dass das Hausfrauendasein aufs Selbstbewusstsein drückt. Damals stand ich noch mit beiden Beinen im Berufsleben und dachte, mir würde so etwas nie passieren. Es ist doch eine total wichtige Aufgabe, den Kindern ein schönes Zuhause zu bieten und sie nach allen Möglichkeiten zu fördern. Klar, ist es auch – sehe ich auch heute noch so. Trotzdem hatte meine Freundin recht. Heute weiß ich, dass es etwas mit Geld zu tun hat. Wenn man für das, was man tut, nicht bezahlt wird, dann ist es auch nichts wert. Das zieht sich durch alle Lebensbereiche. Welchen Stellenwert hat denn das Ehrenamt? Da leben doch nur ein paar Besessene ihre Hobbys aus. Schön, wenn Hausfrauen im Weltladen hinterm Tresen stehen. Die langweilen sich ja sonst nur. So ist das Bild in der Gesellschaft. Was nichts kostet, taugt auch nichts. Aber auch das ist eine interessante Erfahrung.

Wie dem auch sei, es wird Zeit, dass ich wieder bezahlt werde für das, was ich tue.

Liebe Grüße an Liesken und Franziska,
Maat et jut,
Maxi

Von: Hanna
Gesendet: Donnerstag, 16. Juli 2009, 15:32
An: Maxi
Betreff: Mein Blog Artikel – Deine Meinung ist gefragt.

Liebe Maxi,

Du hast recht damit, dass das, was man tut, erst dann Anerkennung findet, wenn auch Geld fließt. Es gibt bei mir auch immer wieder diese Momente, in denen ich denke, ich sollte vormittags lieber 4 Stunden putzen gehen, damit ich hier verdammt noch mal Geld nach Hause bringe. Es gibt viele Anzeigen, die nach osteuropäischen Haushaltshilfen mit Deutschkenntnissen suchen. Den osteuropäischen Akzent kriege ich bestimmt noch hin. Bei meinem Glück wäre dann aber die Arbeitgeberin garantiert eine reiche Mutti aus der Kita. Allein der Gedanke daran hält mich davon ab. Ich musste eben selbst lachen.

Inspiriert durch das Gespräch zweier Mütter beim Ballett und natürlich auch durch meine täglichen Erfahrungen und Beobachtungen habe ich diesen Artikel geschrieben.
Wie findest du ihn?

Kinderbetreuung! – oder Aufbewahranstalt?

Mit Absicht habe ich diesen Titel für meinen heutigen Blog gewählt, liebe LeserInnen, denn ich stelle mir diese Frage tatsächlich.

Meine Tochter geht in den Kindergarten. Ein Garten für Kinder, klingt doch wunderschön! Doch morgens, wenn ich sie bringe, habe ich keinerlei Eindruck von Idylle, sondern von stressiger Abfertigung der kleinen Insassen. Ja, Insassen mit Freigang. Manche haben ihren Freigang ab 12.30 Uhr, andere ab 14.30 Uhr und die Ganztagsinsassen ab 16.30 Uhr. Zu wenige Betreuerinnen! Zu viele Kinder! Es kann so kein vernünftiger und für alle Seiten zufriedenstellender Erziehungsauftrag erfüllt werden!

So viel Geschrei um nichts!

Es müssen Kindergartenplätze geschaffen werden, damit wir Mütter endlich arbeiten können! Es müssen Kindergartenplätze für unter Dreijährige geschaffen werden, weil nun geschiedene Ex-Ehefrauen, die laut neuer Gesetzgebung keinen Anspruch auf Unterhalt haben, arbeiten gehen müssen.

Nur, von welcher Art Arbeit reden wir da? Reden wir von Arbeit, die so viel Einkommen einbringt, damit die Familie nicht zusätzlich noch staatliche Unterstützung beantragen muss?

Vollzeitjob und Mutter funktioniert nur mit familiärer Unterstützung oder Unternehmen, die familienfreundlich sind! Ansonsten schließen sich diese zwei Begriffe aus. Und da können wir noch so lange diskutieren und alles schönreden, aber hier in Deutschland sind eine Vollzeitberufstätigkeit der Frau und eine vernünftige Kindererziehung zur selben Zeit nicht möglich!

Seit Jahrzehnten wird dieses leidige Thema diskutiert und es werden immer wieder mal irgendwelche Lösungen angeboten. Unsere Kinder werden nicht vernünftig betreut, sie werden nicht gefördert.

Einen Rechtsanspruch auf Nachmittagsbetreuung, wenn das Kind in die Schule kommt, gibt es nicht. Das ist total verrückt. Wir sollen zwar unsere unter dreijährigen Kinder in der Kita abgeben, damit wir arbeiten können. Aber sobald diese Kinder schulpflichtig sind, können wir unsere Jobs an den Nagel hängen, weil kein Rechtsanspruch auf Betreuungsplätze besteht. Ergattern wir dann doch einen Platz, damit unsere Kinder nach der Schule auch noch bis 16.30Uhr betreut werden können, dürfen wir nicht allzu viel erwarten. Ich frage mich, was das für eine Betreuung ist, wenn im Halbjahreszeugnis die Erledigung der Hausaufgaben bemängelt wird.

Dann ist mal wieder die Mutter schuld. Ja, wer denn sonst? Warum geht die auch arbeiten?

Liebe LeserInnen, wir drehen uns im Kreis und wissen Sie, was mich immens ärgert? Dass wir Mütter nicht auf die Straßen gehen und richtig Rabatz machen! Wo ist der Kampfgeist unserer Mütter bloß geblieben?

Ihre Kommentare sind willkommen!
Ihre Hanna.

Von:	Maxi
Gesendet:	Donnerstag, 16. Juli 2009, 17:51
An:	Hanna
Betreff:	Neue Kolumne
Anlage:	Unter Windmaschinen.doc

Meine liebe Hanna,

stell mir doch nicht so schwierige Fragen. Also der Artikel

ist auf jeden Fall sehr emotional, wodurch sich die Sprache stellenweise etwas überschlägt. Vielleicht gehst du noch mal drüber, bevor du ihn postest.

Inhaltlich hast du ja recht, obwohl du nicht alle über einen Kamm scheren darfst. Es gibt wirklich eine ganze Reihe engagierter Erzieherinnen, die trotz miserabler Bezahlung und völlig verzogener Kinder einen tollen Job machen. Da bin ich wieder beim Punkt Bezahlung. Private Bildungseinrichtungen genießen automatisch einen hervorragenden Ruf, nur weil sie einen Haufen Geld kosten. Aber das Thema will ich jetzt gar nicht vertiefen, sonst sind wir mitten in einer bildungspolitischen Diskussion, die wir sowieso nicht lösen können.

Du fragst dich, wo der Kampfgeist ist? Ruhiggestellt mit Wohlstand. Man könnte auch sagen: Generation Convenience! Da schließ ich mich gar nicht aus. Warum gibt es Privatfernsehen rund um die Uhr? Damit wir permanent abgelenkt sind und keine unbequemen Fragen stellen. In dem Grönemeyer-Lied ›Jetzt oder Nie‹ aus den 80ern heißt es: ›Wie eine träge Herde Kühe schaun wir kurz auf und grasen dann gemütlich weiter‹. Lies dir mal den ganzen Text im Internet durch. Passt wirklich gut.

Aber jetzt noch was zum Schmunzeln. Meine neue Kolumne, gerade fertig geschrieben.

Anlage:

Unter Windmaschinen

Windmaschinen. Man begegnet ihnen in jedem Unternehmen. Es gibt sie in männlicher und weiblicher Ausführung. Eine Ver-

sammlung mehrerer Windmaschinen in einem Unternehmen bezeichnet man als Windpark.

Gemeint sind die furchtbar wichtigen Kolleginnen und Kollegen, die morgens generell eine halbe Stunde später als alle anderen kommen, weil sie am Abend zuvor ›... mal wieder eine Nachtschicht ...‹ einlegen mussten. Deshalb führt sie ihr erster Gang am Morgen auch gleich zur Kaffeemaschine. Wer bis spät in die Nacht arbeitet, braucht erst mal Koffein. Voll Eifer stürzt man sich dann in die Arbeit, indem man seine Kollegen per Rundruf darüber informiert, dass man jetzt bis zum 11.30 Uhr-Meeting im Office ist. Dann werden mit flinken Fingern einige E-Mails formuliert, in denen zumeist Freunde über die Erlebnisse der vergangenen, feucht-fröhlichen Nacht informiert werden. Die Teamassistentin bereitet derweil die Unterlagen für die Besprechung beim Chef vor. Um 11.25 Uhr rauscht man dann schnellen Schrittes zum wichtigen 11.30 Uhr-Termin, dem Mittagessen mit der besten Freundin. Bis zum Mittag haben unsere Windmaschinen effektiv nichts produziert. Nichts außer Wind, der den Kollegen ins Gesicht bläst. Den Nachmittag lässt man dann etwas ruhiger angehen; das Mittagessen will erst verdaut werden. Aber spätestens nach dem Kaffee um 14 Uhr findet man zur gewohnten Geschäftigkeit zurück, immerhin ist um 15.30 Uhr ein tatsächlich wichtiger Termin, und bis dahin müssen die fleißigen Helfer alle anstehenden Aufgaben erledigt haben. Also muss das Team zu Höchstleistungen motiviert werden, was in der Praxis so aussieht, dass jeder seine Arbeit auf der Stelle unterbrechen muss, um den Termin perfekt vorzubereiten. ›Wir sind ein Team. Eine Hand wäscht die andere.‹ Sollte es dann am Abend tatsächlich einmal etwas später werden, informiert man die Kollegen per Rundmail um 21.30 Uhr (Seht, ich Armer bin jetzt noch im Büro.) darüber, dass man am nächsten Tag einen Home-Office-Tag einlegt.

Wie schon erwähnt trifft man in jedem Unternehmen auf eine oder mehrere Windmaschinen, meistens im Mittleren Management. Wie sie es dorthin geschafft haben, ohne effektiv viel zu leisten? Indem sie Wind produzieren. Sie schmücken sich mit Erfolgen, die andere erarbeitet haben, und sie scheuen sich nicht, auf wichtige Menschen zuzugehen, um ihr Netzwerk zu erweitern. Denn während andere für ihr Unternehmen arbeiten, basteln Windmaschinen an ihrer Karriere. Sie konzentrieren ihre Energie auf ihr eigenes Vorwärtskommen, was man ihnen in einer Zeit, in der die meisten Unternehmen einem großen Konzern angehören, deren Vorstand keinerlei soziale Verantwortung gegenüber seinen Mitarbeitern verspürt, nicht einmal verdenken kann.

So sehr man sich als engagierter Mitarbeiter aber über Windmaschinen im Unternehmen ärgern mag, sie haben auch eine Daseinsberechtigung: als Prellbock zum Beispiel, denn oft sind sie es, die neue Rechte für sich erkämpfen, von denen später auch andere Mitarbeiter profitieren. Sie dienen sogar dem Teamgeist, denn das kollektive Feindbild schweißt die übrigen Mitarbeiter enger zusammen, lässt deren Zusammenhalt wachsen.

Man kann die Menschen nicht ändern, also lassen wir die Windmaschinen weiter heiße Luft produzieren. Wenn wir es schaffen, uns von ihrer Geschäftigkeit nicht beeindrucken und uns vor allen Dingen nicht von unserer eigentlichen Arbeit abhalten zu lassen, dann kann so eine Windmaschine auch durchaus zum Unterhaltungswert im Unternehmen beitragen. Denn wenn man sich entspannt zurücklehnt, erlebt man sicher einen Auftritt, über den man schmunzeln darf.

Von: Hanna
Gesendet: Donnerstag, 16. Juli 2009, 18:22
An: Maxi
Betreff: AW: Neue Kolumne

Hallo allerliebste Freundin,

ja klar ist der Artikel emotional. Warum auch nicht? Sachliche Berichte zu dieser Thematik finden wir überall. Und es wurmt mich, dass trotz aller Diskussion nix passiert.

Generation Convenience ist ein treffender Begriff.

Mit dem Lied von Grönemeyer hast du recht. Jegliches Auflehnen und Kämpfen kostet uns Kraft, die wir vielleicht nicht aufbringen wollen.

Deine Kolumne kommt da ganz gut als Erfrischung zwischendurch. Die JobsForMums.de-Blog-LeserInnen brauchen Gedankenanstöße in jegliche Richtung. Und ich finde, dass wir uns beide sehr gut ergänzen.

›Unter Windmaschinen‹ ist super, super, super. Wo ziehst du bloß die Themen raus? Spitze! Mach weiter so.

Liebe Grüße und eine feste Umarmung,
deine Hanna

PS: Stichwort Bezahlung. Sorry, aber ich kann aktuell auch nicht für deine Kolumnen zahlen. Wird aber nachgeholt, versprochen. Das erinnert mich an das Geld leihen in unserer Jugend. Grins!

7

Ich lief auf Hochtouren und kam mir schon vor wie ein Workaholic. Ich arbeitete immer mehr, um alle Punkte auf meiner To-do-Liste abhaken zu können. Und ich spürte, dass ich meinem Ziel deutlich näher kam.

Wenn ich Franziska nachmittags vom Kindergarten abholte, gingen wir bei schönem Wetter in den Bunten Garten auf den Spielplatz. Der Spielplatz sah noch genauso aus wie zu meinen Kindertagen. Das alte Klettergerüst, der große Turm mit der Rutsche und das Karussell, in dem mir früher schon schlecht geworden war. Egal, die frische Luft tat mir gut. Und ich genoss die Zeit mit Franziska, obwohl ich nie so richtig abschalten konnte.

Mittwochs brachte Lieschen Franziska nach dem Mittagessen zum Ballett und zur Musikschule. Dort hatte sie Bekanntschaft mit anderen Omas gemacht. So hatte sie beim Warten nette Gesellschaft. Wir hatten uns organisiert und waren stolz darauf. Alles lief, aber Zwischenfälle waren nicht eingeplant. Was sollte uns in unseren Plan auch dazwischen kommen?

»Kint, üvernämm disch net, du jönnst disch kin Paus!«, sagte Lieschen, als ich wieder mal einen Turbotag eingelegt hatte.

»Ja, würde ich gern, aber laut meiner Planung hätten bis jetzt einige Arbeitgeber die Gratisanzeigen nutzen sollen, und ich hatte, ehrlich gesagt, auch mit ein paar zahlenden Kunden gerechnet, aber es ist noch nichts passiert«, rechtfertigte ich meine Arbeitswut. Lieschen hatte wie immer recht, aber ich konnte jetzt nicht vom Gas gehen. Ich raste mit 180 über die Autobahn und war mir sicher, kurz vor dem Ziel zu sein.

Nur wenige Tage später zwang mich mein Körper zu einer unfreiwilligen Pause. Ich wachte morgens mit furchtbaren Gliederschmerzen und glühendem Kopf auf. Nachdem ich zwei Schmerztabletten eingenommen hatte, legte ich mich wieder schlapp und frustriert ins Bett. Ich hoffte, nach einem Austag wieder fit zu sein. Aber so schnell wie sonst fühlte ich mich dieses Mal nicht besser.

»Seit drei Tagen liege ich jetzt im Bett und versuche mich selbst zu behandeln. Ich werfe ständig Ibuprofen ein, aber es wird einfach nicht besser. Dieser Schüttelfrost und das Fieber machen mich fix und fertig. Gestern Nacht habe ich alles nass geschwitzt, aber kaum hatte ich trockene Klamotten an, ging es wieder von vorn los«, beschwerte ich mich bei Lieschen.

»Kind, du bist total erschöpft. Du häs wirklisch vill jearbedet un häs disch kin Ruh jejönnt. Du muss zum Arzt jonn. Selbst krichse dat nit hin.« Lieschen machte mir einen Tee, während ich duschte. Sie rief sogar bei meiner Hausärztin in der Bismarckstraße an und meldete mich an.

Ich fühlte mich hundeelend. Seit Tagen hatte ich nichts mehr für JobsForMums.de gemacht. Und ich hatte ein super schlechtes Gewissen. Lieschen kümmerte sich nun fast rund um die Uhr um Franziska, wir wohnten immer noch gratis bei ihr, und seitdem ich krank geworden war, kochte sie auch noch für uns. Wie sollte ich mich erkenntlich zeigen? Wie konnte ich ihr das alles jemals zurückgeben? Wenn ich mit meinem Projekt auf der Nase landen würde, dann wohl niemals. Und die Zeit, die ich mit meiner Tochter verpasst hatte, wäre dann auch noch umsonst gewesen. All das ging mir durch den Kopf, als ich mit dem 9er Bus vom Maria-Hilf-Krankenhaus die Stadt hinunterfuhr. »Nächste Haltestelle Galeria Kaufhof«, ertönte die computergesteuerte Frauenstimme. Ich stieg aus und schleppte mich zur Ärztin. Eine alte Dame rauschte mit ihrer Gehhilfe an mir vorbei. So ein Teil hätte ich jetzt auch gut gebrauchen können.

»Guten Morgen, Frau Duplancic«, sagte die freundliche und wie immer gut gelaunte Arzthelferin.

»Guten Morgen, Frau Müller«, erwiderte ich matt. »Frau Schmitz hat mich bereits telefonisch angekündigt. Ich habe bestimmt eine Grippe. Ich brauche Antibiotika, und dann wird es mir sicherlich wieder gut gehen.«

»Gehen Sie ruhig sofort durch, linkes Zimmer, bitte.«

»Hallo, Frau Duplancic«, begrüßte mich meine Ärztin mit einem sorgenvollen Blick. »Was kann ich für Sie tun?«

»Ich habe bestimmt wieder eine Grippe. Wie jedes Mal, wenn das Wetter so schnell umschlägt. Ich habe schon jede Menge Ibuprofen geschluckt, aber es ist nicht besser geworden.«

Was nun folgte, war klassische Ausschlussmedizin. Den Begriff hatte Lieschen geprägt. »Isch muss mal zu dat Ausschlussmediziner!«, sagte sie gern, wenn sie ein Wehwechen plagte, von dem sie nicht wusste, woher es rührte. Einer ihrer Enkel studierte Medizin in Münster, und als er sie das letzte Mal besucht und sich darüber beschwert hatte, dass er so viel lernen musste, hatte sie ihm sehr schön diese besondere Form der Heilkunst erklärt: »Ja, du muss och vill lerne min Jung, denn als Arzt musste alle Krankheiten kenne, die et jibt. En Arzt fängt an, dat, wat du vielleisch nit hass, erstemal auszuschließe un kütt so zu ener Diajnose mit Medikamenteverochtnung, ine Rejel Antibiotika, denn die wirken meistens jejen alles Möschlische.«

»Haben Sie Halsschmerzen, Husten, Schnupfen?«, fragte meine Ärztin.

»Nein, ich habe keine Halsschmerzen und keinen Husten, Schnupfen habe ich auch nicht! Ich habe Kopf- und Gliederschmerzen. Mir tut der Rücken weh. Ich habe seit mehreren Tagen Fieber und Schüttelfrost, fühle mich total schlapp. Seit Tagen versuche ich mich selbst zu kurieren, aber ich glaube, da hilft wohl nur noch ein Antibiotikum.«

»Brauchen Sie eine Arbeitsunfähigkeitsbescheinigung?« Ich musste lachen.

»Ja, die kann ich mir dann auf die Stirn kleben. So wie Sie, wenn Sie mal krank sind!« Sie lachte auch.

»Ach ja, Sie sind ja Anwältin.«

»Anwältin? Nein, Frau Doktor, dann wäre ich jetzt schon reich und hätte keine Probleme. Nein, ich habe BWL studiert und beschäftige mich mit Internet-Marketing«, klärte ich sie auf.

»Internet-Marketing? Sie haben so viel Charisma. Ich stelle Sie mir eher vor, wie Sie vor Menschen treten und kämpfen.« Wahnsinn, was für ein Bild Menschen von einem haben. Charisma! Ich und charismatisch. Ich sollte vor Menschen treten und kämpfen.

»Momentan habe ich nur die Kraft, eine Tablette aus der Verpackung zu drücken und mit einem Schluck Wasser runterzuwürgen«, antwortete ich müde lächelnd.

Sie schaute in ihren PC und meinte: »Wir sollten eine

Generaluntersuchung machen, die letzte liegt mehr als zwei Jahre zurück.«

»Klar, das machen wir gern. Sobald ich wieder fit bin.«

Als ich mit dem Rezept in der Hand die Praxis in Richtung Maxmo-Apotheke verließ, gingen mir die Worte meiner Ärztin nicht mehr aus dem Kopf. Es stimmte schon, dass viele Menschen, die mich nur flüchtig kannten, eine immense Stärke in mir sahen. Doch gerade jetzt hatte ich keine Kraft mehr. Ich hatte so viel Energie und Enthusiasmus in JobsForMums.de investiert und bis dato immer noch keine monetären Ergebnisse gesehen. Der Versuch, meine Hausbank um einen Kredit anzuhauen, war bereits in der Sekunde gescheitert, als ich meine Frage gestellt hatte. Frische Mittel, um so lange bezahlte Werbung schalten zu können, bis meine Inbound-Marketing-Aktivitäten fruchten würden, hätten mich sicherlich nach vorn gebracht. Aber wie sollte es auch sein? Wenn einmal der Wurm drin ist, dann kommst du da nicht so einfach raus. Franziska wollte ich meine Sorgen nicht zeigen. Sie sollte ein unbeschwertes Leben führen. Da ich aber auf Dauer gute Laune spielte, obwohl mir schon lange nicht mehr danach war, hatte sich mein Körper jetzt wohl warnend zu Wort gemeldet. Ich hatte meinen Arbeitstag mit Lieschens Hilfe um Franziska herum organisiert. Ich hatte total umgedacht, umgeplant und rund um die Uhr gearbeitet, von Montag bis Sonntag, jeden Tag, jede Woche, viele Wochen lang. Ich hatte Elan gehabt und war so positiv eingestellt, dass ich vor Eifer hätte platzen können. Jeden Tag hatte ich mich selbst motiviert. Maxi und ich hatten im Abitur einen Leistungskurs in Erziehungswissenschaften. Dort ging es um intrinsische und extrinsische Motivation. Bei mir ging gerade jetzt gar nichts mehr. Weder extrinsisch noch intrinsisch. Es hatte sich mit einem Mal für mich ausmotiviert. Mein Körper hatte deutlich Schluss gesagt.

Ich bekam mein Antibiotikum und das obligatorische Maxmo-Rubbellos und fuhr mit dem 19er nach Hause. Lieschen wartete in meiner Wohnung mit einem Kräutertee und verordnete mir Bettruhe. Sie wollte Franziska vom Kindergarten abholen und direkt mit ihr in den Bunten Garten auf den Spielplatz gehen und ein Picknick machen, damit ich schlafen konnte.

»Ach Lieschen, was würde ich ohne Sie tun? Ich weiß nicht, wie ich Ihnen danken kann.«

»Kindsche, komm erst widder op de Been«, antwortete sie lächelnd.

Als ich wieder aufwachte, kamen meine Damen gerade singend durch die Tür. »Das Wandern ist des Müllers Lust …«, trällerten sie in bester Laune. Ich war glücklich, dass ich diese beiden Menschen hatte.

»Und wie jeht et us?«, fragte Lieschen, während mir Franziska um den Hals fiel.

»Super, Antibiotika sind schon was Feines. Die hauen dich um, und du fühlst dich im nächsten Moment wieder wie neu!« Ich fühlte mich wirklich viel besser. Das Fieber war wie weggeblasen. Dafür hatte ich nun leichte Magenschmerzen. Aber das ließ sich aushalten.

Zwei Tage später schaute mich Franziska entsetzt an. »Was hast du denn so komische Flecken im Gesicht und auf den Armen, Mama?«

»Wie?« Ich blickte auf meine Arme. Tatsächlich zeichneten sich dort seltsam rote Flecken ab, und auch meine Beine sahen nicht besser aus. Ich ging ins Bad zum Spiegel. Mein Gesicht hatte sich rot-bläulich verfärbt und war leicht angeschwollen.

»Oh je, was ist denn das? Vielleicht bin ich allergisch auf das Medikament.«

»Ee-Leergiiesch?«, wiederholte Franziska.

»Ja, ich vertrage anscheinend das Medikament nicht, das ich bekommen habe.«

»Dann musst du dir ein neues Kadement holen!«, erklärte sie altklug. Ich musste lachen. Ich liebte es, wenn sie ein so ernstes Gesicht machte, als würde sie alles verstehen.

»Was wäre mein Leben nur ohne dich? Sicherlich gar nicht so schön und lustig auch nicht«, sagte ich und drückte sie ganz fest.

Von: Maxi
Gesendet: Freitag, 24. Juli 2009, 10:45
An: Hanna
Betreff: Neuer Artikel
Anlage: Federpicken.doc

Guten Morgen, liebste Hanna,

habe mal wieder was geschrieben. Ich hoffe, es gefällt dir.

Liebe Grüße,
Maxi

Anlage:

Federpicken

Frauen sind merkwürdig. Ich muss es wissen, ich bin ja selbst eine. Und ich finde, ein typisch weiblicher Zug ist es, sehr viel Energie darauf zu verwenden, bei anderen Frauen nach Schwächen zu suchen und ihnen anschließend die Resultate der aufwendigen Recherche plakativ zu präsentieren.

Als ich nach dem Studium meine erste Stelle in einer neuen Stadt antrat, bemühte ich mich sehr um Anschluss. Ich lernte ein paar Menschen kennen und lud sie bald zur Vertiefung der Beziehungen zum Essen in meine Wohnung ein. Kochen stand während des BWL-Studiums zwar nicht auf dem Lehrplan, aber ich hatte bis dahin sehr gute Erfahrungen damit gemacht, abwechselnd mit Herrn Knorr und Frau Maggi zu kochen. Die zwei sind Profis. Da geht nichts schief. Ich berei-

tete also gemeinsam mit Chefkoch Knorr einen riesigen Topf Chili Con Carne vor, ließ mir von ihm auch noch beim Salatdressing helfen und freute mich auf einen schönen Abend. Der Abend war in der Tat sehr unterhaltsam. Vor allem für die Gäste. Auf die Frage, wie ich denn das Chili zubereitet hätte, antwortete ich wahrheitsgemäß. Ab diesem Zeitpunkt entwickelte sich ein Wettkampf, wer den besten Witz auf meine Kosten machen konnte. Ich kann durchaus über mich selbst lachen, und der ein oder andere Gag war auch wirklich komisch. Gar nicht lustig fand ich es dann, als eine Dame am nächsten Tag feststellte, dass ihr mein Knorr-Chili die ganze Nacht schwer im Magen gelegen hätte. Vielleicht hätte sie den vierten Teller ja nicht mehr nehmen müssen, dachte ich damals düster. Eine Freundin schenkte mir kurze Zeit später das Buch ›Basic Cooking‹, das wirklich jedem Kochmuffel Lust aufs Kochen macht. Heute koche ich ohne Knorr und sogar ohne Kochbuch und das richtig gern. Werde ich zum Essen eingeladen und die Hausfrau lässt schnell die verräterischen Maggi-Tüten im Mülleimer verschwinden, dann freue ich mich und fühle mich geehrt, dass eine Frau, die offensichtlich nicht gut oder gern kocht, mich zum Essen eingeladen hat. Hätte sie ja nicht tun müssen.

Es gibt unzählige Beispiele dafür, wie wir Frauen uns gegenseitig das Leben schwer machen, auf Schwächen herumhacken, damit sich die anderen minderwertig fühlen und man sich selbst ganz toll. Im Büro sind es die Pseudowissenschaftlerinnen, die, vollkommen gleichgültig zu welchem Thema, ihre Sachkompetenz stets mit dem Satz unterstreichen: Ich habe das studiert. In den Krabbelgruppen sind es die Super-Mamas, die ihre Kinder zwei Jahre voll stillen und danach das selbst gezüchtete Gemüse (das Argument, man hätte keinen Garten, zählt nicht. Das geht auch *im Keller; mit entsprechender Beleuchtung) im Thermomix jeden Mittag frisch pürieren. Ich möchte mich über dieses Engagement überhaupt nicht lustig machen. Ich verurteile jedoch, dass für diese Frauen nur ihre Lebensform Gültigkeit hat und alles andere von oben herab halb mitleidig belächelt wird. Wie, du stillst nicht? Entsetzte, ungläubige Gesichter unter den Müttern der Krabbelgruppe, die ich mit meinem Sohn Till besuchte. Nein. Ich stille nicht. Ich habe keine Milch. Nicht mit Nasenspray, nicht mit Kügelchen, nicht mit Malzbier, nicht mit Milchbildungstee, nicht einmal mit gutem Zureden. Tatsächlich hatte ich sehr darunter gelitten, dass ich nicht stillen konnte. Wochenlang hatte ich mich mit allen möglichen Methoden zur Milchbildung gequält und schließlich aufgegeben. Das gibt es nicht. Jede Frau hat Milch. Ich hätte sie schlagen können. Ich saß nah genug an dieser selbstgefälligen Atombusen-Mama, deren Baby gerade laut schmatzend an ihrer Brust saugte. Vermutlich hätte mir das sogar gut getan. Tills sozialer Integration wäre es allerdings nicht dienlich gewesen. Also schwieg ich und hielt mit der Linken meine Rechte fest.*

Auch die Kinder bleiben von herabwürdigenden Vergleichen nicht verschont. Dabei sind die Dinge oft gar nicht so, wie sie dargestellt werden. Ich habe viele Super-Muttis kennengelernt, deren Kinder mit anderthalb Jahren schon trocken sind, mit sechs aber immer noch nachts eine Windel anhaben (nachts zählt ja nicht), die sich mit drei schon den Popo selbst abputzen, komischerweise bei mir mit sieben immer noch brüllen: Ich bin fertig; die sich angeblich von Anfang an im Auto selbst anschnallen, zu mir aber heute noch sagen: Du musst mich anschnallen; die mit vier schon lesen und rechnen können und Brettspiele in englischer Sprache lieben.

Ich frage mich: Was fehlt diesen Frauen? Sex, würde meine Freundin Hanna jetzt antworten. Darüber kann ich mir kein Urteil erlauben. Was aber allen, die andere Lebensformen verurteilen, fehlt, ist Toleranz. Jemandem, der sich hinter einem Studium versteckt oder sich über die Leistungen seiner Kinder profilieren muss, fehlt ein gesundes Selbstwertgefühl.

Vor dem Hintergrund dieser Erkenntnis kann ich den ausschweifenden Lobeshymnen und kleinen Sticheleien (Kann er noch nicht laufen? Oh je! Wart ihr schon beim Arzt?) anderer Mütter mit mehr Gelassenheit begegnen. Die studierten Super-Muttis haben's auch nicht leicht. Aber das darf die Öffentlichkeit nie erfahren!

Von:	Hanna
Gesendet:	Freitag, 24. Juli 2009, 11:38
An:	Maxi
Betreff:	Kolumne

Hallöööchen … ihr Lieben,

bin gerade total krank, Bronchitis und das ganze Zipp-Zapp.

Du wirst es nicht glauben, aber ich bin so glücklich, dass du gerade heute eine neue Kolumne geschickt hast. Da muss ich mir für den heutigen Tag keinen Blog einfallen lassen. Meine Kreativität ist dem Husten zum Opfer gefallen.

Kuss, bis bald
Liebe Grüße an alle

Hanna

Von: Maxi
Gesendet: Freitag, 24. Juli 2009, 15:25
An: Hanna
Betreff: AW: Kolumne

Du Arme! Ich wünsche dir gute Besserung. Lass dich übers Wochenende pflegen. Bei uns ist auch was im Anflug, aber wir ignorieren die ersten Anzeichen alle noch hartnäckig, so wie wenn unbeliebter Besuch an der Tür klingelt und man sich ganz ruhig verhält, damit er wieder geht. Das heißt, der kleinste Anders würde sich wahrscheinlich nicht ruhig verhalten, sondern die Tür aufmachen und brüllen: »Du sollst hier nicht klingeln! Hast du das verstanden? Sonst ess ich deine Jacke auf!« Und so wird er wohl auch die Viren einfach wegbrüllen.

Liebe Grüße
Maxi

Von: Hanna
Gesendet: Dienstag, 28. Juli 2009, 10:19
An: Maxi
Betreff: Ein rein deutsches Problem

Hallo liebste Maxi,

endlich bin ich wieder am Platz, nicht so fit, aber fitter als in den letzten Tagen.

Ich bin krank. Und reagiere auch noch allergisch auf das Medikament. Ich habe meine Ärztin angerufen, die mich sofort zu sich zitiert hat, um mir eine Infusion zu geben. Echtes Dreckszeug, diese Antibiotika. Ich bin gegen den

Wirkstoff Ciprofloxacin allergisch. Sie nahm sich Zeit für mich und wir plauderten, während die Infusion durchlief, über ihren Beruf. Ich fragte sie, wie sie den mit ihrer Familie vereinbaren kann. Schließlich bin ich ja immer im Einsatz für neue Artikel-Ideen.

Du, sie sagte das Gleiche, was ich auch denke. Es ist zwar anstrengend, aber wenn man seine Arbeit gern macht, dann ist das alles gar kein Problem. Sie kommt aus Russland, und dort ist es total normal, dass Frauen

a. sehr gut ausgebildet sind
b. berufstätig sind
c. richtig Geld verdienen und
d. auch noch bis zu vier Kinder haben.

Sie sagte: »Eine Frau kann das alles, warum soll sie es dann nicht tun? Andererseits wird es in unserer Gesellschaft auch vollkommen respektiert, wenn eine Frau sich ihrer Familie widmet. Es wird nicht versucht, die Entscheidungen von erwachsenen Menschen in Frage zu stellen!«

Wir kamen zu dem Schluss, dass dein Stress und mein Stress, liebe Maxi, ein rein deutsches Problem ist. Nur hier in Deutschland wird es so thematisiert, die Rabenmutter oder das Muttertier!

Sie hat die gleiche Erfahrung auf dem Spielplatz gemacht wie ich. »Wie, Sie sind Vollzeit berufstätig? Wie entwickelt sich Ihr Kind? Haben Sie gar kein schlechtes Gewissen?«

Und weißt du, was sie so einer Mutter mal lachend geantwortet hat? »Ja, ich arbeite sehr gern. Mein Ältester wird nach den Sommerferien das Gymnasium besuchen, spielt Tennis und mehrere Instrumente. Ich habe ein sehr gutes

Gewissen, mein eigenes Geld, mein eigenes Leben auch dann, wenn die Kinder aus dem Haus sind oder mein Mann sich eine Freundin zulegt, was ich natürlich nicht hoffe.« Die Unterhaltung war damit beendet.

Die ist doch der Kracher, oder? Muttertier oder Rabenmutter, man wiess net wat schlimmer is, würde jetzt Lieschen sagen.

Franziska ist gestern auch noch gefallen und genau mit dem Kopf auf Lieschens Wohnzimmertisch geknallt. Ergebnis: Platzwunde an der Lippe. Sie hat geblutet wie ein Schwein. Heute sieht es besser aus, ich nenne sie allerdings jetzt Daisy.

Auf ganzer Linie alle beiden Weiber k.o. Egal, das Leben geht weiter. Franziska lässt sich jetzt noch mehr von Lieschen verwöhnen.

Und noch was zum Thema echte Freunde: Wir haben uns in unserer Jugend getroffen, ehrlich, unverfälscht, so wie wir waren. Im Laufe des Lebens (wie sich das jetzt anhört!) merkst du dann aufgrund von vielen schmerzvollen Erfahrungen, dass du keinen neuen Menschen so gut kennen kannst wie deine Sandkasten-Freundin, die Freunde von Kindheit an, weil diese Menschen, eben wie du, eine Geschichte haben. Ich kenne deine ganze Familie, Oma usw. Ich kenne deine Seele irgendwie und du meine. Wir können uns nix vormachen …

Und weißt du, was ich am geilsten finde? Dass wir echt, authentisch geblieben sind.

Ich bin auch sicher, dass die Wahl, die wir in Jugendjahren treffen, genau die richtige ist, weil es da tatsächlich ausschließlich um die inneren Werte geht.

Heute wird man von Menschen immer nach dem beurteilt, was man vorzuweisen hat. Dickes Auto, dickes

Getue ... Irgendwie wird dir jegliche Kompetenz abgesprochen, wenn du keine materiellen Dinge vorweisen kannst. Und fahr doch mal mit Porsche vor oder mit einem gekauften Dr.-Titel. Dann zweifelt keiner an irgendetwas!

Kuss, bis bald,
Hanna

Von: Maxi
Gesendet: Dienstag, 28. Juli 2009, 12:19
An: Hanna
Betreff: AW: Ein rein deutsches Problem

Wow,

ihr Armen! Ihr habt mein volles Mitgefühl.

Deine Mail hat mich zu Tränen gerührt. Das hast du schön gesagt, und ich empfinde es genau so. Im Studium habe ich mich noch voll und ganz so gegeben, wie ich war. Aber mit den Jahren habe ich immer mehr das Gefühl bekommen, ich kann nicht mehr offen sagen, was ich denke. Zumindest nicht, ohne dass gleich die ganze ›Freundschaft‹ in Frage gestellt wird. Und ich habe gelernt, dass die anderen einem auch nicht ehrlich die Meinung sagen, und sei es nur, um einen nicht zu verletzen. Aber genau das erhoffe ich mir von Freunden. Dass sie mir die Wahrheit sagen und mich dadurch vielleicht vor Dummheiten bewahren. Umgekehrt sehe ich es als meine Pflicht an, Freunden zu sagen, wenn sie meiner Meinung nach auf dem Holzweg sind. Aber das ist nicht gewollt.

Ich glaube, in einem Punkt irrst du. Es geht in jungen Jahren nicht alles nur um die inneren Werte. Kinder sind wie ihre Eltern, das hast du selbst mal geschrieben. Und ich sehe im Kindergarten, dass die Kinder, deren Eltern keine Freundschaften, sondern ein oberflächliches Netzwerk pflegen, sich schon genau so verhalten und sich mit den Kindern anfreunden, die die gleichen Signets auf ihrer Kleidung tragen wie sie selbst. Schön, dass Gleichgesinnte so einfach zu erkennen sind.

Du kannst Franziska erzählen, dass ich mal einen Mückenstich auf der Lippe hatte, und da ist sie auf das Dreifache angeschwollen. Ich weiß also, wie sie sich fühlt. Häng die Spiegel ab, bis sie wieder aussieht wie sie selbst.

Viele liebe Grüße und weiterhin gute Besserung
Maxi

Von: Hanna
Gesendet: Mittwoch, 29. Juli 2009, 21:17
An: Maxi
Betreff: ... und doch mein Problem, Rabenmutter

»Neue Schuhe«, grinste Franziska heute Morgen total stolz.
Ich war baff. Wo hatte sie jetzt die Schuhe her?
Na, was meinst du?
Klar, von Lieschen. Die hatte bei Siemes ein »Schnäppsche gemekt«. Toll, und ich habe noch nicht mal mitgekriegt, dass die Alten zu klein geworden waren. Sie war aus den Schuhen herausgewachsen, und die anderen Klamotten waren auch zu klein.

Und Lieschen hat noch einen ganzen Sack voller Kleidung angeschleppt. »Hier, dat sind jute Klamotte!« Anscheinend hatte sie in ihrem Alte-Damen-Klub mein Leben thematisiert. Und ich wollte doch kein Mitleid! Auf jeden Fall haben alle Damen Kleider ihrer Verwandtschaft mitgebracht. Richtig schicke Sachen von Mexx, Zara, Esprit, kaum getragen. Genial!

Laut der gesellschaftlichen Definition bin ich wohl jetzt eine Rabenmutter. Du, und ich fühle mich auch so, gerade jetzt ...

Ich kriege irgendwie nichts mehr von ihrem Leben mit. Als Franziska noch klein war, hatte ich Zeit, diese digitalen Fotobücher zu erstellen, in denen ich alle Fotos, auch die verwackelten, erfasste und alles, was sie erlebte, niederschrieb. Ich führte tatsächlich ein Tagebuch für sie. Ich drehte Videos am laufenden Band und hatte Zeit, mir diese auch immer wieder anzuschauen. Ich war so stolz auf jeden kleinen Schritt, den Franziska tat. Der erste Zahn wurde genauso ausgiebig wie der Geburtstag gefeiert. Ebenso das aufs »Töpfchen gehen« und viele andere Dinge. Einfach alles. Ein riesiges Tammtamm haben wir um die Kleine gemacht. Das wurde mir auf jeden Fall von meiner ganzen Familie bestätigt. Regelmäßig versorgte ich die Großeltern, Tanten, Onkels, Cousinen und Cousins mit aktuellem Bildmaterial. Ich muss ihnen sicherlich so richtig auf die Nerven gegangen sein.

Seit Marcs Tod habe ich es nicht mal mehr geschafft, Fotos zu machen. Die Zeit rennt und ich habe fast nichts, was unsere gemeinsame Zeit widerspiegelt, fast nichts, woran wir uns eines Tages mal erinnern können. Irgendwie rinnt mir die Zeit durch die Finger. Unwiederbringlich. Ich fühle mich schlecht.

Kuss,
Hanna

8

Auf dem Weg zu Mario wurde ich erneut von Selbstzweifeln geplagt. Was, wenn er mir den Job doch nur aus Mitleid angeboten hatte und nun hoffte, ich würde ihn nicht mehr darauf ansprechen? Ich sah ihn vor meinem geistigen Auge schon peinlich berührt, irgendwelche Ausreden stammeln. Vermutlich würde er es auch auf die Wirtschaftskrise schieben, dass er mich nun doch nicht einstellen konnte. Mit einem dicken Kloß im Hals betrat ich sein Café.

»Mario, du musst mir ganz ehrlich sagen, wenn du die Idee, dass ich für dich arbeite, doch nicht so gut findest. Das ist ja eine wichtige Entscheidung, die man so spontan gar nicht fällen kann. Ich würde das wirklich verstehen und ich verspreche dir, dass ich auch in Zukunft noch meinen Latte macchiato bei dir trinke.«

»Maxi, wie schön dich zu sehen. Möchtest du mir gerade sagen, dass du mein Angebot annimmst und mich bei den Veranstaltungen unterstützen wirst?« Mein Herz klopfte laut vor Aufregung. So blöd hatte ich mich noch nie angestellt. Spätestens jetzt musste Mario seinen Vorschlag bereut haben. Eine Frau, die nicht einmal in der Lage war, vollständige zusammenhängende Sätze zu formulieren, konnte man nicht auf Kunden loslassen. Jetzt musste ich mich aber zusammenreißen.

»Zuerst möchte ich mich für dein Angebot ganz herzlich bedanken. Ich habe mich sehr gefreut, dass du mir den Job angeboten hast. Gestern habe ich gründlich nachgedacht und mich mit Alex beraten. Ich möchte die Aufgabe sehr gern übernehmen. Es würde mir große Freude machen, mit dir zusammenzuarbeiten. Aber ich möchte, dass du auch noch mal in Ruhe nachdenkst, ob ich wirklich die Richtige bin und dass wir darüber reden, wie du dir meine Tätigkeit hier im Einzelnen vorstellst. Nur dann kann ich guten Gewissens sagen, ob ich deinen Erwartungen gerecht werden kann. Ich komme wirklich gern hierher und ich möchte mein Lieblingscafé nicht verlieren, nur weil wir da überstürzt reingestolpert sind.« Ich hoffte, er würde sich von dieser nicht ganz so euphorischen Aussage nicht vor den Kopf gestoßen fühlen, aber es war mir wichtig, dass Mario auch fachlich von mir überzeugt war.

»Oh, du bist wirklich kompliziert, Maxi. Du sollst mich doch nicht heiraten. Aber du kannst dein Gespräch gern haben, obwohl du mir gerade erst wieder bewiesen hast, dass du die Richtige bist. Genau so jemand brauche ich: eine Mitarbeiterin, die strukturiert arbeitet und den Überblick behält. Wie wäre es morgen früh um neun Uhr hier im Café?«

»Sehr gern, Mario. Ich hoffe, du verstehst mich nicht falsch. Ich freue mich wirklich sehr über dein Angebot. Ich möchte nur nicht, dass du deine Entscheidung bereust. Dann bis morgen. Ich freu mich.«

Das Gespräch am folgenden Tag verlief äußerst angenehm. Zu meiner großen Freude hatte Mario sich meine Worte zu Herzen genommen und sogar eine Liste mit meinen Aufgaben erstellt. Ich sollte im Großen und Ganzen für den Veranstaltungsbereich allein verantwortlich sein. Lediglich die Auswahl wollte er mit mir gemeinsam treffen. Neben den regelmäßigen Live-Auftritten diverser Künstler konnte man das Mario's auch für Firmen-

oder Familienfeiern mieten. Auch diese Veranstaltungen sollten von mir betreut werden. Das Gehalt war natürlich nicht vergleichbar mit meinem früheren Einkommen, aber es reichte aus, um wieder etwas besser über die Runden zu kommen. Meine Arbeitszeiten konnte ich flexibel gestalten, vorausgesetzt, ich war während der Veranstaltungen vor Ort.

»Also dann sind wir uns jetzt endlich einig, Maxi?«

»Ja, Mario. Jetzt habe ich auch ein richtig gutes Gefühl.«

»Da bin ich aber froh. Ich hatte das von Anfang an. Wann kannst du denn anfangen?« Sein Blick verriet mir, dass er auf einen baldigen Start hoffte.

»Sofort. Jetzt, wo wir alles geklärt haben, steht der Arbeit nichts mehr im Weg.«

»Perfekt. In drei Wochen steht uns nämlich schon ein Groß-Event bevor. Die Likei AG hat das ganze Café für eine Betriebsfeier gemietet. Ich glaube, die Firmen-Jubilare werden geehrt ... Maxi, du bist ja plötzlich ganz weiß im Gesicht. Geht es dir nicht gut?« In der Tat spürte ich, wie sich bei dem Wort Likei reflexartig das Blut aus meinem Kopf zurückzog und sich mein Magen zusammenkrampfte.

»Die Likei AG ehrt Firmenjubilare? Kann die Welt noch ungerechter sein?«

»Wieso? Das ist doch nett von ihnen.«

»Ja sicher. Die eine schmeißen sie raus und die anderen werden zum Essen eingeladen. Super nett. Nur leider nicht zu mir. Die Likei AG ist die Firma, die mich nach zehn Jahren Betriebszugehörigkeit vor die Tür gesetzt hat, weil ich Kinder habe. Und denen soll ich jetzt ein schönes Fest ausrichten?« Ich konnte es nicht fassen, dass dieser ignorante Haufen mir schon wieder Schwierigkeiten machte. Was hatte ich denn nur verbrochen? Ich wollte doch einfach nur arbeiten und Geld verdienen wie jeder andere auch.

»Das wusste ich nicht. Tut mir wirklich leid, Maxi. Ich kann dir anbieten, erst nach dieser Veranstaltung bei mir einzusteigen. Es ist verständlich, dass du bei diesem Auftrag große persönliche Probleme hast, obwohl ich ganz ehrlich jede Hilfe brauchen kann. Die Entscheidung überlasse ich dir.« Ich war hin- und hergerissen. Keinen aus dieser Firma wollte ich je wiedersehen. Andererseits hatte ich gerade einen Job zugesagt, und es wäre doch hochgradig unprofessionell, ihn wegen persönlicher Befindlichkeiten abzulehnen. Außerdem wäre es sehr unfair, Mario, der mich soeben gerettet und mir Arbeit angeboten hatte, nun hängen zu lassen. Ich atmete tief durch.

»Mario, das ist für mich zwar kein Traumstart und wird mich einige Überwindung kosten, aber ich übernehme den Auftrag. Das kriege ich schon hin.«

Ich machte mich noch am selben Tag an die Arbeit. Ich wollte die Veranstaltung einfach irgendwie durchziehen. Mario gab mir den Ordner ›Firmenfeier Likei AG, 6.8.2009‹ zur Durchsicht mit nach Hause. Die Planungen waren noch nicht sehr weit gediehen. Neben Datum und Uhrzeit fand ich gerade noch den Namen meiner Ansprechpartnerin und einige handschriftliche Notizen von Mario. Die Feier sollte um 17.30 Uhr mit einem Umtrunk beginnen. Danach wollte man die Ehrung der Jubilare vornehmen und anschließend essen. Nach dem Essen plante man, die Feier mit einem inoffiziellen Get-Together ausklingen zu lassen. Die Koordinatorin bei Likei hieß Hanne Lämmle. Sie war die Sekretärin von

Herrn Hoffmann, der als Personalleiter selbstverständlich die Federführung bei Jubilarsfeierlichkeiten hatte. Hanne Lämmle war eine sympathische Frau Anfang 50. Ich war immer gut mit ihr ausgekommen, und so gestaltete sich die Zusammenarbeit problemlos. Nachdem ich telefonisch Kontakt zu ihr aufgenommen hatte, versprach ich, ihr so bald wie möglich einen Programmvorschlag zu schicken. Ich erkundigte mich nach Alter und Anzahl der Jubilare und machte mich an die Planung. Der älteste Jubilar war Herr Reichle, der mit seinen 65 Jahren auf 50 Jahre Firmenzugehörigkeit zurückblicken konnte. Was für eine lange Zeit. Sein Leben lang hatte er sich für dieselbe Firma eingesetzt. Zwei Mitarbeiter feierten 35-jähriges Jubiläum, fünf ihr 25-jähriges und zehn ihr 20-jähriges Dienstjubiläum. Ein paar kannte ich persönlich. Während ich die Namen der Mitarbeiter las, machte ich mir bewusst, dass es eben diese Menschen waren, für die ich das Fest plante, und nicht die Firma Likei. Die Angestellten hatten ein schönes Fest verdient, und ich schaffte es, den Groll gegen meinen alten Arbeitgeber fast vollständig auszublenden. Ich ließ mir von der Pressestelle Firmenfotos der vergangenen 50 Jahre zusenden, nach Möglichkeit auch Fotos der Jubilare, die ich während des Sektempfangs mittels Beamer an die Rückwand des Cafés projizieren wollte. Die Menüfolge stimmte ich mit Frau Lämmle ab, blieb nur noch das Get-Together. Hierfür wollte ich nicht irgendwelche italienische Musik vom Band. Ich plante, einen Barpianisten zu engagieren, der stilvolle Hintergrundmusik mit Titeln der vergangenen 50 Jahre spielen sollte. Der einzige Haken an der Sache war, dass neben dem Pianisten auch noch der Flügel gemietet werden musste. Ich war mir nicht sicher, ob diese Ausgaben nicht das Gesamtbudget sprengen würden. Aber Frau Lämmle schickte mir fast umgehend ihr OK, nachdem sie meine Kalkulation vorliegen hatte. Als ich ausrechnete, dass man mich von diesem Geld gut und gern ein Jahr hätte bezahlen können, musste ich schlucken. Aber ich verdrängte die negativen Gefühle so gut es ging und freute mich, dass sich mein erster Auftrag so gut anließ. Da in Marios kleinem Büro nur ein Schreibtisch stand, der zudem ziemlich vollgemüllt war, Mario brauchte wirklich dringend Hilfe, arbeitete ich fast ausschließlich in meinem eigenen Arbeitszimmer. Vormittags, wenn Till und Jan im Kindergarten waren, hatte ich hier auch die nötige Ruhe. Das selbstständige Arbeiten machte mir richtig Spaß. Wenn es so weiterging, war es letztendlich ein großes Glück gewesen, dass ich einen neuen beruflichen Weg einschlagen musste. Ein wenig Bauchweh bereitete mir jedoch die Vorstellung, Herrn Hoffmann bei Mario wieder gegenüberzustehen. Aber da musste ich durch. Es war nur ein Abend. Ich hoffte nur, dass die Veranstaltung nicht in einem ähnlichen Fiasko enden würde wie Lennarts Geburtstag.

Doch am 6. August sah nichts danach aus, als würde sich die Geschichte wiederholen. Wir hatten eine ruhige Nacht verbracht, niemand hatte geweint oder aus anderen Gründen sein Bett verlassen. Ausgeruht wachte ich auf, richtete das Frühstück, weckte Till und half Jan beim Anziehen. Alex war schon früh zur Arbeit aufgebrochen, damit er am Nachmittag rechtzeitig zu Hause sein konnte, um die Kinder zu übernehmen. Nachdem ich die Jungs zum Kindergarten gebracht hatte, fuhr ich ins Café, um sicherzustellen, dass für den Abend alles vorbereitet war. Der Flügel war bereits da, der Beamer funktionierte und in der Küche wurde schon fleißig Gemüse geputzt. Nachdem meine Arbeit getan war, blieb noch genug Zeit, um auf einen kurzen Latte macchiato bei Andrea vorbeizuschauen.

»Maxi, ich freu mich. Und ich bin verdammt stolz auf dich.« Wir saßen in Andreas gemütlicher Landhausküche und strahlten beide um die Wette. Durch das Küchenfenster sah ich Cindys Villa in der Sonne glänzen und dachte kurz an diese unsägliche Feier zurück. Leichte Zweifel überkamen mich.

»Hoffentlich läuft alles glatt. Wenn nur Herr Hoffmann nicht da wäre. Kann der nicht krank sein?«

»Was soll denn schon passieren? Mach dir mal um Hoffmann keine Sorgen. Du wirst so viel zu tun haben, dass du gar nicht in die Verlegenheit kommst, mit ihm reden zu müssen.«

Es war tatsächlich so, wie Andrea es vorhergesagt hatte. Als die Gäste kamen, musste ich mich um so viele Dinge kümmern, dass ich gar nicht mehr an Herrn Hoffmann dachte. Der Sektempfang verlief planmäßig. Die älteren Mitarbeiter waren ganz gerührt von den Bildern aus ihrer Vergangenheit. Nach den Ehrungen, bei denen Herr Hoffmann mit salbungsvollen Worten die Treue der Mitarbeiter zu ihrem Unternehmen lobte und betonte, was für ein Gewinn jeder Einzelne für die Firma wäre, setzte man sich zum Essen. Ich half in der Küche, begrüßte den Pianisten und versorgte auch ihn mit Essen. Erst, als der Pianist schon eine Weile spielte und ein paar Gäste das Café bereits verlassen hatten, konnte ich das Zusammentreffen mit meinem ehemaligen Personalleiter nicht länger hinauszögern.

»Guten Abend, Herr Hoffmann. Ich hoffe, es ist alles

zu Ihrer Zufriedenheit?« Ich fühlte mich unwohl in seiner Gegenwart. Er erinnerte mich an diese schrecklichen Wochen, in denen ich so verzweifelt und von Existenzängsten geplagt war.

»Frau Anders. Ich freue mich, Sie zu sehen. Frau Lämmle hat mir erzählt, dass Sie jetzt hier als Eventmanagerin tätig sind. Und das machen Sie ganz ausgezeichnet. Ich muss mich bei Ihnen bedanken. Sie haben uns einen gelungenen Abend bereitet.«

»Es freut mich, dass es Ihnen gefällt. Ich muss mich auch bei Ihnen bedanken. Wenn Sie mich nicht hätten gehen lassen, hätte ich diesen Traumjob hier niemals angenommen. Das war wirklich das Beste, was mir passieren konnte. Jetzt muss ich aber wieder an die Arbeit. Wenn Sie irgendetwas brauchen, lassen Sie es mich wissen. Ich wünsche Ihnen und Ihren Gästen noch einen wunderbaren Abend.« Erleichtert, das Gespräch hinter mich gebracht zu haben, drehte ich mich um und ging in die Küche. Erst mal aus Herrn Hoffmanns Blickfeld verschwinden. Das war geschafft. Jetzt hatte ich den schwierigsten Teil des Abends überstanden. Langsam wich die Aufregung, und ein Gefühl von Stolz trat an ihre Stelle. Ich war stolz auf mich; stolz darauf, wie gut ich die Veranstaltung gemanagt hatte und darauf, dass ich mich nicht versteckt, sondern erhobenen Hauptes meinem Problem gestellt hatte. Ich horchte in mich hinein. Was fühlte ich noch? Freude! Freude darüber, dass die alte Maxi wieder da war. Die, die sich unendlich über ihre zwei Kinder freut und gleichzeitig einen Beruf ausübt, den sie gut und gern macht. Die Maxi, die ihr Leben liebt, so wie es ist. Ich ging zurück in den Gastraum und fragte Mario, ob ich ihn am Tresen unterstützen sollte. Mario summte fröhlich zur Melodie des Pianisten.

»Nein danke, ich komm zurecht. Maxi, du hast wirklich einen super Job gemacht. Dich hat mir der Himmel geschickt. Ich hoffe, wir zwei werden hier noch viele tolle Veranstaltungen zusammen machen!« Mario strahlte übers ganze Gesicht. Sein Lob machte mich leicht verlegen.

»Vielen Dank, Mario. Danke, dass du mir die Chance gegeben hast. Ich freu mich auch sehr.« Zufrieden sah ich zu, wie die verbliebenen Gäste fröhlich beieinander standen, sich angeregt unterhielten oder einfach nur leise lächelnd dem Pianisten lauschten. Mario hatte recht. Es war eine gelungene Veranstaltung.

Von: Maxi
Gesendet: Freitag, 7. August 2009, 6:31
An: Hanna
Betreff: YES!

Liebste Hanna,

ich bin total im Glück! Meine erste Veranstaltung im Mario's ist super gelaufen. Ich hatte ja einige Bedenken, weil der Kunde ausgerechnet meine alte Firma war, aber alles ging gut. Ich hatte trotzdem ein mulmiges Gefühl im Bauch, als ich dem Personalleiter gegenüber stand. Aber das ist jetzt vorbei. Ich habe endlich einen Platz gefunden, an dem ich mich wohl fühle.

Hey, wollt ihr uns nicht mal besuchen? Ihr fehlt uns. Till hat gesagt, er will die Franziska gern mal wieder sehen. Und dich fand er auch sehr cool. Ausschlaggebend war wohl, als du ihm bei dem dritten Stück Torte gesagt hast, du gibst ihm dann einen Karton mit, in den er im Auto kotzen kann. Wir würden uns sehr über einen Besuch freuen!

Morgen kommt auch wieder eine Kolumne, versprochen!

Liebe Grüße,
Maxi

Von: Hanna
Gesendet: Freitag, 7. August 2009, 7:15
An: Maxi
Betreff: AW: YES!

Herzlichen Glückwunsch! Freut mich sehr für dich, dass

die Veranstaltung so gut gelaufen ist. Aber ich habe nichts anderes von dir erwartet.

Vielen Dank für die Einladung. Komisch, dass sie gerade jetzt kommt. Lieschen ist zurzeit auch mit ihrem Damenkränzchen am Bodensee. Sie fehlt mir. Aber weißt du was? Ich hab richtig Lust bekommen, und Franziska freut sich auch auf Till.

Wie viele Zimmer dürfen wir denn belegen?

Kuss,
Hanna

Von:	Maxi
Gesendet:	Freitag, 7. August 2009, 7:46
An:	Hanna
Betreff:	Ihre Buchungsanfrage

Sehr geehrte Frau Duplancic,

herzlichen Dank für Ihre freundliche Buchungsanfrage. Wir freuen uns, Ihnen mitteilen zu können, dass unser Gästezimmer ›Bodensee‹ (DU/WC) ab sofort frei ist. Es wird heute vom Zimmerservice gerichtet und ist dann bereit für neue Buchungen. Bitte beachten Sie unseren neuen 24-h-Check-in und den Frühstücksservice im sonnigen Wintergarten. Zum Abendessen laden wir ins ›living room‹, und für einen Aperitif an der Bar bietet sich das ›kitchen‹ an. Unsere kleinen Gäste finden in unserem reichhaltig ausgestatteten Spielzimmer viel Freude beim Spielen mit Gleichaltrigen. Unser Team freut sich sehr darauf, Sie bald in unserem Haus begrüßen zu dürfen.

Mit freundlichen Grüßen
Maxi Anders

Management
Marketing
Reservation
Banquette
Housekeeping

Von: Hanna
Gesendet: Freitag, 7. August 2009, 7:58
An: Maxi
Betreff: AW: Ihre Buchungsanfrage

Du bist verrückt! ;-))))

Wir kommen am Freitag, den 14., und bleiben bis Sonntag. Ich werde jetzt Franziska wecken und ihr berichten, dass wir bald zu euch fahren. Werde ein Auto mieten. Oh ha.

Ich freue mich tierisch.

Viele Küsse an euch alle und bis bald,
Hanna

Von: Maxi
Gesendet: Samstag, 8. August 2009, 11:48
An: Hanna
Betreff: Kolumne Elternzeit
Anlage: Elternzeit.doc

Super! Wir freuen uns. Und hier die versprochene Kolumne.

Anlage:

Elternzeit

Es wurde ja viel für Familien getan in den letzten Jahren. Das muss man fairerweise einmal sagen. Erziehungsgeld heißt jetzt Elterngeld und der gute alte Erziehungsurlaub wurde zur Elternzeit. Durch diese sprachliche Modulation gewinnen Kinder unglaublich an Attraktivität, sodass jetzt auch junge Paare mit zwei Vollzeitgehältern total motiviert sind, sich auf das Abenteuer Familie einzulassen.

Was nur, frage ich mich, war so falsch an dem Begriff Erziehungsurlaub? Ich kann nichts Diskriminierendes daran finden. Die oder der Angestellte nimmt Urlaub, um sich während dieser Zeit der Erziehung der Kinder zu widmen. Erziehungsurlaub eben. Was für mich mit diesem Begriff aber auch verbunden ist, ist die Absicht, dass eben dieser Arbeitnehmer seine Tätigkeit im Unternehmen wieder aufnehmen wird. Urlaub heißt ja, dass man für eine bestimmte Zeit nicht im Unternehmen ist, danach aber wieder da ist. Das ist sowohl für den Arbeitnehmer als auch für den Arbeitgeber eine sichere Sache.

Was sagt mir der Begriff Elternzeit? Dass ich jetzt Zeit habe, Eltern zu sein? Nicht mal einen erzieherischen Auftrag erfülle, sondern einfach nur ›Eltern‹ bin? Und danach? Soll ich irgendwann wieder arbeiten oder Eltern bleiben? Es wäre doch sehr unfair den Kindern gegenüber, wenn sie plötzlich keine Eltern mehr hätten. Und was ist mit der arbeitenden Mutter? Wie passt sie ins Bild?

Nun soll sich das Bild der Mütter in der Gesellschaft ja durch diese begriffliche Aufwertung auch enorm verändert haben. In der Tat. Die vorwerkelnde Familienmanagerin wäre ohne solch mutige, ja geradezu revolutionäre Umbrüche nicht denkbar gewesen.

Und das wäre gut gewesen. Denn was sollen uns diese ganzen blumigen Komplimente unserer Multitasking-Fähigkeit eigentlich sagen?

Frauen zurück an den Herd, wo ihr hingehört!

Ich bin ein Kind der 70er. Damals hat Johanna von Koczian mit dem Lied ›Das bißchen Haushalt‹ gegen die traditionelle Rollenverteilung rebelliert. In den 80ern tanzten dann auch Männer beschwingt mit dem Wischmopp durchs Werbefernsehen. In den 90ern haben sich Ehepaare Haushalt und Arbeit geteilt. Und heute?

Im Jahr 2009 muss ich mich entscheiden, ob ich arbeite oder ›Eltern‹ bin. Vereinbarkeit von Familie und Beruf heißt, dass ich entweder Vollzeit arbeite und meinen Säugling wahlweise einer Kindertagesstätte oder einem 18-jährigen Aupair aus Osteuropa anvertraue. Oder ich bleibe bei meinen Kindern, und zwar nicht nur die vorgesehenen drei Jahre, und verzichte ganz auf eigenes Einkommen. Qualifizierte Teilzeitjobs sind schwieriger zu ergattern als der supergünstige Flatscreen-Fernseher aus dem Aldi-Angebot. Heimarbeit? Doch, da findet man was. Zum Beispiel bunte Werbekugelschreiber zusammenschrauben. Oder Telefonsex. Da hat man praktischerweise die Hände frei für Hausarbeit, denn wir sind ja multitaskingfähig.

Die Unternehmen beklagen einen flächendeckenden Fachkräftemangel, sind aber häufig nicht bereit, auch nur einen Schritt auf hervorragend ausgebildete Fachkräfte zuzugehen. Wenn berufstätige Frauen miterleben, wie Mütter, die vor ihrer Elternzeit erfolgreich als Abteilungsleiter fungiert haben, bei ihrem Wiedereinstieg ins Lager verbannt werden, ist es nicht verwunderlich, dass sie sich letztendlich ganz gegen Kinder entscheiden. Zum Glück gibt es Argumente, die jede Angst in den Hintergrund treten lassen. Das Lachen eines Kindes zum Beispiel oder der vertrauensvolle Blick eines Neugeborenen. Die leeren Worthülsen wie Elterngeld und Elternzeit sind es sicher nicht, die Akademikerinnen dazu motivieren, einen Beitrag zum Fortbestand unserer Spezies zu leisten.

8

Meine Blog-Artikel, die ich regelmäßig schrieb, drehten sich im Wesentlichen um ein Thema: Wie können Mütter Familie und Beruf miteinander vereinbaren, ohne dabei auf dem Zahnfleisch zu kriechen oder sich zweiteilen zu müssen? Ich fand die Artikel wirklich gut. Schließlich schrieb ich aus eigener Erfahrung und wusste, wie schwer bis unmöglich es war, etwas fest zu planen, schon gar nicht ein ganz normales Berufsleben mit Kindern.

Solange es nur mich betraf, konnte ich jeden Plan einhalten. Sobald aber Franziska ins Spiel kam, wurde es schwierig. Die Kita war da nicht gerade hilfreich. Ständig wurden Termine mal eben verschoben. Wenn es mir als Selbstständige schon so schwerfiel, mich stets nach der Kita zu richten, wie mochte es dann erst Müttern ergehen, die als Angestellte arbeiteten? Deren Chefs waren sicherlich sehr begeistert, wenn ihre Mitarbeiterinnen regelmäßig halbe Urlaubstage beantragten, um an den Events ihrer Lieblinge teilnehmen zu können oder Schließtage zu überbrücken.

Kurz vor den Sommerferien kam es besonders dick. Franziskas Gruppe hatte zum dritten Mal innerhalb von zwei Jahren eine neue Erzieherin bekommen. Jacky, eine junge, richtig coole Frau mit Dreadlocks, selbst Mutter von zwei Kindern, davon einem schulpflichtigen, informierte mich freitags darüber, dass der Ausflug auf den Bauernhof am nächsten Montag schon um 8.30 Uhr starten würde. Das hätte sie besser nicht getan. Nicht mit einer Mutter, die die halbe Nacht durchgearbeitet und im unterzuckerten Zustand ihre quengelnde Tochter zum Kindergarten gebracht hatte.

»Wie jetzt«, platzte es aus mir heraus, »zuerst haben Sie sich mit dem Datum vertan, dann mit dem Treffpunkt und jetzt verschieben Sie auch noch die Abfahrt nach vorn? Ich habe wegen dieses verdammten Bauernhof-Ausflugs meine eigenen Termine und Franziskas Krankengymnastik schon zweimal verschoben!«

»Das tut mir sehr leid, ich habe den Termin nicht gemacht.« Jacky war ob der Heftigkeit meines Ausbruchs verunsichert.

»Und jetzt? Heißt das, dass Franziska nicht zu diesem Ausflug mitkommen kann?«, setzte ich nach.

»Ich weiß nicht. Wenn sie nicht um 8.30 Uhr hier ist, dann wohl nicht«, erwiderte Jacky kleinlaut.

»Was? Nur, weil ihr hier eure Termine nicht im Griff habt, soll meine Tochter darunter leiden?« Ich schrie jetzt so laut, dass sogar Franziska zusammenzuckte. »Ich bin keine gelangweilte Hausfrau, die nur darauf wartet, dass im Kindergarten irgendwann mal Termine gemacht werden, die am Ende doch wieder verschoben werden! Ich bin berufstätig, selbstständig, rund um die Uhr. Ich finde das so richtig scheiße!« Nach diesem Monolog fühlte ich mich besser. Sicherlich war mein Auftritt für die Erziehung der umstehenden Kinder nicht gerade förderlich. Ebenso wenig für Jackys Standing als Alphatier der Gruppe. Dennoch hatte mein Geschrei gewirkt. Und zwar auf Jacky, die mir in diesem Moment schon wieder ein bisschen leid tat.

»Wir fahren am Alten Markt um 9.15 Uhr ab, schaffen Sie es, bis dahin dort zu sein?«, fragte sie eingeschüchtert.

»Ja, klar schaffe ich das. Wunderbar, vielen Dank!«

Doch wer Murphys Gesetz kennt, der weiß, dass es immer noch schlimmer geht. Natürlich war es wieder einmal meine eigene Tochter, die dafür sorgte, dass mein ausgeklügeltes Zeitmanagementsystem endgültig zusammenzubrechen drohte.

»Maaaaaaamaaaaaaa, die Bettdecke stinkt. Ich glaube, ich muss kotzen!« Franziskas Hilferuf riss mich an diesem Montag in aller Herrgottsfrühe aus dem Schlaf. Ich sprang aus dem Bett, rannte in ihr rosarotes Prinzessinnenzimmer und versuchte, sie zu beruhigen.

»Die Bettdecke stinkt, ich kotze jetzt!«, wiederholte sie mit einem Ton in der Stimme, der mir ganz eindeutig vermittelte, dass das angekündigte Ereignis kurz bevorstand. Während ich noch darüber nachdachte, dass ich doch erst letzte Woche die Wäsche gewechselt hatte und es deshalb gar nicht so schlimm riechen konnte, wie Franziska behauptete, schoss auch schon eine Fontäne über die Decke. Ja, sie kotzte, was das Zeug hielt. Von übergeben konnte bei Franziska nie die Rede sein. Sie traf sich, mich, das Bett, den Boden, einfach alles.

Na super, ausgerechnet heute! Wie kriegen wir das jetzt bloß alles auf die Reihe? Und was, wenn Franziska auch noch länger krank sein würde? Auf Lieschen konnte ich diesmal nicht bauen. Sie verbrachte ein verlängertes Wochenende mit ihren Freundinnen und einigen Herren aus ihrem Seniorentanzkurs in Konstanz. Höchstwahrscheinlich lag sie zu dieser frühen Stunde in ihrem sauberen Hotelbett, träumte von zart duftenden Mainau-Rosen und hatte keine Ahnung, in welch übelriechender Sauerei wir gerade steckten.

Franziska weinte. Ich setzte sie in die Badewanne und drehte den Wasserhahn auf. »Ich muss nur schnell die Bettwäsche abziehen und den Boden wischen, dann bin ich sofort wieder hier.« Sie schluchzte und schaute mich mit glasigen Augen an. Hoffentlich kotzt sie nicht noch mal, dachte ich und raste in ihr Zimmer. Als ich ins Bad zurückkam, konnte Franziska schon wieder lachen.

»Guck mal, Mami, ich rasiere meine Beine!« Ich sollte solche Aktionen in ihrem Beisein einfach in Zukunft unterlassen. Kinder machen einem alles nach und womöglich erzählte sie auch noch im Kindergarten, wie ich mir die Beine rasiere und mich dabei verrenke.

»Ja, sieht super aus, wäre aber nett, wenn du dazu nicht meine Zahnbürste benützen würdest! Wie fühlst du dich jetzt?«

»Irgendwie komisch«, sagte Franziska.

Jetzt wusste ich noch nicht, was sie hatte. Immer, wenn sie leicht verschnupft war, schlug ihr der Schleim im wahrsten Sinne des Wortes auf den Magen. Aber sie hatte keinen Schnupfen. Und sofort Vomex zu verabreichen, empfand ich als nicht gerade sinnvoll.

Kurze Zeit später bekam Franziska Durchfall. Auch das noch! Es sah ganz nach einem Magen-Darm-Virus aus und den wollte ich nicht auf die leichte Schulter nehmen.

»Ich rufe gleich Frau Dr. Stein an und mache einen Termin. Aber zuerst kriegst du mal ein Zäpfchen, damit dir nicht mehr so übel ist.«

»Oh, ja, dann können wir da wieder mit dem großen Memory spielen«, freute sich Franziska. Eben noch kotzend in Tränen aufgelöst und im nächsten Moment wieder super drauf. Kinder sind schon der Burner! Wenn ich krank bin, dann bin ich fix und alle, aber Franziska war wie ein preußischer Soldat. Tapfer, ohne wehleidig zu sein. Getreu dem Motto: Lerne leiden ohne zu klagen.

Bereits am Eingang der Kinderarztpraxis empfing uns eine Sprechstundenhilfe mit Papp-Spuckschalen. »Nehmen Sie eine, die werden Sie brauchen. Magen-Darm geht gerade rum«, erklärte sie mir fachkundig. So gut, wie die präpariert war, konnten wir nicht die Ersten sein. Tatsächlich war das Wartezimmer proppenvoll.

»Komm, Mami, lass uns Memory spielen!«

»Ja, ich komme Schatz.« Das Memory-Spiel hing an der Wand und bestand aus 36 beweglichen Tafeln, die mit bunten Bildern beklebt waren. Lustige Tiermotive, wie sie Kinder mögen. Das Teil war riesig, einfach ideal für kleine Grobmotoriker. Nachdem wir einige Runden gespielt hatten, ertönte der Lautsprecher:

»Frau Duplancic mit Franziska, bitte Nummer fünf!«

Frau Stein war eine ruhige, nette und vor allem sehr junge Ärztin. Sie hatte ihr Studium garantiert noch vor der Regelstudienzeit absolviert und war nach ihrer Facharztausbildung zur Kinderärztin direkt in der Praxis ihrer Mutter eingestiegen. Manche hatten einfach Glück im Leben. Um ihre Finanzen musste die sich keine Sorgen machen.

»Hallo Franziska, schön dich wiederzusehen. Du hast heute Morgen erbrochen, habe ich gehört, wie fühlst du dich jetzt?«

»Schlapp.«

»Okay, dann leg dich doch mal hier hin, und ich unterhalte mich ein bisschen mit deiner Mama.« Sie wandte sich zu mir um. »Frau Duplancic, momentan kursiert ein sehr aggressiver Magen-Darm-Infekt. Ich habe bereits einige Kinder in die Neuwerker Kinderklinik überweisen müssen. Obwohl Franziska schon fünf ist, kann es auch für sie gefährlich werden, wenn sie zu viel Flüssigkeit verliert. Das Einzige, was jetzt hilft, ist Traubenzucker.«

»Ich habe noch so Elektrolyte zu Hause. Bananen sind doch auch gut. Die stopfen.« Meine alternativen Therapievorschläge überzeugten Frau Doktor nicht.

»Elektrolyte reichen nicht aus. Sie braucht Traubenzucker, das baut auf. Sie müssen Traubenzucker in Pulverform dem Tee und Essen beimischen. Das gibt Energie und ihr mattes Gefühl wird allmählich verschwinden. Bei Durchfall und Erbrechen werden alle Mineralien aus dem Körper gespült, was extrem gefährlich ist. Fangen Sie mit Schonkost an. Zwieback, Salzstangen und gekühlter Tee oder Wasser mit Traubenzucker. Sie soll nichts Stopfendes essen, die Bakterien sollen ja aus dem Körper verschwinden. Da sie erbricht, ist es wichtig, Flüssigkeit löffelweise zu verabreichen. Geben Sie ruhig Vomex gegen die Übelkeit. Dieses Medikament wirkt ermüdend. Es wäre gut, wenn Franziska schlafen oder sich zumindestens ausruhen könnte. Sollte sich ihr Zustand verschlechtern, sie über Schwindel klagen oder gar umkippen – ist alles schon vorgekommen –, dann müssen Sie unbedingt direkt ins Krankenhaus Neuwerk zur Infusion.«

»Vielen Dank für die Ausführungen. Es ist doch angenehm, wenn man versteht, was Ärzte einem erklären.«

»Franziska, versuch bitte jetzt mal langsam aufzustehen. Deine Mama hilft dir sicherlich dabei.« Franziska schnellte wie ein Stehaufmännchen von der Liege hoch und stand da, als ob alles in bester Ordnung wäre.

»Okay, das hat ja schon wunderbar geklappt. Dann hoffe ich, dass alles gut geht und wünsche dir gute Besserung. Frau Duplancic, zögern Sie bitte nicht, uns anzurufen oder ins Krankenhaus zu fahren, falls es Franziska wieder schlechter geht.«

Wir bedankten uns, baten die Sprechstundenhilfe, ein Taxi zu bestellen, und fuhren nach Hause.

Als ich mein Portemonnaie aus der Tasche zog, um den Taxi-Fahrer zu bezahlen, fiel mir ein Traubenzucker-Lutscher in die Hände. »Hmm, lecker, den habe ich doch auf dem Markt vom Eiermann gekriegt«, freute sich Franziska und griff danach.

Ich hatte weder Zwieback noch Traubenzucker da. Franziska war schon lange nicht mehr krank gewesen. Da ich sie in ihrem Zustand nicht allein zu Hause lassen wollte, überlegte ich, wen ich bitten könnte, mir die Sachen zu besorgen.

»Hej, ich habe da eine Idee. Ich rufe jetzt die Mama von deiner Freundin Angeliki an. Vielleicht kann die uns helfen.« Angeliki war Griechin und mit ihren Eltern vor vier Wochen nach Mönchengladbach gezogen. Vom ersten Tag an verstanden sich die beiden Mädels super. Angeliki war wohl auch der Grund dafür, dass sich Franziska gar nicht mehr darüber beschwerte, den ganzen Tag in der Kita verbringen zu müssen. Mit Angelikis Mutter hatte ich mich bislang nur einmal kurz unterhalten, ich hatte sie dabei als freundliche und offene Person kennengelernt.

Und ich hatte mich nicht in ihr getäuscht. Ohne zu zögern, war sie sofort bereit, uns zu helfen. Zu Franziskas großer Freude brachte sie nicht nur Salzstangen, Zwieback und Traubenzucker mit, sondern auch noch eine Einladung zu Angelikis Geburtstagsfeier.

Leute gibt's, die kennst du kaum, und trotzdem sind sie für dich da. Wahnsinn, dachte ich, als ich hinter ihr die Tür schloss. Ich hatte echt Glück.

»Musst du nicht arbeiten?«, riss mich Franziska aus meinen Gedanken.

»Ja, aber das mache ich heute Abend, wenn du schläfst, Schatz. Die Arbeit ist jetzt nicht so wichtig!« Eigentlich war mir der Job in diesem Moment sogar scheißegal, aber das konnte ich ihr natürlich nicht sagen. Alles war so anstrengend, mühsam, brachte finanziell immer noch nichts ein. Langsam zweifelte ich daran, jemals Geld mit JobsForMums.de verdienen zu können. Franziska war krank und brauchte mich jetzt mehr denn je. Alles andere konnte warten.

»Liest du mir eine Geschichte vor?«

»Klar, so viele du willst!«

»Bleibst du den ganzen Tag bei mir?«

»Ja, den ganzen Tag; nur du und ich«, antwortete ich und drückte sie ganz fest an mich. Seit Wochen hatten wir keine Zeit mehr allein verbracht. »Es war einmal …«, fing ich an, ihr die Geschichte von Aschenputtel vorzulesen, während sie sich an mich kuschelte.

Von: Hanna
Gesendet: Montag, 10. August 2009, 20:41
An: Maxi
Betreff: Planung und Kinder schließen sich aus

Ciao,

heute ist ein Tag! What a day! Franziska hat heute Morgen um fünf gekotzt!

Es lebe Vomex!

Das Zäpfchen hat sie beruhigt. Sie hat dann noch mal bis elf geschlafen, und danach waren wir beim Arzt, weil sie auch noch Durchfall hatte. Jetzt hat sie auch noch den Ausflug auf den Bauernhof verpasst, auf den sie sich so gefreut hatte.

Habe noch einiges zu erledigen, aber das verschiebe ich dann auch mal lieber auf morgen. Für heute reicht es mir.

Jetzt schläft Franziska endlich. Es war ein harter Magen-Darm-Infekt-Tag. Lieschen ist am Bodensee, und ich wäre heute echt aufgeschmissen gewesen, wenn mir nicht die Mutter von Angeliki Schonkost und Traubenzucker mitgebracht hätte.

Kuss
Hanna

PS: Weißt du noch, wie du mir immer Kakao gemacht hast, wenn ich krank war?

Von:	Maxi
Gesendet:	Dienstag, 11. August 2009, 10:32
An:	Hanna
Betreff:	AW: Planung und Kinder schließen sich aus – Kolumne Kindersegen
Anlage:	Kindersegen.doc

Oh Gott, ihr Armen!

Ich weiß, wie das ohne familiäre Unterstützung mit Kindern ist. War auch schon öfter total verzweifelt, weil der eine mit 40 Grad Fieber im Bett lag und der andere zur Musikschule musste. Aber irgendwie geht es immer weiter, und manchmal kommt ein Engel und hilft, so wie Angelikis Mama bei dir.

Ich wünsche Franziska gute Besserung und dir starke Nerven. Wir freuen uns sehr auf euren Besuch. Kommt Lieschen auch mit?

Und ich habe noch eine neue Kolumne für dich.

Ich hoffe, sie gefällt dir.

Liebe Grüße und eine dicke Umarmung,
Maxi

Anlage:

Kindersegen

Seit ich Kinder habe, fällt mir eines immer mehr auf: Wir Familien sollten am besten unter uns bleiben. Ist schon klar, dass Kinder wichtig sind und so. Dagegen sagt ja niemand etwas. Aber alles zu seiner Zeit und an seinem Ort.

Wann die rechte Zeit ist, kann ich noch nicht mit Sicher-

heit sagen. Hier halte ich mich vorsichtshalber an die Zeiten, in denen ich als Kind Klavier üben durfte: von acht Uhr bis zwölf Uhr und von 15 Uhr bis 18 Uhr. Da kann man nichts falsch machen, da darf man mit Kind in der Öffentlichkeit gesehen werden.

Über den richtigen Ort führe ich derzeit eine Liste. Sie ist noch nicht vollständig, aber es sticht geradezu ins Auge, dass es wesentlich mehr Orte gibt, an denen Kinder nicht erwünscht sind, als andersherum. Kinderspielplätze sind angemessen, auch in Tierparks sind Kinder zum Großteil willkommen. Im Wald? Das ist so ein Grenzbereich. Die Ruhigen ja, die Lebhaften stören doch sehr das Nistverhalten seltener Tierarten. Cafés oder Restaurants gehen mit einem Kind, sofern es während der Dauer des Besuchs auf seinem Stuhl verweilt. Ab zwei Kindern jedoch ist es angemessener, sein Essen zu Hause einzunehmen. Ist ja auch preiswerter. Bis vor Kurzem hat man auch gern das Argument angeführt, dass man Kinder doch nicht in verrauchte Lokale mitnehmen solle, der Gesundheit wegen. Da man ja nun in Gaststätten nicht mehr rauchen darf, muss man sich auch nicht mehr hinter falscher Fürsorge verstecken und kann ganz offen zugeben, dass man nach einem anstrengenden Arbeitstag am Abend einfach Ruhe braucht und Kinder da absolut kontraproduktiv wirken. Ich frage mich, warum man nicht konsequenterweise zu Hause bleibt, wenn man sich nach Ruhe sehnt?

Na gut, verzichten wir halt für ein paar Jahre auf überteuerte Restaurants. Es gibt ja noch viel mehr Möglichkeiten der Freizeitgestaltung. Museen zum Beispiel, da lernen die Kinder gleich was. Jeder, der das schon mal mit zwei normal aufgeweckten Kindern versucht hat, wird frustriert abwinken. Langsam verstehe ich, warum es immer heißt, dass man mit

Kindern verblödet. Es liegt nicht daran, dass Kinder nicht aufgeschlossen und interessiert gegenüber Kunst, Literatur und Musik sind. Vielmehr dürfen sie am kulturellen Leben nicht teilhaben, weil Kinder die dort herrschende Ordnung stören. Man soll sich bitteschön in den vorgesehenen Zonen (s.o.) aufhalten und keine Grenzen überschreiten.

Als Begründung für die vorherrschende Intoleranz gegenüber Kindern wird gern angeführt, dass Kinder früher doch ganz anders waren. Dass sie heute lauter, frecher, rücksichtsloser, einfach störender sind. Das stimmt. Ohne Einschränkung. Jedoch leben die Kinder auch in einer anderen Gesellschaft als wir früher. Es sind nicht nur die Eltern, die unsere Kinder prägen. Jeder bestimmt mit, wie sich unsere Gesellschaft entwickelt. Auch die Kinderlosen beeinflussen das Verhalten unserer Kinder. Vergangene Woche waren wir im Schwimmbad. Unser dreijähriger Sohn hielt vier erwachsenen Menschen die Tür auf. Nicht einer sagte Danke. Wie oft wird er noch Türen aufhalten und wie oft wird er in seinem Leben Danke sagen? Wenn wir wollen, dass Kinder sich positiv entwickeln, müssen wir alle daran mitwirken. Und das geht doch am besten, wenn Kinder auch teilhaben am gesellschaftlichen Leben.

Von:	Hanna
Gesendet:	Mittwoch, 12. August 2009, 21:33
An:	Maxi
Betreff:	Es muss abwärts gehen, damit es wieder aufwärts gehen kann

Vielen Dank für deine geniale Kolumne.

Franziska ist wieder fit. Meine Zweifel am Projekt habe

ich auch mittlerweile überwunden. Ich kann mir zwar nicht erklären, warum kein Schwein die drei Gratisanzeigen nutzt, aber ich arbeite weiter am Marketing.

Hätte ich geschrieben: »Hier drei mal gratis pimpern!«, dann hätte ich richtig Zulauf, was?

Ich hoffe, dass da bald was passiert. Es muss einfach erfolgreich werden. Ich habe viel Liebe und noch mehr Nächte reingesteckt.

Lieschen ist auch zurück vom Bodensee. Sie hat sich dort mit einem alten Jugendfreund getroffen. Als ich ihr von eurer Einladung erzählt habe, war sie sichtlich begeistert von der Aussicht, ihn schon so bald wiederzusehen. Ich glaube, da tanzen ein paar Schmetterlinge ...

Kuss,
Hanna

Von:	Maxi
Gesendet:	Donnerstag, 13. August 2009, 11:23
An:	Hanna
Betreff:	Wir freuen uns auf euch! – Kolumne Erb schuld
Anlage:	Erbschuld.doc

Super! Wir freuen uns alle sehr. Und weil ich gerade so gut drauf bin, habe ich noch eine Kolumne für dich geschrieben:

Liebe Grüße, bis morgen,
Maxi

Anlage:

Erbschuld

Hätte man mich frühzeitig über die Zusammenhänge zwischen Kreuzbiss, Knickfuß und Schulversagen aufgeklärt, hätte ich mir die Sache mit den Kindern noch einmal gründlich überlegt.

Es muss etwas mit der Erbschuld zu tun haben, mit diesem dummen Apfel, in den Eva so unbedingt beißen musste. Anders kann ich es mir nicht erklären, dass ausschließlich wir Mütter praktisch vom Tag der Geburt unseres Kindes an dafür verantwortlich gemacht werden, dass es dereinst ein Einser-Abi samt Prädikatsabschluss an einer Eliteuni einfährt.

Die ersten Tests hat unser heute sechsjähriger Sohn Till noch mit Bravour gemeistert. Drei mal zehn beim AGPAR-Test: »Mein Sohn, deine erste eins«, rief der Papa ganz im Glück. Das macht stolz und baut Druck auf. Bereits mit vier Monaten wurde bei Till jedoch eine leichte Asymmetrie festgestellt. Der Kinderarzt verschrieb Krankengymnastik, schaute mir beim Ausstellen des Rezeptes tief in die Augen und sagte: »Wir wollen doch nicht, dass er in der Schule einmal Nachteile hat.« Damals ahnte ich noch nicht im Entferntesten, dass mich dieser Satz begleiten wird, bis die Kinder die Schule endlich hinter sich haben. Kurze Zeit später hatten wir bereits die nächste Vorsorgeuntersuchung beim Kinderarzt. Die Asymmetrie war dank Krankengymnastik behoben. Nun lenkte der Arzt sein Augenmerk auf die Ernährung. Stolz erzählte ich, dass Till Gemüse und Lachs liebt, wo beides doch so gesund ist. Doch der Arzt interessierte sich mehr für Tills Fleischkonsum. Er klärte mich darüber auf, dass Fleisch enorm wichtig für die Entwicklung des

Gehirns ist und dass wir mit Tills Speiseplan heute schon über Hauptschule oder Gymnasium entscheiden. »... und wir wollen doch nicht, dass er in der Schule einmal Nachteile hat«, schloss er seinen Vortrag. Natürlich nicht.

Seit damals pendele ich mit Till, und seit drei Jahren auch mit seinem jüngeren Bruder Jan, zwischen Krankengymnastik, Kieferorthopäde, Musikalischer Früherziehung (Kinder, die ein Instrument spielen, sind erwiesenermaßen bessere Schüler) und Turnverein hin und her. Überall höre ich den gleichen Satz und überall senke ich schuldbewusst mein Haupt. Ich gelobe, meinen Sohn nach Kräften zu unterstützen, damit er in der Schule keine Nachteile haben wird.

Manchmal frage ich mich jedoch, warum die alleinige Verantwortung für die psychosoziale, kognitive und motorische Entwicklung des Kindes bei der Mutter liegt. Das kann doch nur etwas mit der Erbschuld zu tun haben. Eine andere Erklärung kann ich nicht finden.

Neulich habe ich einen Erziehungsratgeber gelesen, der nicht die ganze Verantwortung auf die Mutter abgewälzt hat. Hier stand der Vater im Fokus. Aber glauben Sie mir, das war auch nicht besser. Ich denke, dass wir uns alle nach Kräften bemühen, unsere Kinder so gut es geht auf ihrem Weg zu unterstützen. Natürlich möchte ich nicht, dass mein Sohn Nachteile in der Schule hat, natürlich möchte ich, dass er Ziele hat und diese auch erreicht. Vor allem möchte ich aber, dass mein Sohn glücklich ist. Und das nicht erst in 20 Jahren, sondern hier und heute. Aber das wird er sicher nicht, wenn seine Mutter wie ein Hamster auf Drogen von einem Termin zum nächsten hechelt. Deshalb werde ich ab sofort einen Gang runterschalten und mir vor allen Dingen kein schlechtes Gewissen einreden lassen. Schon gar nicht von Menschen, die selbst gar keine Kinder haben. Morgen mache ich es mir mit den Kindern gemütlich, backe Waffeln *und koche einen Kinderpunsch. Bis 16.30 Uhr haben wir Zeit; dann müssen wir zum Kieferorthopäden ...*

Von: Hanna
Gesendet: Donnerstag, 13. August 2009, 15:11
An: Maxi
Betreff: AW: Wir freuen uns auf euch! – Kolumne Erbschuld

Hallo liebe Freundin,

vielen Dank für die schöne Kolumne. Ja, du hast recht. Wir wollen doch nur, dass unsere Kinder glücklich werden. Und dabei vergessen wir oft, was uns glücklich macht. Darüber habe ich erst in letzter Zeit bewusst nachgedacht.

Als wir noch zur Schule gingen und später studiert haben, wollten wir doch erfolgreich sein im Sinne von Rumkommen, eine wichtige Position bekleiden, was Darstellen, viel Geld verdienen oder eben irgendwie in Paris oder Alaska landen (zum Beispiel).

Im Laufe des Lebens gibt es Menschen, die dazulernen und andere, die nach wie vor diesen Bildern hinterherjagen. Aber tatsächlich hinterherjagen und dabei vergessen, das Heute zu leben und Antworten auf die Frage zu suchen: Was macht mich tatsächlich glücklich?

Also, ich wollte sicherlich erstmal die Single-Managerin werden. Ganz klar!

Ich wollte ins Ausland. Das hatte ich geschafft. Super Job, supernette Leute! Aber als ich das, was ich mir vorgenommen, auch erreicht hatte, beschlich mich das Gefühl, dass da doch noch mehr kommen musste. Ein anderes

Land, andere Leute, alles anders und neu eben. Und ich habe mich zu dem Zeitpunkt nicht gefragt, was mich glücklich macht.

Gut, England, kurze Geschichte, war nix für mich, dann wieder zurück nach Deutschland. Aber ich habe mich nie gefragt, was mich glücklich macht …

Wieder neues Land, neue Leute.

Dann trat Marc in mein Leben, dann Franziska und das hat mich wirklich glücklich gemacht, ganz von selbst. Ich hatte die Antwort auf eine Frage, die ich mir zuvor nie gestellt hatte.

Und alles andere war dann plötzlich so unwichtig. Viel Geld? Nein, macht mich nicht zwangsläufig glücklich (obwohl Prada-Taschen ja schon ganz geil sind! Hihihi) Und Bestätigung von anderen? Nein, macht mich nicht glücklich.

Heute bin ich nach einer langen Reise, nach schweren Phasen in meinem Leben wohl irgendwie doch noch angekommen. OK, ich verdiene momentan immer noch kein Geld. Ich darf es ja nicht laut sagen, aber meine Eltern unterstützen mich wieder wie zu Studienzeiten, damit wir hier so über die Runden kommen. Trotz allem habe ich ein gutes Bauchgefühl. Ich bin mit mir im Reinen. Und ich fühle mich irgendwie erfolgreich.

Wie? Kein Auto? Keine Prada-Tasche? Keine Geschirrspülmaschine? Immer knapp bei Kasse? Was ist das denn für ein Erfolg, würde so manch einer fragen.

Ich messe meinen Erfolg täglich, ich bin jeden Tag glücklich, mit den Menschen, die um mich rum sind
und auch mit denen, die mir täglich E-Mails schreiben ;-)))
dass alle gesund und munter sind,
dass ich meinen Tag selbst bestimmen kann,

dass ich mir auf die Schulter klopfe, zu allem stehe, was ich täglich mache,
dass meine Tochter stolz auf mich ist,
dass ich mir die Zeit gegeben habe und vor allem die Ausdauer hatte, an mir zu arbeiten, Ideen zu entwickeln, zu verwerfen und immer wieder von vorn zu beginnen, bis ich heute sagen kann:

Ja, JobsForMums.de finde ich geil, und ich bin hier erst am Anfang.

Ich bin ein positiv denkender Mensch.

Heute, fast 40 Jahre jung, denn so sehe und fühle ich mich – ich könnte Bäume ausreißen – plane ich, die zweite Hälfte vernünftig zu gestalten, indem ich richtig Gas gebe, die Sau rauslasse, auf die Kacke haue und jeden Windzug nicht an mir vorbeiziehen lasse, sondern ihn einatme und im Bauch prüfe, ob es mich glücklich macht.

Und das ist mein größter Erfolg, bereits heute!

Alles andere kommt von selbst! Mein erster Anzeigenkunde, das Auto, die Prada-Tasche, die Geschirrspülmaschine und das Klimpergeld zur freien Verfügung.

Und das war mein Wort zum Sonntag. Bis morgen, meine liebste Maxi,

Kuss,
Hanna

9

»Ich freu mich so für dich, Maxi. Und ich bin total stolz auf meine Freundin. Das hätte nicht jede so souverän hingekriegt. Ehrlich, Maxi. Ich glaube, ich an deiner Stelle hätte nicht mit dem Hoffmann reden können.« Am Morgen nach der Veranstaltung war ich zum ersten Mal seit Monaten noch vor dem Weckerklingeln aufgewacht. Ich fühlte mich ausgeschlafen und gut gelaunt wie schon lange nicht mehr. Fröhlich hatte ich die Jungs zum Kindergarten gebracht und saß nun in Andreas gemütlicher Küche, um ihr alles über den Vorabend zu erzählen.

»Es ist tatsächlich so, wie ich es zu Herrn Hoffmann gesagt habe: Ich bin froh, dass alles so gekommen ist. Der Job macht mir nicht nur Spaß, er ist auch viel leichter mit der Familie vereinbar als ein Teilzeit-Job bei Likei. Vielen Dank, Andrea, dass du mich Mario förmlich aufgedrängt hast. Ich bin so glücklich mit dem Job.« Ich sah durch das Küchenfenster zu Cindys Grundstück hinüber und musste lächeln. Der Gedanke an den verkorksten Geburtstag belastete mich nicht mehr. Im Gegenteil, mit Abstand betrachtet war das doch eine komische Geschichte, die in geselliger Runde mit Freunden den ein oder anderen Lacher garantierte. Dabei fiel mir der zweite Grund für meinen Besuch ein.

»Andrea, ich wollte euch noch für nächsten Freitag zum Grillen einladen. Hanna kommt. Meine Hanna aus Mönchengladbach. Ich möchte unbedingt, dass du sie kennenlernst. Du bist ja auch nicht ganz unschuldig daran, dass ich sie wiedergefunden habe.«

»Wieso ich?« Andrea sah mich verblüfft an.

»Ich hab dir das nie gesagt, weil es mir peinlich war. Aber als du mich damals gefragt hast, warum ich ihr denn nicht einfach schreibe, war das schon irgendwie der Anstoß, den ich gebraucht habe. Danach habe ich gedacht: Wieso eigentlich nicht? Sie hat ja recht. So hast du mir auch bei Mario den Anstoß gegeben.«

»Und bei Cindy«, fiel Andrea mir ins Wort. Wir mussten beide lachen.

»Wirklich, Andrea. Du bist meine beste Freundin hier. Und ich möchte, dass du auch meine beste Freundin aus der Heimat kennenlernst. Ich bin gespannt, wie du sie findest. Wie sieht's denn aus bei euch? Könnt ihr am Freitag?«

»Ja, am Freitag passt es gut. Und ich freu mich, Hanna kennenzulernen.«

»Super! Das wird ein wunderbarer Abend. Oh, und wenn Hanna zu einem deiner Söhne Saftsack sagt, dann meint sie das liebevoll. Nicht persönlich nehmen!« Andrea lachte. Anscheinend hielt sie meinen letzten Satz für einen Scherz.

Mein Glücksgefühl hielt auch während der folgenden Tage an und wirkte sich sichtbar auf die übrigen Familienmitglieder aus. Alle waren deutlich entspannter. Am Sonntag machten wir einen Familienausflug. Wir liefen unseren Lieblingsweg von Ludwigshafen nach Bodman, direkt am Bodensee entlang, fast bis zur Marienschlucht. Die Jungs sausten mit ihren Rollern voran. Zwischen Bodmann und der Marienschlucht machten wir Rast in einer der kleinen Buchten. Jan und Till suchten am Ufer nach Muscheln, während Alex und ich aneinander gekuschelt die einzigartige Aussicht über den Bodensee und das gegenüberliegende Ufer genossen. In diesem Moment dachte ich wieder einmal, dass wir definitiv in der schönsten Ecke Deutschlands lebten.

»Alex, das ist seit langer Zeit mal wieder ein Moment, den ich für die Ewigkeit in meinem Herzen bewahren will. Die letzten Monate waren echt verrückt. Da lebt man so friedlich vor sich hin und plötzlich gerät alles völlig aus den Fugen.«

»Jetzt übertreibst du aber ein bisschen. Natürlich war das alles nicht leicht für uns, besonders für dich, aber letztendlich ist doch überhaupt nichts Dramatisches oder Einschneidendes passiert.«

»Also für mich war das dramatisch genug. Natürlich ist keinem von uns etwas Schlimmes zugestoßen. Dafür bin ich auch sehr dankbar. Aber Existenzängste hatte ich schon. Dein Gehalt allein reicht nun mal nicht aus, und diese eine Sorge hat sich auf alle Lebensbereiche übertragen wie Nebel, der sich plötzlich ausbreitet und in sämtliche Ritzen kriecht. Ich habe einfach gesehen, wie zerbrechlich unser Glück ist und von wie vielen Faktoren es abhängt. Leider spielt Geld dabei eine viel größere Rolle, als ich es gedacht hatte. Natürlich kann man Glück nicht kaufen, aber ohne Geld kann man auch nicht glücklich sein. Mir hat das Ganze vor Augen geführt, dass man unendlich dankbar sein muss, wenn alle Parameter stimmen. Und genau das bin ich jetzt: glücklich und dankbar.« Zufrieden kuschelte ich mich noch ein wenig dichter an Alex heran.

»Das war mein Stein! Du Blödmann! Scheiß-Till! Mamaaa! Till hat meinen Stein ins Wasser geworfen!« Außer sich vor Wut rannte Jan auf seinen großen Bruder zu und gab ihm einen kräftigen Schubs. Der verlor das Gleichgewicht und landete in voller Montur im Wasser, sodass er sich nun seinerseits lauthals beschwerte.

»Anscheinend haben die zwei dir gerade nicht richtig zugehört«, sagte Alex und grinste frech. Ich ignorierte alle drei, streckte mich wohlig auf der Picknickdecke aus und genoss den Moment, so gut es bei dem Geschrei eben ging. In Gedanken plante ich schon die nächste Veranstaltung im Mario's. In knapp drei Wochen würden wir die Ausstellung von Marios Kumpel Cosimo mit einer Vernissage eröffnen. Cosimo hatte schon einige Male Bilder bei Mario ausgestellt. Ich mochte seinen Stil und freute mich darauf, nun mit ihm persönlich arbeiten zu dürfen.

Das nächste Event, das mir bevorstand, war jedoch der Besuch von Hanna, Franziska und Lieschen. Ich freute mich sehr auf die drei, war jedoch auch ein wenig nervös, weil ich Lieschen nur dieses eine Mal bei Hanna getroffen hatte. Dennoch hatte ich an diesem Nachmittag das Gefühl gehabt, sie schon seit Ewigkeiten zu kennen. Lieschen sollte im Gästezimmer schlafen, Hanna und Franziska auf einer großen Matratze im Spielzimmer. Voll Vorfreude machte ich unser Haus besuchsbereit. Am Freitag tätigte ich einen Großeinkauf, als wollte ich eine ganze Kompanie verköstigen. Auch Jan und Till freuten sich auf unsere Gäste. Gleich nach dem Mittagessen liefen sie zur nächsten Blumenwiese und pflückten einen riesigen Sommerstrauß für die drei Frauen. Danach fuhren sie mit ihren Rollern auf dem Gehweg hin und her und hielten Ausschau nach dem lang ersehnten Besuch. Seit wir in Mönchengladbach gewesen waren, hatten Till und Franziska ein paar Mal miteinander telefoniert. Ich freute mich, dass die Kinder sich gut verstanden. Überhaupt hatte ich das Gefühl, niemals von Hanna getrennt gewesen zu sein. Einzig die Tatsache, dass ich ihren Mann

Marc nicht kennengelernt hatte, machte mir bewusst, dass mir ein wichtiger Teil ihres Lebens fehlte. Es stimmte mich traurig, dass ich ihr in ihren schwersten Stunden nicht hatte beistehen können. Dennoch waren wir uns jetzt so vertraut wie zu unseren besten Schulzeiten. Mit dem Unterschied, dass wir beide gereift waren. Sie war weniger dominant, ich weniger nachtragend. Dadurch war alles viel entspannter als früher.

»Wann kommen die denn endlich?« Till war ungefähr zum 27. Mal an diesem Nachmittag ins Haus gelaufen, um sich nach dem Verbleib der Gäste zu erkundigen.

»Ruf doch mal an, Mama.«

»Till, ich rufe Leute nicht im Auto an. Das kann einen Unfall verursachen. Sie werden schon kommen.«

»Und wann kommen Hagen und Paul?«

»Um sechs, wenn Papa auch da ist. Und dann wird gegrillt.«

»Kommt Arthur auch?«

»Ja, Arthur ist gestern aus Singapur wiedergekommen und Jupp kommt auch.«

»Wer ist denn Jupp? Hat Hagen jetzt etwa ein Haustier? Dann will ich auch eins. Das ist gemein!«

»Ruhig, Brauner! Jupp ist kein Haustier, sondern ein alter Freund von Lieschen, der in Allensbach wohnt. Sie wollte ihn während ihres Besuchs hier gern treffen, und deshalb habe ich ihn gleich für heute Abend mit eingeladen.« Tills Gesichtszüge entspannten sich.

»Was ist denn das für ein komischer Name – Jupp?«

»Eigentlich heißt er Joseph, aber bei uns in Mönchengladbach sagt man zu Joseph nur Jupp. Hier würde man ihn Sepp nennen.«

»Sie kommen! Sie kommen! Oh nein!!!« Aufgeregt kreischend stürzte Jan zur Haustür herein, um uns die

Neuigkeiten zu verkünden. Sofort stürmte Till auf die Straße, um Hanna dramatisch winkend in eine riesige Parklücke einzuweisen. Jan hüpfte auf dem Gehweg neben dem Auto auf und ab und rief »Hallo! Hallo!« Lieschen winkte den Jungs vom Beifahrersitz fröhlich zu, Franziska schlief und Hanna schwitzte bei dem Versuch, das Auto zu parken, ohne Jan und Till dabei zu überfahren. Als es ihr endlich gelungen war, stieg sie aus und schnappte sich die Jungs.

»Hey, ihr Sackgesichter! Seid ihr lebensmüde? Was glaubt ihr wohl, macht eure Mama mit mir, wenn ich ihre Augensterne überfahre? Lasst euch erst mal drücken!« Leicht verlegen ließen sie sich von Hanna umarmen. Inzwischen war auch Lieschen ausgestiegen. Wir begrüßten uns wie alte Freunde. Auch die Kinder umarmten sie, als würden sie sie schon ewig kennen. Die schlafende Franziska wurde von Hanna ins Haus getragen, wir anderen folgten mit dem Gepäck.

»Ich freu mich so, dass ihr hier seid! Die Jungs waren heute auch schon ganz aus dem Häuschen. Ich schlage vor, wir trinken erst mal ein Glas Sekt, und dann zeige ich euch, wo ihr schlaft.« Ich entkorkte die Sektflasche und goss drei Gläser ein. Die Jungs bekamen Apfelschorle.

»Also noch mal ganz offiziell: Herzlich Willkommen!« Die Gläser klirrten zum Auftakt eines wunderbaren Wochenendes. Als Franziska aufwachte, spielten die Kinder im Garten, wir Frauen saßen auf der Terrasse und plauderten. Das heißt, Hanna und Lieschen plauderten, während ich mich darauf beschränkte, Hanna unentwegt anzusehen. Ich freute mich so sehr darüber, sie endlich bei mir zu haben. Als Alex von der Arbeit nach Hause kam, kümmerte er sich um den Grill. Hanna, Lieschen und ich gingen in die Küche, um die Salate vorzubereiten und eine weitere Flasche Sekt zu köpfen. Sehr beschwingt deckten wir Äpplarö, unseren großen IKEA-Gartentisch, auf der Terrasse, als zwei Autos gleichzeitig vor unserem Haus parkten.

»Andrea kommt«, sagte ich zu Hanna.

»Ah, da kütt dä Jupp!« Lieschen strahlte und winkte dem älteren Herrn fröhlich zu, der dicht hinter Andrea, Arthur, Hagen und Paul in unseren Garten trat. Zur Begrüßung öffneten wir die dritte Flasche Mumm. Jupp war trotz der langen Jahre am Bodensee immer noch ein ›eschter‹ Gladbacher: unkompliziert, offen, mit rheinländischer Gelassenheit. Als Alex und Arthur sich nach dem Essen über die Ungerechtigkeit des deutschen Steuersystems echauffierten, sagte Jupp nur:

»Ja Jung, da kann man sisch drübber uffrejen, dat kann man auch mal sagen. Nu hass et jesacht, und nu iss jut, ne?!« Alex sah ihn erstaunt an, dachte kurz über Jupps Sicht der Dinge nach und sagte schließlich: »Ja dann, Prost!« Damit war das ungesellige Thema Politik für den Rest des Abends vom Tisch. Es war eine fröhliche und gesellige Runde. Auch Andrea und Hanna verstanden sich auf Anhieb gut. Hanna erzählte von ihrer Internet-Plattform.

»Wie heißt die Seite noch mal? Ich muss mir die Adresse aufschreiben und mir das zu Hause unbedingt ansehen.« Andrea war sehr beeindruckt davon, dass Hanna dieses Projekt ganz allein umgesetzt hatte.

»JobsForMums.de. Aber wenn du willst, zeige ich sie dir gleich hier. Ich hab meinen Laptop dabei. Maxi, habt ihr WLAN?« Noch während sie fragte, hatte Hanna ihren Laptop ausgepackt.

»Ja, aber damit kenn ich mich nicht aus. Alex sagt dir, was du wissen musst.« Ich bewunderte meine Freundin dafür, wie sie mit der Technik spielte. Ich gehörte zu den Menschen, die ein Handy einzig und allein zum Telefonieren benutzten. Ich konnte E-Mails abrufen und fand den Weg ins Internet, aber sobald technische Probleme auftauchten, war ich aufgeschmissen. Während Hanna und Andrea mit Alex' Hilfe Hannas Seite aufriefen, genoss ich den Moment mit einem Glas Rotwein.

»Was ist das denn? Das gibt's ja gar nicht! Das glaub ich nicht!« Hanna starrte auf den Bildschirm. Neben ihr saß Andrea, die verunsichert zu mir hinüber sah und die Schultern ratlos hochzog. Hannas Augen füllten sich mit Tränen. Besorgt ging ich zu ihr.

»Was ist passiert, Hanna?« Die Tränen kullerten nun bereits ihre Wangen hinunter. Ich war ratlos, umarmte sie fest und sagte: »Was ist denn los, Hanna? Sag doch was.« Statt einer Antwort schluchzte sie laut und ließ ihren Tränen freien Lauf. Die Situation erinnerte mich an unsere Jugend, als Hanna bei Liebeskummer immer laut schluchzend in meinen Armen lag. Aber wir waren keine Teenager mehr, und hier ging es nicht um Liebeskummer. Hannas Verhalten machte mir Angst.

»Jetzt sag mir endlich, was passiert ist!« Ich löste mich aus der Umarmung und sah sie böse an.

»Mein erster Kunde! Mein erster echter Kunde! Ich glaub das nicht. Sieh doch!« Sie deutete auf den Bildschirm ihres Laptops. »Ja! Ja! Ja!« Fest drückte sie mich an sich, ließ mich aber bald wieder los, um zu prüfen, ob der kostenpflichtige Eintrag noch da war.

»Kint, isch hannet doch immer jesacht. Du schaffst dat. Isch bin verdammt stolz op disch.« Lieschen war nun auch an den Laptop herangetreten. Zu viert starrten wir auf den Bildschirm und betrachteten ehrfürchtig die kleine Anzeige, als würde sie die Lottozahlen der kommenden Woche zeigen.

»Ich glaub es immer noch nicht. So lange hab ich auf diesen Moment gewartet und oft befürchtet, er würde nie kommen. Jetzt weiß ich endlich, dass ich auf dem richtigen Weg bin, dass ich nicht in einer Sackgasse feststecke, dass ich Franziska nicht umsonst so oft vertröstet habe.« Hanna schnäuzte herzhaft in ein Taschentuch und wischte mit den Händen die letzten Tränen aus ihrem Gesicht.

»Ich würde sagen, das schreit nach einer weiteren Flasche Sekt. Der Erfolg muss gefeiert werden.« Schon eilte ich in die Küche und trat wenige Augenblicke später mit der vierten Flasche zurück auf die Terrasse.

»Auf meine Freundin Hanna, die nach zehn Jahren endlich wieder Teil meines Lebens ist. Und auf meine Freundin Andrea, die auch ein wichtiger Teil meines Lebens ist. Und dann trinke ich noch auf alle anderen Gäste heute Abend und meine wundervolle Familie. Wo sind denn eigentlich die Kinder? Hat die jemand gesehen, oder besser, gehört?« Erst jetzt bemerkte ich, dass ich die fünf längere Zeit nicht mehr im Garten gesehen hatte.

»Till hat sich vorhin Chips und Kindersekt geholt und wollte eine Party in seinem Zimmer feiern. Ich seh mal nach ihnen.« Alex ging ins Haus, rief aber bereits einen Augenblick später aus einem der oberen Fenster nach uns.

»Kommt mal hoch, das müsst ihr sehen.« Ich befürchtete schon, sie hätten Tills Kinderzimmer verwüstet, aber stattdessen lagen fünf Kinder im Spielzimmer auf dem Matratzenlager, das ich dort für Hanna und Franziska eingerichtet hatte. Sie schliefen selig.

»Kein Wunder«, bemerkte ich. »Habt ihr mal auf die Uhr gesehen? Es ist gleich halb zwei.«

»Und jetzt?« fragte Andrea.

»Jetzt lassen wir sie da so liegen. Hanna schläft in Tills

Bett und ihr könnt eure Jungs morgen nach dem Frühstück wieder abholen.« Ich wollte dieses harmonische Kuschellager auf keinen Fall auflösen.

»Kinder, iss dat schön bei eusch. Schade, dat wir nisch öfter so jesellisch zusammen sitzen könne. Äver vielleisch komme wer ja bald widder Rischtung Bodensee.« Lieschen sah Jupp fragend an.

»Dat wär schön, Liesken. Und dann kommt ihr alle Mann zu mir zum Grillen. Nur Internet hann isch nit. Aber dann muss dat Hanna vielleisch auch nisch weinen, ne?«

Ja, das wäre sehr schön, dachte ich.

Das Leben ist wirklich verrückt. Da lebt man so friedlich vor sich hin, und plötzlich gerät alles aus den Fugen. Und das ist gut so.

ENDE

BETTINA BRÖMME

Weißwurst für Elfen

326 Seiten, Paperback.
ISBN 978-3-8392-1151-9.

VOM BLITZ GETROFFEN Natascha, Ende zwanzig und ziemlich dick, fristet ihr Dasein in einer angesagten Eventagentur. Doch dann erfüllt sich für die Münchnerin ein Traum: Durch einen Blitzschlag tauscht sie den Körper mit ihrer schlanken, attraktiven – und ziemlich verhassten – Kollegin Li. Aller Gewichtsprobleme entledigt macht sich Natascha auf, endlich ihren charmanten Chef Wim zu erobern. Der sich als Problem erweist. Genauso wie die Aufgabe, die neu gewonnene Traumfigur zu hegen und zu pflegen. Aber auch Li fühlt sich in ihrer neuen Haut alles andere als wohl. Bis sie merkt, dass es nicht nur auf Äußerlichkeiten ankommt …

BÄRBEL BÖCKER

Mit 50 hat man noch Träume

333 Seiten, Paperback.
ISBN 978-3-8392-1149-6.

DIE ZWEITE HALBZEIT Bea, Ulrike, Bruni und Caro aus Köln, alle um die 50, stellen sich die Frage aller Fragen: Soll das jetzt etwa alles gewesen sein? Im lieblichen Ahrtal starten sie noch einmal durch. Sie erfüllen sich einen lang gehegten Traum, pachten ein Restaurant und freunden sich darüber hinaus mit einer chinesischen Großfamilie an, doch die Idylle trügt. Die eingeschworene Dorfgemeinschaft macht ihnen und den Chinesen das Leben schwer, und sie sind drauf und dran, in die Großstadt zurückzukehren. Ausgerechnet Fußball hilft bei der Lösung ihrer Probleme …

GMEINER

Wir machen's spannend

KERSTIN HOHLFELD

Glückskekssommer

420 Seiten, Paperback.
ISBN 978-3-8392-1147-2.

MACHT DES SCHICKSALS
»Heute Abend hält das Schicksal etwas für Sie bereit!« Eigentlich glaubt die angehende Schneiderin Rosa Redlich kein bisschen an das Schicksal und schon gar nicht an die Prophezeiungen aus Discounter-Glückskeksen. Aber dieser Spruch hat es ihr ausnahmsweise angetan, denn im Moment scheint sie eine echte Glückssträhne zu haben. Ausgerechnet die berühmte Filmdiva Eva Andrees hat Rosas Gesellenstück entdeckt und möchte »dieses Traumkleid und kein anderes« für ihren Auftritt bei der Berliner Filmnacht. Doch kann das Schicksal wirklich in einem Keks geschrieben stehen?

EMILIA LICHT

Hotel Blaues Wunder

226 Seiten, Paperback.
ISBN 978-3-8392-1148-9.

LIEBE AUF LEISEN SOHLEN
Powerfrau Josina »Josi« Hollenstein leitet das Familienhotel Anna Karolina in Dresden. Knallhart, unnahbar und perfektionistisch. Ihre schrullige Schwiegermutter hingegen möchte das Haus und vor allem Josi mit mehr Liebe füllen, während die pubertierenden Kinder ihr das Leben schwermachen und Ehemann David sie immer öfter wie eine Fremde anschaut. Völlig zurecht fragt sich Josi, wo eigentlich die Romantik in ihrer Ehe geblieben ist und greift zu ungewöhnlichen Mitteln …

GMEINER

Wir machen's spannend

ELLA DANZ

Schatz, schmeckt's dir nicht?

417 Seiten, Paperback.
ISBN 978-3-8392-1109-0.

GESCHMACKSVERIRRUNG Helene, Anfang 40, ist überaus zufrieden mit ihrem perfekt eingerichteten Leben im beschaulichen Berlin-Charlottenburg: Auch nach zwanzig Jahren führt sie eine glückliche Ehe mit Architekt Jan und frönt mit Hingabe ihrer großen Leidenschaft – dem Kochen. Ihre kulinarischen Kreationen sind berühmt und ihre Tischgesellschaften legendär.

Unliebsame Nebenbuhlerinnen hat sie in der Vergangenheit mit Kreativität und Fantasie aus dem Weg geräumt. Bis eine neue Kollegin in Jans Büro auftaucht: Diane Blume. Ökologisch engagiert, der Esoterik verschrieben, voll Energie und positiver Ausstrahlung. Und – was das Schlimmste ist – Vegetarierin! Helene ist entsetzt und holt zum Gegenschlag aus …

GABRIELE DIECHLER

Glaub mir, es muss Liebe sein

278 Seiten, Paperback.
ISBN 978-3-8392-1107-6.

ANLEITUNG ZUR LIEBE Nach zwei Affären ihres Mannes und einem Sexleben, das völlig erlahmt ist, beschließt Franziska noch einmal ganz von vorne anzufangen. Zusammen mit ihrer zwölfjährigen Tochter Melanie findet sie eine vorübergehende Bleibe im Haus ihres alten Schulfreunds David, der nach einem Burnout zurückgezogen am Tegernsee lebt.

Franziska stürzt sich in ihr neues Leben, als gäbe es kein morgen. Sie versucht als Autorin beruflich durchzustarten und stolpert gleichzeitig von einem amourösen Abenteuer ins nächste. Immer auf der Suche nach der großen Liebe …

GMEINER

Wir machen's spannend